Barney Norris

DIE JAHRE OHNE UNS

Barney Norris

DIE JAHRE OHNE UNS

Roman

Aus dem Englischen
von Johann Christoph Maass

DUMONT

»Millionen sind zu einem stilleren Los verurteilt als ich,
und Millionen lehnen sich insgeheim gegen
ihr Schicksal auf. Niemand weiß, wie viele Rebellen –
abgesehen von den politischen – in den Menschenmassen
gären, die die Erde bevölkern.«

Charlotte Brontë: *Jane Eyre*

Für Charlie

EINS

»Arme Leute müssen halt schauen,
wie sie zurechtkommen.«

Charlotte Brontë: *Jane Eyre*

DIES IST NICHT MEIN WAHRES LEBEN und ich glaube auch nicht, dass es das je sein wird. Wahrscheinlich wird es Zeit für mich zu akzeptieren, dass mein wahres Leben niemals stattfinden wird. Es hätte längst beginnen müssen, um auch nur den Hauch einer Chance zu haben länger als einen Augenblick zu bestehen, sich zu irgendetwas zu entwickeln. Stattdessen sollte ich mich einfach mit dem zufriedengeben, was ich habe.

Vor den Sitzungen kann ich nie viel essen. Zu viel Angst. Ich saß in der Küche, schaute durch das Fenster hinaus auf mein Quadrat von Hinterhofgarten und trank eine Tasse entkoffeinierten Tee. Derzeit rühre ich kein Koffein an. Außerdem frühstückte ich eine Scheibe Toast mit Butter und Erdbeermarmelade. Ich nahm an, es war das Frühstück – genauso gut hätte es das Mittagessen sein können. Danach ließ ich meinen Teller und meine Tasse ungespült im Waschbecken stehen und ging in den Garten, inspizierte das Geißblatt und inspizierte die Rose. In der Nacht zuvor hatte es Frost gegeben. Ich fragte mich kurz, ob das Geißblatt in diesem Topf den Winter überstehen würde, um mich dann länger mit der Rose zu beschäftigen. Vor einem Monat hatte ich sie vollständig zurückgeschnitten, nachdem sie jahrelang in alle Richtungen gewuchert war. War ihr das bekommen? Hatte ich es übertrieben? Um das herauszufinden, würde ich den Frühling abwarten müssen, aber ich schaute trotzdem nach Anhaltspunkten, schaute nach Anzeichen dafür, was passieren würde.

ROSE. Etwas, das stirbt. Etwas, das von Zeit zu Zeit radikal zurückgeschnitten werden muss. Etwas, das zweimal lebt, im Sommer und im Herbst. Etwas, das wie eine Erinnerung riecht, während Sternrußtau fortwährend an den Blättern knabbert.

Ich habe immer gedacht, dass ich einmal ein Meisterwerk in die Welt hineinweben würde, eine Enzyklopädie aller Worte, in die ich mich jemals verliebt habe. Es wäre die Krönung meines Abschlusses an der Open University gewesen, auf den ich hinzuarbeiten begonnen hatte, nachdem ich gerade wieder einmal genesen war und sie mir sagten, ich sei auf dem allerbesten Weg. Der fünfzehnte oder sechzehnte Versuch, den ich unternahm, wieder neu anzufangen. Er verlief wie alle anderen davor und danach. Es sind mittlerweile so viele, Leben nach Leben, die nie stattgefunden haben: Beinahe siebzig Jahre voller Träume, die kamen und gingen, immer weitere Geburtstage, die sich kriechend nähern, während ich unaufhaltsam zu der alten Frau werde, die zu werden ich niemals gedacht hatte. Aber meine Enzyklopädie hätte ich gern geschrieben. Von all den Träumen, die ich nie verwirklicht habe, tut es mir bei diesem am meisten leid, ihn nicht umgesetzt zu haben.

Ich wollte etwas für Menschen tun, die vergessen haben, dass es auf der Welt, auch wenn sie ein furchtbarer und schrecklicher und dunkler Ort zum Leben ist, von Dingen wimmelt, an die zu erinnern sich lohnt. Dinge, die jeder gern sehen oder tun würde. Ich dachte, dass wenn ich all das Schöne dokumentierte, das ich gesehen hatte, jede Impression, die mir das Gefühl gegeben hatte, es lohne sich zu leben, sich vielleicht andere, in ähnlicher Dunkelheit, ermutigt fühlen würden, das Leben mit anderen Augen zu betrachten, über die Dinge hinwegzusehen, die sie plagten, und auch nach Schönem Ausschau zu halten. Wie gern hätte ich ein solches Buch entdeckt, als es mir selbst so richtig schlecht ging.

Die Leute hätten den Text wie in einem Wörterbuch lesen können, von A bis Z, bei Belieben jedoch auch anderen Pfaden folgen, anderen Geschichten. Denn so begreift man die Dinge – sie kommen nicht eines nach dem anderen auf dich zu; sie schleichen sich an, nähern sich von der Seite her. Lebenswerte Tage fallen uns zu wie Sonnenlicht, das durch die Fenster dringt und für unerwarteten Schattenwurf sorgt. So bin ich den Worten begegnet, die ich liebe. In der Enzyklopädie wollte ich zeigen, dass Dinge nicht einfach per se schön sind – sie sind aufgrund dessen schön, was sie den Menschen bedeutet haben und was sie einem selbst bedeuten. Es wäre also ein Buch gewesen, in dem man sich hätte verlieren können. Jeder Eintrag sollte sich wieder auf andere Einträge beziehen und man hätte so all das Gute durchwandert, das der Verfasserin je widerfahren ist, ganz nach Belieben einen Pfad gewählt und das Buch nie verlassen müssen, wenn man nicht gewollt hätte.

Von dem Entwurf, den ich angefertigt hatte, ist nicht viel übrig, aber ich kann zeigen, wie das Ganze funktioniert hätte.

ÄPFEL. Als ich klein war, sind wir mit meiner Familie in den Ferien einmal nach WALES gefahren, wo wir während unseres Aufenthalts einen Berg bestiegen. Als wir oben ankamen, holte DAD ein paar Äpfel aus seinem Rucksack und wir aßen jeder einen. Nach ein paar Bissen sah meiner aus wie der Apfel in dem Schneewittchen-Film und ich warf das Kerngehäuse weg. Mein Onkel wurde wütend auf mich. Er fragte, warum ich den Apfel weggeworfen hätte, nachdem ich kaum die Hälfte gegessen hatte, nach-

dem mein Vater sich die Mühe gemacht hatte, ihn den Berg hochzuschleppen. Er konnte nicht verstehen, warum ich so achtlos gewesen war. Damals ging mir das ziemlich an die Nieren, aber seit dem Tag habe ich jeden Apfel vollständig verzehrt und lasse außer dem Stiel, den Kernen und dem allerletzten Stückchen Gehäuse nie etwas übrig, und jedes Mal wenn ich einen Apfel esse, denke ich an meinen Vater und die Mühen, die er sich meinetwegen gemacht hat, die Dinge, die er für mich geschleppt hat.

DAD. *[Im richtigen Buch wäre das ein längerer Eintrag, aber hier werde ich eine kürzere Geschichte skizzieren.] An meinen Vater habe ich nicht so viele Erinnerungen, wie ich gern hätte, aber ich kann von dem* TANZENDEN BAUM *erzählen. Als ich klein war, gingen Mum und Dad mit uns immer in dem Wald spazieren, der ganz in der Nähe unseres Hauses lag, um den Tanzenden Baum zu besuchen. Dad lief oft so schnell, dass ich nicht hinterherkam, außer ich rannte. Aber so lange ich mithalten konnte, erzählte er mir kleine Geschichten, zum Beispiel alles über die* ROSENKRIEGE, *von Königen, die in vergangenen Zeiten aufgestiegen und wieder gefallen waren, just dort, wo wir gerade entlangliefen. Auf diese Weise lernte ich eine Menge wunderbarer Dinge, die an der Schule, auf die ich ging, niemand wusste, und ich war stolz, denn mit Dad mitzuhalten machte mich zu etwas Besonderem; es hatte mir den Zugang zu Geheimnissen ermöglicht, die die Welt größer machten, als sie zuvor gewesen war.*

TANZENDE BAUM, DER. *In der Mitte des Waldes unweit unseres Hauses gab es einen Baum, der immer so aussah, als hätten wir ihn gerade beim Tanzen erwischt. Seine Äste waren auf eine Weise verdreht und verkrümmt, dass es wirkte, als versuche er vor sich selbst zu fliehen oder als habe er sich eben noch zu einer* MUSIK *bewegt, die verstummt war, nur Augenblicke bevor wir eintrafen. Wir hatten immer den Eindruck, der Baum verharre vollkommen still in seiner albernen Pose in der Hoffnung, wir würden ihn nicht bemerken, ihn nicht auslachen, sondern einfach in Frieden lassen. Aber wir bemerkten ihn, aber hallo, und tanzten gern selbst unter ihm, besonders wenn im Herbst dort* BLÄTTER *lagen, die wir aufwirbeln konnten.*

LATEIN. *Ich habe nie richtig Latein gelernt, aber in der Schule bekam ich mit, dass man als Schauspieler gemocht wurde, also bemühte ich mich, mir einen Ruf als guter Rezitator zu verschaffen. Der Lateinlehrer bekam Wind davon, dass ich meinen Shakespeare ziemlich gut im Griff hatte, und ich war wohl tatsächlich nicht schlecht für mein Alter, weshalb er mich bat, bei einem Rezitierwettbewerb auf Latein mitzumachen, der landesweit zwischen Schulen ausgetragen wurde. Ich nahm teil und gewann, auch wenn ich keine Ahnung hatte, was ich da sagte, nur wusste, dass es von Plinius war und es um eine Stadt ging. Aber mir gefiel das Gefühl zu siegen so sehr, dass ich auch im Jahr darauf am Wettbewerb teilnahm und den Titel zu meiner großen Freude verteidigte.*

BLÄTTER. *Nachdem ich mit der Schule fertig war, zog ich in die Stadt, und als wir heirateten, entschieden mein Mann und ich dortzubleiben und uns ein Zuhause aufzubauen. Zu der Zeit, im Jahr nach der Hochzeit, spürte ich immer deutlicher, dass ich fremd in der Stadt war, mich dort nicht zu Hause fühlte. Das London der Achtzigerjahre war voller Dreck und Busse, voller hornissenartiger Motoren und alter Männer, die mittags, wenn die Pubs noch geschlossen hatten, die Straßen entlangliefen, als wären sie auf Patrouille; dünne Männer, deren Kleidung von Gürteln aus Stricken oder Kordeln gehalten wurde, und für eine junge Frau, die nicht in diese Welt gehörte, war das alles sehr merkwürdig.*

Zum ersten Mal begann ich mich bewusst für die Welt zu interessieren, in der ich aufgewachsen war. Meine Kindheit über hatte ich einfach gelebt. Ich hatte nie ernsthaft darüber nachgedacht, was ich tat. Jetzt fing ich an, Bücher über die Natur zu sammeln. Ich wollte mich bewusst damit auseinandersetzen, dass ich quasi der Wildnis entstammte. Die erste Aufgabe, die ich mir stellte, war, die Namen und Formen der Blätter zu lernen, denen man an den Bäumen Englands begegnet. Ich sah mir Bilder in Büchern an und prägte mir die Namen auf Englisch und auf LATEIN *ein, ging dann in Parks und testete mich selbst. Damals arbeitete ich nicht. Ich war auf Jobsuche und versorgte meinen Ehemann, der arbeiten ging, während wir überlegten, ob wir eine Familie gründen sollten oder nicht, und die Blätter wurden mein liebstes Projekt. Mir war, als erhaschte ich zwischen ihnen hindurch Blicke auf die Person, die ich sein wollte.*

MUSIK. *[Auch das wäre eigentlich ein sehr langer Eintrag. Ich will hier nur auf einen Aspekt eingehen.] Der Unterricht an der Musikschule hat mir nie Spaß gemacht, aber ich ging hin, weil ich es liebte, bei Konzerten aufzutreten. Ich wurde ziemlich gut auf der Geige, sodass ich im Schulorchester mitspielen konnte. Bei längeren Konzerten war ich wie berauscht, es erinnerte mich an das* THEATER, *meinen absoluten Lieblingsort. Es ging in beiden Fällen darum, eine Geschichte zu erzählen, Gefühle aus dem Nichts heraus zu erzeugen. Was mich tatsächlich etwas Wichtiges über das Theater lehrte. Ich begriff, dass es nicht die Worte der Schauspieler waren, denen das Publikum lauschte, genauso wie die Leute auch nicht auf die Noten hörten, die die Musiker spielten. Worauf alle die ganze Zeit über aus sind, ist die Sache dazwischen, das Eigentliche, die Gefühle, die eine andere Person bloß einen Herzschlag entfernt empfindet. Mir gefiel es, in einen Austausch mit dem Publikum aus Müttern und Vätern einzutreten, die zuhörten, während wir versuchten, sie zu rühren, und sie hörten sich die Stücke an, die wir ausgesucht hatten, aber eine halbe Stunde, nachdem wir fertig waren, wusste niemand mehr genau, ob das alles überhaupt stattgefunden hatte. Die Musik war vollständig verschwunden, so als habe sie nie existiert. Darin bestand der Spaß an der Sache, es war eine Art Spinnfädenspiel, bei dem man versuchte, ein Gefühl mit einer anderen Person zu teilen. Nichts davon war real, man konnte nichts genau benennen, weshalb sich das Ganze wie ein Geheimnis anfühlte, das man teilte.*

THEATER. *Das erste Theater, an das ich mich erinnere, war eines für Kinder irgendwo am Stadtrand Londons. Ich war noch sehr jung und hatte noch nicht besonders viel gesehen, weshalb ich keinen Blick dafür hatte, wo die Bühne von Scharnieren zusammengehalten wurde oder wo man den Anstrich etwas hätte ausbessern können. Ich sah auch den gelangweilten Platzanweiser ganz hinten nicht, der uns am Ende der Reihe nach herauskomplementieren würde – all diese Dinge waren für mich unsichtbar. Ich erinnere mich lediglich an diese Frau, das Gesicht vor Begeisterung strahlend, die uns durch einen Wald voller großer Bäume führte und uns mit den Tieren dort vertraut machte.*

WALES. *Die Ferien verbrachten wir immer in Wales. Woran ich mich am deutlichsten erinnern kann, ist ein Silvester, das wir in einem umgebauten Schweinestall oben in der Nähe von Conwy feierten, wo gleich am Kai die beste Eiscreme der Welt verkauft wurde. Es war bitterkalt und wir trugen den ganzen Tag über Schlafanzüge unter unserer Kleidung. Niemand macht mehr so Urlaub – mittlerweile gibt es überall Zentralheizung – und ich vermisse das Lagerfeuer, das Sich-Begnügen, das Zähneklappern, die Tassen Tee und den Porridge mit Rosinen. Bis Neujahr hielt ich nicht durch, aber ich blieb lange auf, spielte ein Brettspiel mit meinen Eltern, das auf den* ROSENKRIEGEN *basierte.*

ROSENKRIEGE, DIE. *Einige Monate, nachdem* DAD *mir die Geschichte der Rosenkriege erzählt hatte, nahm er mich auf einen ganz besonderen Ausflug mit, zum Schauplatz der Schlacht von Naseby. Zu sehen gab es eigentlich nichts, aber ich fühlte mich den Menschen, von denen ich gehört hatte, sehr nah, als ich da an der Stelle stand, wo einige von ihnen gestorben waren. Dad machte ein Foto von mir und auf dem Nachhauseweg aßen wir im Auto einen* APFEL.

Man sieht schon, wie meine Enzyklopädie funktioniert hätte und wie rasch sie angewachsen, erblüht wäre und tausend Köpfe bekommen hätte, zu einem riesigen und überwältigenden Chor aus Geschichten über die wunderschöne Welt geworden wäre, die wunderschönen Worte. Ich dachte, sie könne den Menschen gut tun, würde sie jemand veröffentlichen wollen. Aber wie gesagt, das Werk ist nie abgeschlossen worden. Die Open University ließ mich wissen, es handele sich dabei nicht um eine legitime akademische Arbeit. Für mich aber war sie zu wichtig geworden, als dass ich irgendetwas anderes schreiben wollte. Wenn ich nicht dieses Projekt verfolgen konnte, dann würde ich lieber überhaupt nichts tun, entschied ich. Also brach ich das Studium ab und gab das Werk auf.

Ich denke häufig, dass, hätte ich die Kraft gefunden, die Enzyklopädie zu komplettieren, die Worte und Wunder eines ganzen Lebens zusammenzusammeln, der Kern meiner Geschichte deutlicher würde als durch jede Auflistung von Fakten, Daten und Orten. Sie hätte die Möglichkeit geboten, mir direkt ins Herz zu schauen, sodass die Leute über die Geringfügigkeit der Fakten hätten hinwegsehen und einen Blick auf die geheime Wahrheit erhaschen können, dass sich auch mein Leben bedeutsam anfühlt, unter der Oberfläche, dass jeder einzelne Tag für mich einzigartig ist. Das lässt sich nur schwer zum Ausdruck bringen, wenn ich lediglich erzähle, ich sei Anfang der Fünfziger geboren worden, alt genug, um all das Aufregende der darauf folgenden Dekade zu beobachten, jedoch noch zu jung, um daran teilzunehmen, dass, weil ich meine Kindheit und Jugend auf dem Land am Ende der Welt verbrachte, ich auch noch lange nachdem ich realisiert hatte, dass ich nicht an Gott glaubte, im Kirchenchor sang und die Freuden von Punk und 1976 vollkommen verpasste, auch wenn es meine Generation war, die sich dort austobte, dass ich nach London abhaute, sobald ich konnte, nachdem ich mit dem Hauswirtschaftsunterricht durch war und damit, Mutter und Vater zu ehren, auch, dass dieses Experiment, mich in der großen weiten Welt zurechtzufinden, jedoch scheiterte und es mich schon sehr bald wieder zurück in den Westen zog, in eine Reihe kleinerer Anstellungen – als Sekretärin an einem College, dann als Zahnarzthelferin, bevor ich an den Schalter für Kundenbeschwerden eines Supermarktes wechselte, weil die festen Arbeitszeiten bei den anderen Jobs zu eintönig geworden waren. Oder wenn ich die gelegentlichen Zusammenbrüche erwähne, wenn mir alles zu viel wurde. Und den Kauf dieses Bungalows vor zehn Jahren und die ganze Zeit, die ich allein darin verbracht habe, ohne jemanden, der mir Gesellschaft leistete. Was erzählt einem eine solche Auflistung über den wahren Kern einer Person? Selbst wenn ich erzählen würde, was ich in meiner Freizeit getan habe – Emily-Dickinson-Gedichte gelesen, nach Zahlen gemalt, mit der Laubsäge gewerkelt, ein bisschen gehäkelt und ein- oder zweimal einen Ausflug nach London unternommen, um mir irgendwo eine Band anzuschauen –, gibt auch das noch keinerlei Auskunft darüber, wie es sich in Wirklichkeit angefühlt hat. Jegliche Behältnisse, in die wir unser Leben gießen, erscheinen allzu klein, verglichen damit, wie es sich anfühlt zu leben, von Energie durchströmt zu werden, verglichen damit, wie die Dinge wirken, wenn man morgens aus dem Fenster starrt. Es braucht schon etwas Raffinesse, um jemanden daran teilhaben zu lassen, wie all das wirklich ist. Und meine Enzyklopädie hätte es gekonnt.

ASYL. Eine Zuflucht vor Gewalt. Ein Ort, um auszuruhen. Eine Möglichkeit, sich zu verstecken. Ein Akt des Mitgefühls. Verständnis, von Mensch zu Mensch. Ein Ort, wo Menschen die Erlaubnis haben, den Ernst ihrer Lage zu erkennen, die Wichtigkeit und Einzigartigkeit ihrer Leben, und sich nicht selbst kleinmachen, Fürsorge und medizinische Versorgung ablehnen müssen und unter dem Gewicht der Geschichten verschwinden, die die Zeitungen eigentlich lieber bringen. Ein Ort, wo den Menschen gesagt wird, dass sie trauern dürfen, leiden und heilen. Ein Ort, wo man zumindest nach denjenigen schaut, die nicht heilen können, und sie trotzdem die Langsamkeit des Lebens erfahren können, während die Blätter fallen, Mahlzeit für Mahlzeit, Atemzug um Atem-

zug, Glas um Glas kalten Wassers, das die Kehle hinabrinnt, während sich die einfache Schönheit von Regen auf Glas oder einem Spaziergang in der Dämmerung zeigt, Morgen für Morgen, selbst jenen, die leiden müssen, ehe sie die all herrlichen Dinge genießen dürfen, die uns geschenkt werden.

Wenn ich im Garten bin, muss ich nicht nachdenken. Ein wahrer Segen. Ich kann ein lebendes und atmendes Etwas sein wie das Geißblatt, wie die Rose. Und darüber hinaus wird nichts von mir verlangt; ich muss weder etwas sagen noch über irgendetwas nachdenken. Gemeinsam lassen wir uns einfach von der Sonne bescheinen. Im Sommer verfolge ich, wie die Halme wachsen, und im Winter beobachte ich, wie alles wieder stirbt, und solange ich danach schaue, verschwinden all die Phantome, die uns Menschen heimsuchen, die Fieber und Fantasien. Niemand spricht hier draußen mit mir. Niemand bittet um etwas.

Aber kalt war es heute, weshalb ich gleich nachdem ich mir die Rose angeschaut hatte, die noch frei von Fäulnis war, wieder hineinging, zitternd. Ich bin jetzt eine alte Dame oder werde schon bald eine sein. Deshalb spürte ich die Kälte so, nehme ich an. Demnächst werde ich meine Senioren-Buskarte bekommen. Aber da es mich nun schon so lange gibt, habe ich so einiges gelernt. Wie ich im Garten Frieden finden kann zum Beispiel. Und ich habe so viel Erfahrung, dass mir klar war, dass es schneien würde, bevor es mir das Radio mitteilte – ich hatte die Anzeichen selbst gesehen. Im Garten sah ich, wie der Tag Platz machte für die Show, den Tanz, den Glanz. Wie die Temperatur fiel, um den Boden vorzubereiten.

Ich ging wieder hinein und sah mein Frühstücksgeschirr in der Spüle stehen, seufzte und machte mich dann daran, es abzuwaschen. Ich ließ das heiße Wasser laufen, bis es mir in die Rückseite meiner Hand stach, tat dann den Stopfen hinein und drückte etwas Spülmittel ins Becken. Ich schrubbte den Teller und das Messer und die Tasse mit der Bürste, spülte sie dann unter dem noch immer laufenden Wasser ab und stellte sie ins Abtropfgestell. Dann nahm ich ein Geschirrtuch und trocknete jeden Gegenstand ab, räumte alles zurück an seinen Platz in den jeweiligen Schubladen und Schränken. Während ich arbeitete, schaute ich die ganze Zeit über in den Garten und wurde nicht nur durch den Anblick der Stille belohnt, sondern auch durch die Ankunft eines Rotkehlchens, das von der Stechpalme in der Ecke hüpfte und zögernd die halsbrecherische Strecke quer über den Rasen zurücklegte. Ob es dachte, ich hätte etwas Futter bereitgestellt? Vielleicht hätte ich das tun sollen. Ich räumte das saubere Besteck zurück in die Schublade und trat einen Schritt zurück, um die Küche zu begutachten, die wieder tipptopp war. Sie sah beinahe aus, als wäre ich nie hier gewesen. Als ich wieder aus dem Fenster sah, war das Rotkehlchen verschwunden.

Früher hatte ich Katzen, die immer wieder die Kadaver von Vögeln und anderen kleinen Tieren auf dem Rasen verstreut liegen ließen. Am schlimmsten war es, wenn es geschneit hatte, wenn sich die Zeichen des Schicksals eines Rotkehlchens oder irgendeiner anderen armen Kreatur hellrot auf dem Schnee abzeichneten. Es gab Morgen, an denen ich aufwachte und in den Garten schaute – manchmal war es noch dunkel, manchmal war die Sonne bereits aufgegangen – und dann das Blut auf dem Schnee und den Kopf eines Rotkehlchens oder den eines anderen Vogels sah, der in einiger Entfernung der weiteren Überreste lag. Bei Tageslicht waren die Farben beinahe schön – das Rot und das Weiß und der aufgewühlte Schnee, wo die Katze den Vogel zu Tode getanzt hatte. Jetzt würde ich keine Katze mehr um mich haben wollen. Das sind echte Mörder, immer kurz vor der nächsten Gräueltat.

Ich ging zurück in die Dunkelheit des Flurs und in mein Zimmer, um mich für den Tag fertig zu machen, und wurde auf dem Weg erneut von einer Erinnerung gepackt.

VERWITTERT. Etwas, dessen angestammte Form gewaltsam verändert wurde. Etwas, das seine Gestalt verloren hat. Etwas Schönes, von dem man nicht gedacht hätte, es in der Natur finden zu können, eine schier unglaubliche Form. Etwas Entstelltes. Eine Form wie eine Erinnerung, die abebbt und schließlich verstummt. Eine Form, die man mit der Zunge befühlen will. Etwas Beschädigtes. Etwas, das eines Tages verschwinden wird. Etwas, das einmal mehr war, als es jetzt ist. Etwas, das viel erlebt hat. Etwas, das weit gereist ist, das am Grund des Ozeans hin- und hergerollt ist. Die Art, wie Hoffnung schwindet.

Als ich noch jünger war, stürzte ich mich ständig in die Erinnerung an den Tag, als Dad uns verließ. Die Erinnerung war wie ein Stein, den ich in der Tasche trug und den ich den ganzen Tag lang mit Zeigefinger und Daumen berührte, ihn so immer mehr glättete, seine Form meiner Haut anpasste, bis es sich so anfühlte, als sei er ein Teil von mir. Ich hatte ihn mir immer als etwas Dunkelblau-Kühles vorgestellt, diesen Stein, den ich liebte, aber niemals herausnehmen und anschauen konnte. Ich fragte mich, ob wohl alle Menschen ihren eigenen Stein mit sich herumtrugen, eine Erinnerung, die sie zum Mittelpunkt ihrer selbst gemacht hatten, in einer Geheimtasche auf der verdeckten Innenseite ihres Mantel verstaut, die sie zusammenhielt und gleichzeitig niederdrückte.

Ich wünschte mir so sehr, dieser Geheimstein möge Teil meines Körpers sein. Es gibt doch diesen Trick, bei dem man den Zeigefinger der rechten Hand vor den Augen gegen den Zeigefinger der linken Hand presst und dann an ihnen vorbei etwas weiter weg schaut, sodass man durch eine optische Täuschung plötzlich einen dritten kleinen Fingerstumpen sieht, der zwischen den beiden anderen schwebt wie ein kleines Weihnachtswürstchen. Und wenn man dann versucht, seine Finger wieder direkt zu fokussieren, stellt man fest, dass es verschwunden ist. So sollte Dad für mich sein – die ganze Zeit über da, darauf wartend, bei mir sein zu können, auch wenn ich ihn nicht sehen konnte.

In den besten Kinderbüchern gibt es immer eine geheime Tür. Eine Möglichkeit, in eine andere Welt zu gelangen, einen kleinen Gang, der aus dem Zimmer hinausführt, von dem man liest. Wie das Geheimnis am Wipfel des Wunderweltenbaums, das Wunder, das geschah, jedes Mal, wenn diese Kinder hinaus in eine andere Welt kletterten. Manchmal ist es eine Uhr, die schlägt, oder ein Baum oder eine Pfütze oder ein Briefkasten; es kann irgendetwas Alltägliches sein, aber wenn das Buch etwas taugt, wird es darin etwas Magisches geben. Etwas, das einen woandershin bringt. Vielleicht ist es so, weil ja auch das Aufwachsen in einer Art Exil mündet, man einfach aus dem Moment verbannt wird, in dem alles möglich schien. Vielleicht gibt es deshalb in Kinderbüchern mehr Falltüren als in den Büchern, die wir als Erwachsene lesen. All die Falltüren in all den Kinderbüchern der Welt bieten die Möglichkeit, sich in eine Zeit zurückzuträumen, als man die Welt noch für bare Münze nahm und keinen Verlust erlitten hatte.

Ich war angezogen und bereit rauszugehen. Ein Unterhemd und zwei T-Shirts, eine Strickjacke und darüber ein Pulli und dann mein Mantel, der so dick gepolstert ist, dass ich aussehe wie ein Schneemann. Man muss sich Mühe geben, wenn man in diesen Wintern in der Tiefebene von Salisbury nicht frieren will. Aus dem Korb an der Tür schnappte ich mir Mütze, Schal und Handschuhe. Ich drehte mich noch mal um, um im Haus nach dem Rechten zu sehen, bevor ich ging, ließ den Blick durch den dunklen Flur zum Licht in der Küche hinwandern und dem Eckchen Garten und dem Glück dahinter. Mir gefällt mein Domizil immer am besten, wenn es den Eindruck vermittelt, es wohne niemand hier. Wenn es vollkommen leer und still ist. Es mag sich eigenartig anhören, aber ich liebe es, mir die Räume vorzustellen, wenn ich nicht zu Hause bin, wenn sich nichts bewegt, sich lediglich langsam der Staub in den Lichtstrahlen setzt, die im Laufe jeden Tages jeden Winkel unter Beschuss nehmen.

Ich öffnete die Haustür, griff nach meinen Autoschlüsseln und trat hinaus in den Morgen. Die gelbe Rose, die an der Vorderseite des Hauses hinaufrankt, war mittlerweile verwelkt, bis zum Frühling würden keine Blumen mehr blühen. Als ich vor zehn Jahren hier ankam, habe ich als erstes Kletterpflanzen und Ranken gepflanzt, Geißblatt und Nachtschatten und Jasmin und Rosen entlang der Mauern. Ich wollte meine Welt ganz und gar in Grün tauchen. Mich unter Blättern begraben und den Sommer über mit einer Wolke aus Düften umgeben, so schaumig wie

Shampoo. Wunderbare Verstecke für die Vögel erschaffen und für mich.

INTERLUDE. Ein Augenblick in Verbannung. Zeit, die zwischen dem einen Spiel und dem nächsten verstreicht. Ein Moment, im Haus verbracht, bevor man wieder zum Spielen hinausgeht. Ein Moment, im Freien verbracht, bevor man auf die Party zurückkehrt. Ein Atemholen. Eine Möglichkeit. Zeit, die man denkend verbringt.

Als ich jung war, träumte ich von einem Leben, in dem Dad uns nicht verlassen hatte. Weshalb ich überall nach geheimen Auswegen aus dem Alltäglichen suchte, was schließlich zu meiner obsessiven Beschäftigung mit diesem einen Morgen führte. Wieder und wieder ging ich die Erinnerung daran im Versuch durch, mein letztes Bild von Dad wirklich genau herauszuarbeiten. Es war eigentlich nichts Besonderes an dem, was ich an diesem Morgen sah, aber dennoch hielt ich mich mit ganzem Herzen an dem fest, woran ich mich erinnerte, dem letzten kurzen Blick, den ich von ihm erhaschen konnte.

Also rieb ich diese Erinnerungen wieder und wieder blank, die Perlen eines Rosenkranzes, den ich aus meinem Leben gemacht hatte, und erschuf meine eigene Religion, hielt das alles aber vor meiner Mum und auch sonst jedem geheim. Wenn ich nie vergaß, wie der Morgen genau abgelaufen war, vielleicht gab es dann einen Teil in mir, der sich niemals veränderte, sich nicht von ihm ablöste, wie Klippen, die ins Meer stürzen. Vielleicht gab es dann einen winzigen Teil, der für immer mit ihm leben konnte, ein Wunsch, der anhielt, lange nachdem die Hoffnung, bald wieder von ihm in die Arme genommen zu werden, geschwunden war, lange nachdem es absurd geworden war, sich vorzustellen, er sei noch am Leben und sehe irgendwie noch immer so aus wie an dem Morgen, als er gegangen war. Weil Mädchen ihre Väter einfach lieben. Besonders wenn sie die Möglichkeit bekommen, sie tatsächlich kennenzulernen. Dann sind ihre Väter perfekt und der Rest der Welt verwandelt sich in Echos und Schatten des ersten Mannes, den sie geliebt haben.

Eigenartig, wie mir die Zeitungen jedes Jahr erklären, es werde immer wärmer auf dem Planeten, sich meine Welt mit jedem Jahreswechsel aber ein wenig arktischer anfühlt, jedem in der Recyclingtonne versenkten Kalender. Die Blüte der Dinge scheint permanent im Vergehen begriffen, aber ich bin auch melancholisch veranlagt, immer schon gewesen. Ich achte eben darauf, wie die Dinge schwinden, kann nicht anders, als die Blätter meiner Pflanzen auf Fäule zu überprüfen. Selbst im Frühling meines Lebens, als junge Frau in London, hielt ich Ausschau nach Anzeichen des Todes, wenn ich hinaus in den Garten ging, die Pflanzen wässerte und die überflüssigen Blätter von den Tomatenpflanzen schnitt, damit die Früchte stärker austrieben. Ich hielt Ausschau nach Ablegern, die in ihren Töpfen eingingen, Sternrußtau auf Blättern, Ranken, die der Wind abgerissen hatte, Ästen, die bei Ankunft des Frühlings kahl geblieben waren. Stets ging ich in den Garten in der Erwartung des Todes. Manchmal, wenn ich mit einer Freundin Kaffee getrunken hatte, ertappte ich mich auf dem Heimweg im Bus bei dem Gedanken daran, wie häufig wir uns wohl noch treffen würden. Wie häufig sich unsere Wege noch kreuzen würden. Ich empfand den Tod nie als etwas Schlechtes. Es war einfach der Lauf der Dinge. Wir bekommen nur sehr wenig Zeit und sie rennt uns davon.

Die Gelegenheiten, zu denen sich zwei Leben im Laufe der Jahre miteinander verknüpfen können, sind eben begrenzt.

Eine negative Einstellung, sicher, die Manifestation einer depressiven Neigung, aber so war ich nun einmal damals schon, und letzten Endes glaube ich, dass mich diese Ängstlichkeit auch ein wenig beschützt hat. Es machte das Leben leichter, als ich London aufgab und nach Wiltshire zurückkehrte, um dort den Sommer meines Lebens zu verbringen – und um jetzt meinen Herbst zu beginnen –, irgendwo im Nichts, wo mich im Grunde niemand mehr kennt. Ich hatte die ganze Zeit über damit gerechnet, mit diesem Scheitern, diesem Aufgeben, der Rückkehr. Als ich den Schritt vollzog, sagte ich mir: Dies war immer eine Option, diese Flucht zurück an den Rand. Und das, glaube ich, bewahrte mich ein bisschen vor dem Schock darüber, dass ich zurück nach Hause ging, mich für ein kleineres Leben entschieden und weniger Aufsehen erregt hatte als erhofft.

Vor nicht allzu langer Zeit las ich, dass Menschen, die an einer posttraumatischen Belastungsstörung leiden, offenbar ihren Kindern epigenetische Strukturen ihres Traumas vererben können. Einige Kinder von Holocaust-Überlebenden neigen zum Beispiel deshalb dazu, in wesentlich stärkerem Maße Risiken zu vermeiden, vorsichtiger zu sein. Als ich das las, dachte ich, wie beachtlich es ist, dass jene, denen derart Grausames widerfahren ist, sogar durch die genetischen Strukturen, die sie ihren Kindern weitergeben, unterbewusst versuchen, diese vor Verletzungen zu bewahren. Unglaublich, welche Liebe in Menschen steckt – weit über das ihnen bewusste Maß hinaus –, transportiert sogar durch die Gene, die von den versehrten Eltern an ihre Kinder weitergegeben werden.

Ich weiß nicht, ob meine Eltern je etwas so Schreckliches erlebt haben, dass sie ein Gespür für die Bedeutsamkeit all dieser Dinge an mich weitergegeben haben. Falls dem so gewesen ist, hat Mum nie davon gesprochen. Beide haben den Krieg erlebt, natürlich, aber sie waren zu jung, um direkt in die Geschehnisse verwickelt zu werden, weshalb ich keine Ahnung habe, was sie in der Abgeschiedenheit ihrer Hochebene überhaupt gesehen haben. Selbst im Alter hat Mum nie irgendwelche Geschichten erzählt, nie daran geglaubt, dass ihre Erlebnisse bedeutend oder interessant genug seien, um sie mit anderen zu teilen. Auch ich habe mit dieser schleichenden Überzeugung gekämpft – dass meine eigenen Geschichten zu unbedeutend sind, um sie mit anderen zu teilen. Aber das stimmt nicht. Man hat uns einfach beigebracht, einige Geschichten wichtiger zu nehmen als andere.

Am Rande des Dorfes sah ich, dass jemand eine Katze überfahren und sie mit herausquellenden Eingeweiden am Straßenrand hatte liegen lassen, und ich war beinahe geneigt, rechts ranzufahren und zu warten, bis die Trauer, die mich plötzlich überfiel, sich verzog. Der Anblick des aufgeplatzten Körpers, des zertrümmerten Kopfes auf der Straße, sorgte dafür, dass ich mich fast übergeben musste. Sie hatte sich offenbar hinter einem parkenden Auto versteckt, war dann von einem Motorengeräusch aufgeschreckt worden und im letzten Augenblick losgerannt. Da war nichts mehr zu machen. So ist es immer, es gibt diesen Sprint in den Tod in letzter Sekunde, sodass kein Bremsweg der Welt einen retten kann. Ich fragte mich, wer es wohl war, der nicht angehalten hatte, einfach weitergefahren war, ohne nachzusehen, ob der Kadaver ein Halsband trug. Vielleicht war es für denjenigen leichter gewesen, abzuhauen, so zu tun, als wäre das Ganze nie passiert. Es war ja auch einfacher als anzuhalten und aus dem Wagen zu steigen und zurückzulaufen und zu schauen, was man angerichtet hatte. Ich fragte mich, ob ich nicht anhalten und selbst nach dem Halsband schauen sollte. Die Katze gehörte vielleicht jemandem, den ich kannte – es lebten ja bloß so wenige Leute hier. Aber was sollte ich tun, sie aufnehmen und sie jemandem vor die Tür legen? Sie in einem Feld begraben, ohne dass der Besitzer sich verabschieden konnte? Und was war, wenn die Katze überhaupt kein Halsband trug und ich sie zurücklassen musste und wieder ins Auto steigen, nachdem ich mir den Anblick ihres Todes, ihrer Zerstörung zugemutet hatte? Ich fuhr weiter. Letztendlich war es bequemer, nichts zu tun – normalerweise ist es das. Wann immer es möglich ist, schauen die Menschen weg. Und das gehört zum Überleben dazu, nehme ich an, dieser Selbstschutz – die hässliche Seite davon.

Ich versuchte den Gedanken daran zu verdrängen, dass einer meiner Nachbarn sich vielleicht gerade fragte, wann die Katze zum letzten Mal da gewesen war, und in den Garten ging, um nach ihr zu rufen. Vielleicht war es auch eine Stubenkatze gewesen, die entwischt war, Jagdlust verspürt hatte, mit der Straße jedoch nicht vertraut war. Was würden sie tun, wenn sie es herausfanden? Wie würden sie die Einzelteile einsammeln, so rot und traurig ausgebreitet? Und war es ein anderer Nachbar gewesen, überlegte ich weiter, der es getan hatte, der später wieder am Ort des Todes vorbeifahren und den Abend über mit sich ins Reine kommen musste, bis die stechend frische Schuld abebbte und er versuchen konnte zu schlafen? Würde ich heute Abend um Mitternacht die Straße meines Dorfes entlanggehen, dachte ich, und es würden zwei Lichter brennen, hätte ich sowohl den Besitzer als auch den Mörder gefunden, ganz einfach. Die beiden Seelen, die durch das, was auf der Straße geschehen war, keinen Schlaf fanden. Ich bog um eine Kurve und der Kadaver war nicht mehr zu sehen.

Ich habe nie vorgehabt, mich so tief in der Erinnerung an den Tag zu verlieren, an dem mein Vater verschwand. Es passierte einfach wieder und wieder, und ich stellte bald fest, dass ich mich lebendiger fühlte, wenn ich darüber nachdachte, was einst geschehen war, als in den Momenten, wenn die Dinge tatsächlich geschahen. Ich fragte mich oft, ob ich die Welt verkehrt herum hielt. Denn würde man nicht denken, dass es das reale Leben sein sollte, das die tiefsten Gefühle in einem auslöste? Sollte man das nicht annehmen?

Mir erscheint es als großer Diebstahl, dass die kurze Zeit, die wir bekommen, um unser Bewusstsein zu erforschen, und die kurze Zeit, die wir bekommen, um die Welt zu erforschen, uns jeweils mit derselben Geschwindigkeit durch die Finger rinnen, und das auch noch gleichzeitig, wie zwei Flüsse, die sich auf alle Ewigkeit miteinander verwoben haben und gemeinsam singend eine einzige Klippe hinabstürzen. Es ist mitunter schwierig, das eine vom anderen zu trennen, den Punkt zu finden, wo man selbst endet und die Welt beginnt. Es wäre jedenfalls netter, gäbe es eine Möglichkeit, wie wir eine Weile lang unser Bewusstsein erleben könnten, ohne dass der Rest der Welt die Dinge weiter verkompliziert, und es wäre gleichzeitig gut zu erfahren, wie es ist, ohne jedes Bewusstsein in der Welt zu leben, bevor man von uns verlangt, beide Lieder gleichzeitig zu singen. Ohne all das wird es wahrscheinlich stets ein Kampf bleiben, zu verhindern, dass die Dinge verschwimmen.

Je mehr Zeit ich damit verbrachte, über das Verschwinden meines Vaters nachzudenken, umso mehr fiel mir auf, dass alles um mich herum in der realen Welt, der Welt, die ich nehmen und festhalten konnte, mich an Dinge zu erinnern begann, die früher geschehen waren. Jede Straße, die ich entlanglief, erschien mir als eine Ansammlung von Zitaten früherer Nachmittage, von Eselsbrücken, zum Beispiel, um mich an einen Witz zu erinnern, den ich an jenem Morgen gehört hatte, nicht als eigenständige Straße. Ich verlernte zunehmend, eine Sache wirklich nur als sie selbst zu betrachten. Immer wenn ich mich mit jemandem unterhielt, einem Kind oder einem Erwachsenen, dachte ich gleich an all die Menschen, die ich gekannt hatte, an die mich mein Gesprächspartner erinnerte. Ich konnte nicht hören, was der andere sagte, oder ihm antworten, ohne meine Gedanken durch jede einzelne Kehle hindurchzuschleusen, aus der ich je ein Wort vernommen hatte, so wie Wasser, das sich unter Qualen durch Sandstein nach oben presst. Nach und nach begriff ich, dass das Gehirn, durch das ich offenbar alles hindurchbugsierte, das meines Dads war. Jeder, mit dem ich sprach, erinnerte mich an ihn, und bei jeder Unterhaltung, die ich führte, hatte ich das Gefühl, dass es eigentlich wir beide waren, die sich unterhielten. Permanent überlegte ich, was er wohl denken oder sagen würde, wo auch immer ich war und was auch immer passierte. Und als mir das klar wurde, begann ich mich zu fragen, ob die reale Welt eigentlich überhaupt existierte. Jede Person, mit der ich Zeit verbrachte, schien nicht mehr als mein Vater in Verkleidung zu sein, eine Art abweichende Version jener ersten Person, die ich verloren hatte und die ich in der Erinnerung glänzend blank polieren musste wie eine Kastanie im Herbstduft.

Ich meinte, die Antwort gefunden zu haben, als ich im Zoo im Regent's Park zum ersten Mal ein Faultier zu Gesicht bekam.

Ich beobachtete das Faultier, wie es schlafend von seinem Baum hing, und hatte das sichere Gefühl, das Geheimnis um die wahre Beschaffenheit der Welt erkannt zu haben. Das Faultier schläft beinahe zwanzig Stunden pro Tag. Es wacht auf, um zu fressen und zu trinken, und geht dann wieder schlafen. Ich besah mir seinen schlaksigen Körper im Ruhezustand und war mir sicher, Faultiere wussten etwas, dass die Menschen vergessen hatten. Dass sich nämlich das wahre Leben in unseren Träumen abspielt, den Sequenzen, die in unseren Köpfen ablaufen. Die Welt war bloß ein Ort, den wir besuchten, um für unser Träumen aufzutanken. Wir waren bloß dann wirklich wach, wenn wir schliefen. Das eigentliche Leben versteckte sich, es fand statt, wenn man von einem Ast hing, die Augen schloss und dabei zusah, wie die Bilder ineinanderliefen wie Muster in einem Kohlenfeuer, flackernd, erblühend, verglühend.

PARADIES. Ein Ort, den wir im Schlaf besuchen. Ein Traum, an dem die Menschen festhalten, um Dinge zu kompensieren. Eine Reise, auf die jemand eines Tages zu gehen hofft. Etwas, an das man sich erinnert, Jahre später, um dann zu merken, dass man es zu dem Zeitpunkt nicht genügend gewertschätzt hat, als es einem widerfuhr. Die Jugend, liegt sie einmal lang genug zurück, um einen klaren Blick darauf werfen zu können.

Ich werde also die Geschichte des letzten Tages mit meinem Dad erzählen.

Ich war sieben. Wie groß ich damals war, weiß ich nicht; die Tür, auf der wir im Laufe der Jahre unser Wachstum verzeichneten, existiert schon lange nicht mehr, nehme ich an, oder ist direkt überstrichen worden, als die nächste Familie einzog. Die kleinen Markierungen, die eine Familie hinterlässt, um die Grenzen ihres Leben abzustecken, leuchten nur für jene hell, die sich selbst dort reflektiert sehen, aber sie interessieren kaum je irgendjemand anderen. Man streicht die alten Striche über und macht neue, die vollständig andere Dinge für vollständig andere Menschen bedeuten, auch wenn es für einen Fremden so aussieht, als würden die beiden Sorten Markierungen, hinterlassen auf ein und demselben Türrahmen und lediglich von der Schicht Farbe getrennt, auf die sie gemalt wurden, sich darin perfekt imitieren, wie sie vom Linoleum hinaufkrabbeln.

Ich bin also sieben und liege im Bett und wache auf, wie ich es auch sonst tue, durch das Licht in meinem Gesicht, weil meine Mum hereingekommen ist und die Vorhänge zur Seite gezogen hat. Es sind Vorhänge mit Bären drauf, ausgewählt von meinem Bruder, weil es davor sein Zimmer gewesen ist. Ich will natürlich neue, einzig und allein, weil sie meinem Bruder gehören, auch wenn es schöne Vorhänge sind. Aber wir haben noch nichts in der Sache unternommen, weil das Geld gerade knapp ist. Diese Information bekommen wir zu jedem Abendessen serviert. Wir bekommen einen Krug Wasser auf den Tisch gestellt, Salz und Pfeffer und einen Vortrag, den Mum und Dad einander über Geld und ihre Sorgen diesbezüglich halten. Mir ist klar, es bedeutet, ich muss mich mit Bären begnügen.

Überaus verärgert öffne ich die Augen, so geht es bei mir morgens immer los, verziehe mein Gesicht, weil der Tag furchtbar hell ist, sich so toll vorkommt, und ich sehe Mums Silhouette vor dem Fenster mit den drei Bäumen, die ihr über die Schulter lugen wie ein Haufen neugieriger Affen.

»Aufwachen, raus aus den Federn!«

»Ich will nicht.«

»Komm schon, kleine Dame.«

Meine Erinnerung an das Bett ist vollkommen präzise. Ein einfaches Bett aus Kiefer, mit so viel Klarlack behandelt, dass es beinahe orange aussieht. Ich liebe es, meine Zähne oben in das Kopfteil zu schlagen und zu spüren, wie gut sich in das weiche Holz beißen lässt. Ich hinterlasse dabei kleine Markierungen wie die Narben, die Gletscher an den Flanken von Hügeln graben. Es gibt eine Menge Bissspuren am Kopf- und auch am Fußende des Bettes. Die Decke um mich bildet ein warmes gelbes Schneckenhaus, ich komme mir vor wie der Dotter in einem Ei, habe mich im Bett eingeigelt, wie es schöner nicht geht. Ich schlafe in diesem Zimmer immer auf der linken Seite, damit ich zum Fenster schauen kann. Als Erwachsene habe ich herausgefunden, dass es mir nicht so sehr darum geht, auf welcher Seite ich schlafe, sondern der Lichtquelle abgewandt zu sein.

»Ich stelle die Frühstückssachen raus«, sagt Mum jetzt, »und ich erwarte dich in einer Minute unten.«

»Ist gut.«

Mum lächelt und kommt zu mir herüber und streicht mir mit der Hand über das Haar, an jedem Finger ein magischer Ring, der das Sonnenlicht feiert, und gibt mir einen Kuss auf die Stirn, und selbstverständlich bin ich ihr nicht mehr böse, dass sie mich aufgeweckt hat, weil sie nett ist, und es ist schön, dass sie mich mag. Dass sie mich mag, kann ich an ihrem Lächeln ablesen, das ich genau sehen kann, als sie sich wieder aufrichtet und sich von mir entfernt, bevor sie sich umdreht und aus dem Zimmer geht.

Dann heißt es *Alle Mann an Deck* und ich weiß, ich müsste aufstehen und mir den Bademantel überziehen und raus aus dem Zimmer, bevor ich den Kessel pfeifen höre, weil das nämlich bedeutet, ich war schnell. Und das hier ist der Punkt in der Geschichte, an dem es mich fast überwältigt, weil ich derart erfüllt bin von dem Gefühl, wieder ein Mädchen von sieben Jahren zu sein und aus dem Bett zu springen, weil die Welt schön ist und ich weiß, dass Mum und Dad unten sind, wenn ich dort ankomme und sie mich beide lieben und sie beide lächeln werden, wenn sie mein Gesicht sehen.

Diese Erinnerung ist wie eine Kruste, an der ich nicht aufhören kann zu knibbeln, und davon zu erzählen eine Sucht, die ich nicht kontrollieren kann.

Aus dem Bett gesprungen, greife ich nach meinem pinkfarbenen Morgenmantel, der hinter der Tür hängt, und ziehe ihn mir über die Schultern. Der Teppich auf dem Absatz und den Stufen der Treppe ist bloß dadurch bemerkenswert, wie dreckig er aussieht. Beige wie Toast oder alte Leute, aber was für ihn spricht, ist die Art und Weise, wie er nackte Füße kitzelt – jenes herrliche Gefühl auslöst, als würde man in ein Schaumbad eintauchen.

Ich durchquere den dunklen Korridor, wo der kalte, glatte Stein meinen Zehen einen Schock versetzt.

Dieser Ort ist in der Erinnerung undeutlich. Seine Atmosphäre, seine Düsterkeit ist geblieben – geblieben wie Kondenswasser im Innern meines Kopfes –, aber ein genaueres Bild bekomme ich nicht davon. Nur die vorübergehende Dunkelheit und Kälte und die Vorstellung, dass am Fuße der Treppe das Frühstück auf mich wartet.

NARBENBILDUNG. Die tägliche Routine, die uns irgendwann alle einkapselt. Der Panzer, den wir uns selbst anlegen. Der Schaden, den wir am Ende doch erleiden. Die Dinge, die uns als Men-

schen kennzeichnen. Die Dinge, die uns zu Gefangenen machen. Die Dinge, die uns frei machen. Worauf wir stolz sind. Was wir verbergen. Wohin wir zurückkehren und was wir mit den Fingern berühren, während wir uns erinnern, uns fragen, wie es dazu kam, daran denken, wie sich die Blutströpfchen bildeten. Während wir den Schmerz vergessen und sie allesamt in Geschichten verwandeln.

Als ich in die Küche komme, höre ich ihn, bevor ich ihn sehe.

»Stört es dich, wenn ich das Radio einschalte?«

Das heißt, wir werden die Nachrichten hören.

»Nein, nur zu«, sagt Mum.

Ich erreiche die Tür. Der Holztisch, massiv und zu schwer zum Anheben, gleich in der Mitte und Mum, den Rücken mir zugewandt, die am Aga-Herd damit beschäftigt ist, Porridge für alle zu machen, und Dad im Profil, der das Radio einschaltet. Es stehen Blumen auf dem Tisch, leuchtende Narzissen.

Ich habe ein bisschen Angst vor meinem Vater, wie er mit hochgekrempelten Hemdsärmeln dasteht und das Radio missbilligend anschaut. Weiß ein Teil von mir bereits, dass er vorhat wegzuziehen, uns zu verlassen? Er dreht sich um und sieht mich und lächelt, gutmütig, abgelenkt.

»Hallo, Liebling.«

»Ganz schön kalt hier unten.«

Mum dreht sich um.

»Ist es das? Ich glaube, du hast einfach vergessen, deine Hausschuhe anzuziehen.«

Ich schaue auf meine Füße und denke, vielleicht guckt Dad zur Sicherheit auch nach, aber als ich wieder aufblicke, ist er immer noch mit dem Radio beschäftigt.

»Ach, ja. Das wird es sein.«

Ich prüfe rasch Mums Gesichtsausdruck, um zu schauen, ob ich gleich noch Ärger bekommen werde, weil ich mit nackten Füßen zum Frühstück heruntergekommen bin, aber sie lächelt, als fände sie mich lustig, und so weiß ich, alles ist okay.

»Ich versteh bloß nicht, warum mir, wenn ich kalte Füße habe, gleich am ganzen Körper kalt ist.«

»Vielleicht hast du einfach entschieden, das so zu fühlen«, sagt Dad und jetzt läuft das Radio und er hat seine Aufgabe erfüllt, weshalb er herüberkommt und mich anschaut. Er gibt mir einen Kuss auf den Kopf und ich starre seinen Bauch an und das weiße Hemd und den Schlips, der an ihm herunterhängt. »Morgen, Kleine«, sagt er.

»Morgen.«

Wir setzen uns zum Frühstücken. Mum gibt mir als Erstes eine Schale und ich tue mir nur Honig hinein, weil Mum bereits Rosinen hineingegeben hat, das muss ich nicht mehr machen. Sie gibt Dad seinen Porridge und nimmt sich selbst eine Schale. Dad stochert in seinem Kaffee herum, was ein bisschen so aussieht, als würde er versuchen, eine Verstopfung im Abfluss zu lösen. Er beugt sich über den Tisch und ich frage mich, ob sein Schlips wohl im Porridge landen wird.

»Liegen wir gut in der Zeit?«, fragt meine Mum.

»Jep, sehr gut.« Er ist etwas schmallippig – ein Ausdruck, den ich von Mum gelernt habe. Sie denkt manchmal, Dad sei ihr gegenüber schmallippig, dabei finde ich, sein Mund sieht ganz normal aus. Ich behalte den Gedanken für mich, für den Fall, dass sie sich gestritten haben und ich mit einer unbedachten Äußerung alles noch schlimmer mache. Aber dann lächelt er sie an, ein breites Lächeln mit Zähnen, und ich kann sehen, dass sie sich nicht gestritten haben, weshalb ich mir keine Sorgen mehr mache. Ich senke den Kopf und konzentriere mich auf den Porridge.

Und schon jetzt beginnen mir die Augenblicke auszugehen, an denen ich mich festklammern kann. Die Szene, die ich beschreibe, geht bereits zu Ende. Wir bekommen unser Leben portionsweise zugewiesen – schartige Schieferstückchen, die wir uns nicht aussuchen können, und einige der Tage, die wir hassen, werden ewig andauern, und einige der Momente, die wir lieben, werden vorbei sein, noch bevor sie überhaupt richtig begonnen haben, und der hier gehört dazu. Dies ist ein Augenblick, der zu schnell vorübergeht. Ich gerate jetzt in einen Strudel, denn an dem besagten Morgen war mir der Porridge zu heiß. Ich konnte nicht rechtzeitig zu essen anfangen, um mit den anderen mitzuhalten, ich pustete einfach nur in die Schale, hob den Brei mit dem Löffel an und rührte dann durch.

»Alles in Ordnung, Liebling?«

»Ja. Ich warte bloß, bis er abkühlt.«

»Möchtest du dir etwas kalte Milch reintun?«

»Gerne.«

Ich gieße die Milch hinein, aber jetzt passiert es, ich weiß, ich bin bereits dabei, ihn zu verlieren, während sich die Erinnerung weiter entfaltet. Weil ich Dad bereits kilometerweise Vorsprung gegeben habe mit seinem Frühstück. Er trinkt bereits seinen Kaffee und hat seine Schale schon halb geleert, obgleich sie Sekunden zuvor noch voller Porridge war, und er schaut auf die Uhr und ich kann mich nie mehr mit der Ruhe an diese Augenblicke erinnern, mit denen sie gefüllt gewesen sein müssen – ich kann lediglich in dem Bewusstsein zu ihnen zurückgehen, dass ich ihn verlieren werde, voller Panik, voller Angst. Und das kleine

Mädchen, in dem ich gefangen bin, durch dessen Augen ich blicke, ist im Gegenzug erfüllt von meiner Panik, meiner Erwachsenen-Angst, weshalb es sich so anfühlt, als sei das Gefäß, in das ich mein Leben hineingegossen habe, kaum groß genug, um alles aufzunehmen. Die Kleine wird ganz sicher bersten wie ein Staudamm und herausschreien, was ich weiß, sie aber nicht, was sie niemals rechtzeitig erkennen wird. Dass dies kein normaler Tag ist. Dass dies der Tag ist, an dem alles Furchtbare geschieht.

Dad isst seinen Porridge auf, während ich das meiste von meinem noch vor mir habe. Er schiebt den Stuhl zurück.

»Das war köstlich.«

»Musst du los?«, sagt Mum. Sie scheucht ihn von uns fort und sie weiß nicht einmal, was sie tut, weiß nicht, dass da gleich hinter ihm eine Klippe ist, genau dort, wohin sie ihn stößt.

»Ich sollte mich auf den Weg machen, ja.«

»Okay.«

Er steht jetzt auf und ich lächele ihn an. Es spielt keine Rolle, welches Gesicht ich machen will, denn was tatsächlich damals passierte, war, dass ich lächelte, weshalb ich dazu verdammt bin, jedes Mal zu lächeln, wenn mich die Strömung zurück an den Ort treibt und ich alles erneut erlebe und den Schaden begutachte.

»Bis gleich, Kleine«, sagt er und entfernt sich vom Tisch. Und ich und Mum sitzen in kameradschaftlichem Schweigen da, so muss es uns damals vorgekommen sein, und beenden unser Frühstück. Mum hat bereits ihren Porridge aufgegessen, jetzt trinkt sie bloß noch ihren Kaffee. Ich esse meinen auf und trinke ein Glas Wasser und Mum erkundigt sich, was heute in der Schule ansteht, und ich sage ihr, das wisse ich nicht so genau. Dann kommt Dad in die Küche zurück und er hat seine Jacke an.

»Kannst du sie zur Schule fahren?«, sagt er zu Mum und sie nickt. »Danke. Ich sollte nicht zu spät kommen. Wiedersehen, Liebling.« Er beugt sich erneut vor und gibt mir diesmal einen Kuss auf die Wange. Und ist daran irgendetwas Besonderes? Unterscheidet er sich von den tausenden Küssen, die ich zuvor bereits von ihm bekommen habe, den Millionen kleiner, einfacher Beweise der Liebe, die Eltern auf der ganzen Welt an diesem Morgen ihren Kindern geben? Lange Zeit war ich überzeugt, Dad müsse im Laufe des Tages bei einem Unfall ums Leben gekommen sein, weil ich das Gefühl hatte, an diesem Kuss war überhaupt nichts außergewöhnlich gewesen. Er verabschiedete sich einfach von mir, sagte auf die gleiche Weise Auf Wiedersehen wie jeden Morgen, wenn er zur Arbeit fuhr. Er musste also in einer Pfütze ins Schleudern geraten sein oder die Konzentration verloren haben, von einer Brücke geflogen oder in einen Lkw hineingepflügt sein, und man hatte mir nie erzählt, dass es ihn zerrissen und zerfetzt hatte, um mich vor der Trauer zu schützen. Das schien mir stets die einzig mögliche Erklärung zu sein. Er streichelte mir nicht über den Rücken, er drückte nicht meine Hand. Er umrundete einfach den Tisch und gab Mum den gleichen Kuss, den er mir gegeben hatte, und schickte sich an, den Raum zu verlassen, drehte sich im Türrahmen dann aber noch ein letztes Mal um.

»Hab dich lieb«, sagte er. Ich möchte gerne glauben, dass wir beide gemeint waren. Dann drehte er sich um und ging und ich sah ihn nie wieder.

Dies ist die Erinnerung, die ich wieder und wieder abspielte. Ich war einst der Meinung, die ganze Welt setze sich womöglich ausschließlich aus Wiederholungen dieser Szene zusammen. Ich hielt es für das Wichtigste überhaupt, dass ich sie so häufig wie möglich in meinem Kopf wiederholte, ein Blankwetzen im Verborgenen, eine Methode, um dafür zu sorgen, dass jeder Moment in meiner Erinnerung hell und klar erstrahlte.

HAKEN. *Eine Gabelung der Straße. Ein Fehler. Eine charakteristische Markierung.*

Im Laufe meiner Kindheit und Jugend wurde ich zunehmend unsicher, ob ich tatsächlich nur auf der Welt war, um mich an diesen Morgen zu erinnern. Zunächst kamen mir Zweifel, ob ich mich überhaupt wirklich an alles erinnerte. Als Teenager hatte mir Mum erklärt, dass sie und Dad an jenem Morgen einen fürchterlichen Streit gehabt hatten, und als ich das hörte, begann ich an der Klarheit meiner Erinnerung zu zweifeln.

Irgendwann begann ich auch, mir die Geschichte genauer anzuschauen, die ich immer wieder erzählte, und ich fragte mich mehr und mehr, ob sie sich womöglich im Laufe der Jahre in meinen Händen behutsam verändert hatte wie weicher Lehm, wie mündlich übertragene Lyrik, ob ich tatsächlich bloß das zu reanimieren versuchte, was ich gesehen hatte, oder ob ich nicht etwas dazudichtete. Ich kann mich des Gefühls nicht erwehren, dass meine Geschichte von Widersprüchen nur so strotzt. Vergegenwärtige ich mir noch einmal die Worte, die meine Eltern meiner Erinnerung nach an diesem Morgen sprachen, scheint mit ihnen auf fatale Weise etwas nicht zu stimmen – sie klingen einfach nicht richtig. Hat meine Mutter mich je »Kleine« genannt? Fast macht es den Eindruck, als hätte ich diese Vokabel irgendwo anders aufgeschnappt. Und wo sind mein Bruder und meine Schwester überhaupt, warum waren sie während des Frühstücks nicht bei uns? Habe ich sie beide aus der Geschichte herausgeschabt oder übermalt, um einen klareren Fokus auf die Dinge zu bekommen, die ich für wichtig halte? Ich hätte diese Erinnerungen aufschreiben sollen, als sie noch frisch waren, bevor ich sie so viele Male abgeschritten hatte, dass ich alle Spuren verwechselte.

Das einzige Detail, von dem ich sicher bin, dass es stimmt, eigentümlicherweise, ist die Dunkelheit des Flurs vor der Küche. Etwas an der Erinnerung an diesen düsteren Ort, das ich aber nicht klar benennen kann, bringt eine Saite zum Klingen. Die Dunkelheit hat einen erdigen Geschmack auf meiner Zunge hinterlassen. Aber ansonsten weiß ich nicht, was ich wirklich deutlich sehe, was real oder ein Gewebe aus Fiktionen, aus Träumen ist.

In der Schule erfuhr ich dann von dem Konzept der Deckerinnerung, ein Begriff, den Freud geprägt hat. Er war der Meinung, die Menschen würden die Feuersbrünste des Lebens nur überstehen, indem sie sich vor dem Schlimmsten schützten: Wir konstruieren Mythen, falsche Bilder, Schattenbilder, die anstelle der realen Erlebnisse unseres Lebens stehen und die die Traumata, die wir alle erlebt haben, ein klein wenig erträglicher machen. Diese Deckerinnerungen sind gleichzeitig durchwirkt von Fäden des wahren Lebens und kaschieren es, lenken unsere Aufmerksamkeit fort von den Dingen, die in der Erinnerung ernstlichen Schmerz auslösen. Und sie sorgen dafür, dass wir die Erfahrungen, die wir gemacht haben, etwas besser verstehen. Sie helfen uns dabei, aus der Sinnlosigkeit der Erfahrung eine Geschichte zu machen, weil die Menschen eine Geschichte brauchen, wenn sie etwas begreifen wollen. Als ich all das begriff und mich der weithin etablierten Theorie stellen musste, dass tatsächlich nur sehr wenige Erinnerungen, die wir in unseren Köpfen mit uns herumtragen, der Wahrheit entsprechen, begann ich mich zu fragen, woran ich mich da eigentlich die ganze Zeit, die ich an meinen Vater gedacht hatte, erinnert hatte. Hatte ich einfach mir selbst eine Geschichte erzählt? Hatten die Bilder, die ich in Ehren hielt, tatsächlich kaum mehr Substanz als das hauchdünne Gewebe eines Traums?

Dann las ich eines Tages, Wissenschaftler hätten gezeigt, wie bestimmte Erinnerungen gelöscht werden könnten, indem man sich systematisch auf eine andere, damit in Zusammenhang stehende Erinnerung fokussierte. Sie hatten eine Person an einen Computer angeschlossen und ihr in rascher Folge zwei Bilder gezeigt. Um was für Bilder es sich handelte, weiß ich nicht mehr – sagen wir einfach, es seien darauf meine Enzyklopädie und mein Vater zu sehen gewesen. Die Wissenschaftler verfolgten, welche Neuronen im Gehirn feuerten, wenn die Person das eine oder das andere Bild sah. Nach einer Weile war eine Verbindung zwischen den beiden Bildern hergestellt und wann immer die Person die Enzyklopädie zu sehen bekam, dachte sie gleichzeitig auch an Dad. Wann immer der eine Satz von Neuronen feuerte, glomm auch der andere schwach auf. Dann aber machte man eine interessante Beobachtung. Immer dann, wenn man die Person wiederholt dazu aufforderte, sich bloß an eines der beiden Bilder zu erinnern – nur an die Enzyklopädie etwa und nicht an Dad –, verloschen die zu Dad gehörigen Neuronen langsam, die zunächst gefeuert und gezeigt hatten, dass die Enzyklopädie die Person an Dad erinnert hatte. Die Verbindung war wieder gekappt.

Wenn ich also zum Beispiel obsessiv immer wieder das letzte Mal rekonstruierte, als ich meinen Dad sah, konnte ich demnach dabei eine Menge anderer Erinnerungen verlieren, die mit ihm zu tun hatten. An jeden anderen Tag, den ich mit ihm verbracht habe. An jedes Wort, das er je zu mir gesagt hat.

Was sich daraus schlussfolgern lasse, sei, so die Wissenschaftler, dass das Gehirn das wegwirft, was wir nicht häufig brauchen, um Platz für das zu schaffen, was wir dem Anschein nach tatsächlich benötigen. Das Gehirn behält also nur die am häufigsten genutzten Pfade, die wir uns durch unser neuronales Netz gebahnt haben und die ausgetreten und problemlos passierbar sind. Es lässt zu, dass alle anderen mit Unkraut zuwuchern. Die anderen Erinnerungen bleiben also entweder abgeschnitten, verborgen in kleinen Bereichen des Labyrinths, die nicht länger zugängig sind, oder finden Verwendung als Dünger und werden als Ganzes von den Erinnerungen gefressen, die nun ihren einstigen Platz einnehmen.

Das schockierte mich. Mir wurde klar, dass ich womöglich tausende andere Erinnerungen an meinen Vater gelöscht hatte, indem ich mich obsessiv mit dieser einen befasst hatte, mein Gehirn dazu überredet hatte, diesem Morgen mehr und mehr Platz einzuräumen, bis es für beinahe nichts anderes Platz mehr gab. Wenn ich mich testete, stellte ich fest, dass ich kaum andere Erinnerungen an Dad hatte. Ich fragte mich, ob ich wirklich versucht hatte, meinem Vater näherzukommen, all die Male, als ich diesen kostbaren, vieldeutigen Morgen neu durchlebt hatte. Vielleicht hatte ich versucht, ihn in dem strahlenden Gelb der Narzissen auf dem Tisch zu ertränken, damit so wenig wie möglich von ihm in meinem Kopf übrig blieb, es anstelle einer ganzen verschwundenen Kindheit nur ein einziges Bild geben würde, einen letzten Gedanken, den ich mir an meine geistige Dartscheibe pinnen konnte. So funktioniert Hass, glaube ich – wir vereinfachen. Es ist leichter, ein Bild zu hassen, als etwas, das so komplex ist wie das ganze Verhältnis zwischen einer Tochter und dem Vater, der sich von seiner Familie abgewendet und sie mit ihren Zweifeln und ihrer Trauer zurückgelassen hat. Wenn wir uns ein Bild an die Dartscheibe pinnen, verdecken wir gleichzeitig andere Dinge. Alles, was wir tun, versteckt genauso viel, wie es offenbart. Alles, was wir sagen, ist eine Art Lüge, eine Methode, andere Dinge zu verbergen, die nicht gesagt werden.

In der Schule hatte ich eine Freundin, die ständig log. Hannah. Sie erzählte jeden Tag die erstaunlichsten Lügen und alle wussten, dass nichts davon stimmen konnte, worüber sie wiederum im Bilde sein musste, wie ich dachte, aber sie machte trotzdem immer weiter.

»Ich habe in den Ferien den Papst kennengelernt.«

»Nein, hast du nicht.«

»Und ob ich das hab. Wir waren in Rom und er trifft jeden Tag sieben Besucher. Es gibt eine Art Lotterie und ich habe gewonnen und durfte ihn treffen.«

»In Rom?«

»Wir haben uns eine halbe Stunde lang unterhalten. Ich sagte, ich fände die Decke der Sixtinischen Kapelle wunderschön.«

»Du bist nicht einmal katholisch.«

»Nein. Er meinte, er hoffe, ich würde es mir noch mal überlegen.«

Es gefiel ihr einfach, dafür zu sorgen, dass ihr Leben aufregender klang, als es tatsächlich war.

»Ich bin vom Geheimdienst angesprochen worden.«

»Warum das denn?«

»Ich soll ihnen bei der Informationsbeschaffung helfen.«

»Warum sollten sie dich wollen?«

»Verbindungen.«

»Was für Verbindungen hast du denn?«

»Sie brauchen eben auch Kontakte zu jungen Leuten. Außerdem kenne ich ohnehin eine Menge Spione, weshalb ich auch noch helfen könnte, das weiterzugeben, was die so hören.«

»Woher kennst du denn Spione?«

»Tue ich eben.«

»Und woher?«

»Ich kenne halt eine Menge, kein Grund, neidisch zu sein. Einer arbeitet für eine Ölfirma in Afrika. Sein Großvater war der Chef der kommunistischen Partei in Europa, aber tatsächlich war er ein britischer Spion, der die Partei von innen heraus kaputt gemacht hat. Seine Familie war seit jeher im Bereich Spionage tätig. Und ich kenne einen Spion, der, um seine geheimen Aktivitäten in Afrika zu tarnen, herumreist und Schulbücher verkauft. Und ich kenne einen, der in Beirut eine Kunstgalerie führt.«

»Woher kennst du denn diese Leute?«

»Ich treffe sie einfach.«

Natürlich erging es ihr wie dem Jungen aus dem Märchen mit dem Wolf und nach einigen dieser Räuberpistolen glaubte ihr niemand mehr irgendetwas. Als wir in der vierten Klasse waren, erzählte sie mir, sie sei auf einem Beatles-Konzert gewesen, kurz bevor sie aufgehört hatten aufzutreten, und ich lachte sie aus, glaubte ihr kein Wort. Nur ein paar Monate später allerdings, als ich bei ihr zu Hause war, entdeckte ich in ihrem Zimmer einen Programmzettel für ein Beatles-Konzert. Sie fing nicht von dem Konzert an – der Zettel ragte einfach aus ihrem Bücherregal heraus. Ich bat sie, ihn mir zu zeigen, und sie holte ihn herunter und ich sah mir den Zettel an und begriff, dass sie womöglich tatsächlich die Beatles gesehen hatte und ich einfach angenommen hatte, sie würde lügen. Ich fragte, wie das so sei, sie zu hören, wenn sie so direkt vor einem standen.

»Es war wirklich eigenartig«, sagte Hannah. »Du weißt schon, wegen dieser Beatlemania, alle Mädchen drehen einfach durch, wenn sie sie sehen. Sie kreischen und verlieben sich, während die Band spielt. Und ich sagte mir, dass ich das nicht tun würde, ich wegen der Musik da sei, weil mir die Songs gefielen und ich ein echter Fan sei. Und dann kamen sie auf die Bühne und alle um mich herum fingen an zu kreischen, einfach zu kreischen, es war wie eine Welle und ich machte mit. Und ich glaube nicht, dass ich aufhörte, bevor sie die Bühne wieder verließen. Und ich glaube auch nicht, dass ich überhaupt irgendetwas von der Musik gehört habe.«

STRÖMUNG. *Die Art, wie der Mond die Bewegung der Meere beeinflusst. Die Gefahren, die uns hinabziehen können, wenn wir es zulassen. Die Dinge, die uns nach Hause tragen können. Die unterhalb der Oberfläche verborgenen Muster, die die sichtbare Welt ordnen. Etwas, das man kartieren kann. Etwas, um das man herum planen kann. Etwas, das man nutzen und in Kraft verwandeln kann.*

Ich wand mich den Fakten im Leben meines Dads zu, um zu versuchen zu begreifen, was sich womöglich tatsächlich an dem Tag, an dem er gegangen war, abgespielt hatte. Mum hatte nie wirklich von ihm erzählt, bevor ich zu fragen anfing. Dann aber erfuhr ich, dass Mum, nachdem er am Abend jenes Tages einfach nicht von der Arbeit nach Hause gekommen war, einen seiner Freunde aus dem Büro anrief, man sagte ihr, er habe bei

Feierabend vollkommen normal gewirkt. Kurz darauf startete sie eine Vermisstensuche. Nach ein paar Tagen, so meine Mutter, habe sie einen Brief bekommen. Zeigen konnte sie ihn mir nicht, weil sie ihn vernichtet hatte, aber in dem Brief erklärte Dad ihr, er habe entschieden, so wie bisher könne er nicht weiterleben. Er habe das Gefühl gehabt zu ertrinken und nach einer anderen Möglichkeit suchen müssen, sich über Wasser zu halten. Er versprach, bis zu seinem Lebensende Geld zu schicken, was er auch tat, zumindest den Rest meiner Kindheit über.

Ich wünschte von ganzem Herzen, Mum hätte den Brief nicht verbrannt. Es müssen darin Hinweise verborgen gewesen sein, die man hätte entschlüsseln können; er muss Geheimnisse enthalten haben, so weich wie das Innere von Artischocken. Er hätte ein Tor zu einem besseren Verständnis seiner Person sein können. Aber er ging in Flammen auf wie so vieles aus meiner Kindheit, so viel Glück, so viele Erinnerungen.

Und dann, Jahre später, als ich drauf und dran war, das Haus zu verlassen, erzählte mir Mum, dass Dad in den Wochen, bevor er ging, regelmäßig einen Arzt aufgesucht und sich tageweise frei genommen habe. Der Arzt habe anfänglich eine Angststörung diagnostiziert, aber Dad habe Mum anvertraut, er fürchte, die Situation sei ernster. Und Mum hatte den Eindruck gewonnen, ohne dass Dad das explizit ausgesprochen hatte, dass er sich fragte, ob er nicht an der Schwelle zur Schizophrenie stehe, zögernd durch die Untiefen einer schweren und lähmenden Psychose gehe.

Die Offenbarungen über meinen Vater waren für mich derart befremdlich, erschienen mir derart extrem und entsprachen so überhaupt nicht dem, wie ich ihn erinnerte, dass ich Mum zunächst nicht glaubte, als sie mir davon erzählte. Mum erklärte mir, es habe keine offizielle Diagnose gegeben: Es sei bloß ein Gefühl gewesen, das er offenbar gehabt habe, eine schleichende Überzeugung. Ich fragte, was sie damit meine, und sie sagte, er habe zu glauben begonnen, die Welt sei nicht wirklich real. Er habe angefangen, mehr und mehr in seinem Kopf zu leben, zurückgezogen vom Lärm der ihn umgebenden Welt, um alles auszublenden, das ihn nach seinem Dafürhalten bedrängte. Das Wort Schizophrenie verwendete er in dem Zusammenhang nie. Erst später, als Mum mit anderen darüber sprach, entdeckte sie, dass es eine mögliche Korrelation gab. Schizophrenie, so erfuhr sie, war eine Art Rückzug aus der Welt in die geheimen Abteilungen des Geistes, eine Flucht vor der Realität, die Leute antreten, wenn sie damit nicht zurechtkommen.

Wenn das schon alles ist, worum es bei einer Schizophrenie geht, dann frage ich mich, ob diese Diagnose nicht so ziemlich auf jeden zutrifft. Es erscheint mir das menschlichste Bedürfnis der Welt zu sein, sich in eine Geschichte zu stürzen. Aber vielleicht machte es das für Mum erträglicher – zu glauben, er sei krank gewesen. Mein Eindruck ist, sie klammerte sich daran fest und sagte sich, er müsse am Rande einer schweren Erkrankung gestanden habe. Zum Schluss erzählte Mum mir noch, Dads Großvater väterlicherseits sei in seinen Vierzigern in das Irrenhaus für Arme von Surrey County eingewiesen worden mit einem Leiden, das man heutzutage aller Wahrscheinlichkeit nach als Schizophrenie beschreiben würde. Aus irgendeinem Grund half ihr das weiterzumachen, zu denken, dass ihr Mann ebenfalls in eine solche Einrichtung gehört hätte.

Kurz darauf besuchte ich, was einst das Irrenhaus für Arme von Surrey County gewesen war. Ich wollte den Ort sehen, weil ich annahm, ich käme so irgendwie dem Wahnsinn näher, der gemäß der Vermutung meiner Mutter von meinem Vater Besitz ergriffen hatte. Ich dachte, ich würde mich ihm so näher fühlen. Ich hatte versucht, etwas über die Geschichte des Hauses zu lesen, hatte aber kein Buch entdeckt, das den Menschen wirklich Raum gab, die das Leben an diesen Ort verschlagen hatte. Also stieg ich in den Zug, um mich stattdessen einfach umzusehen.

Das Krankenhaus liegt mittlerweile in London, aber als es gebaut wurde, hatte die Stadt sich noch nicht so weit ausgebreitet, weshalb es die Anmutung eines einst abgelegenen Ortes hat, der dem Wechsel der Gezeiten zum Opfer gefallen ist. Zurückgesetzt von der Burntwood Lane, erstreckte sich das Areal dessen, was heute Springfield University Hospital heißt, beinahe über die gesamte Länge des Hügels, der zwischen Wandsworth Common und Garret Green liegt. Das Areal war ringsherum von dichtem Baumbestand umgeben wie von Wolkenbänken, ein Baumbestand, der sicher der halben Fuchspopulation Londons Unterschlupf gewährte. Das Krankenhaus war ein Labyrinth von Gebäuden in unterschiedlichen Stadien des Verfalls. Es gab uralte und hässliche Bauten, die seit Langem leer standen, aber auch einige modernere Container, für die allerdings niemand mehr Verwendung hatte. Ich lief zur Vorderseite des Gebäudes und hatte das Gefühl, vor einem Schulgebäude in Cambridge zu stehen. Der große Klinkerbau, dessen Baujahr über dem Haupteingang des Krankenhauses mit 1840 angegeben wurde, von der Straße zurückgesetzt und eine viereckige Rasenfläche von drei Seiten vorsichtig umhegend, schien starr in den Himmel über meinem Kopf zu schauen. Es war früher Abend und oberhalb des Rasens begannen in den Fenstern die Lichter anzugehen. Vor hundert Jahren musste mein Urgroßvater durch eines davon in den Abend hinausgeblickt haben.

Ich nehme an, dass irgendetwas Furchtbares in Dad aufgestiegen, zum Siedepunkt gekommen und schließlich hochgekocht sein muss. Oder dass etwas unaussprechlich Schlimmes geschehen war, vielleicht auf dem Nachhauseweg an jenem Abend, etwas, das das Leben, so wie es war, für ihn unerträglich machte.

Als ich alles über meinen Dad in Erfahrung gebracht hatte, was ich konnte, und sah, wie wenig es tatsächlich war, kam mir die Frage, wie viel wir überhaupt je über das Leben anderer wissen, ihre Gedanken und die Gezeiten, die sie in Bewegung versetzen.

SCHUTZSCHIRM. Dazu zu verwenden, um sich dahinter zu verbergen. Um das Wetter abzuwehren, die Blicke anderer, die Schatten, die in Zimmerecken lauern. Um Funkenflug zu trotzen.

Vielleicht ist der Verdacht gar nicht so abwegig, dass wir alle innerhalb eines Spektrums liegen, an dessen Ende Schizophrenie steht. Vielleicht ist es das, was die Menschen so interessant macht – dass jeder von uns das Samenkorn von allem in sich trägt, was je geschehen ist und je geschehen wird. Jeder von uns könnte jeder andere sein, wären wir bloß in das richtige Leben hineingeboren. Und gerade für jene von uns, die wir unsere Leben am Rande verbringen, ist es wichtig, eines nicht zu vergessen – der Tag jedes einzelnen Menschen will mit dem gleichen Maß an Würde gelebt werden.

ERBLEICHT. Etwas, aus dem alles Leben gewichen ist. Etwas in Schockstarre. Etwas, das man lange aufbewahrt hat. Äpfel für Crumble in der Eistruhe für später im Winter. Eine Person, die etwas gehört hat, was ihr nicht behagt.

Ich hatte einen Termin im Green Lanes in Devizes. Nachdem ich die Katze auf der Straße gesehen hatte, fuhr ich weiter, dachte zurück an all die verlorenen Geheimnisse. Ich versuche in der Regel, mich auf die Welt zu konzentrieren, wie sie jetzt ist, den Tag um mich herum, nicht auf die Welt, wie sie einst war und nicht länger sein kann, aber ich merke immer wieder, wie schwer mir das fällt.

Ich verließ Aughton in südlicher Richtung, passierte Collingbourne Kingston und Collingbourne Ducis, ließ meine *Revolver*-CD laufen und sang leise mit, um bei Laune zu bleiben, während das karge Jammertal des Plains vorbeizog und gleichzeitig zu versuchen schien, in den Wagen einzudringen und seine ganze Traurigkeit und Einsamkeit neben mir zu platzieren. Wie immer nickte ich der Kirche bei Collingbourne Kingston zu, dem Kricketplatz und dem alten Pub auf der rechten Seite, der frisch renoviert in neuem Glanz erstrahlte.

Nichts wuchs jetzt mehr auf den Feldern. Ich nahm die Abkürzung über die Chick's Lane nach Everleigh und fuhr nach Westen durch Upavon, kam an Rushall, Chirton, Conock, Wehampton und Lydeway vorbei, bis ich die ersten Ausläufer der Stadt erreichte. Die Felder waren erbleicht und ahmten die Farbe des blutleeren Himmels nach. Keine Vögel oder nur sehr vereinzelt. Späte Schwalben und graubraune Rotkehlchen, die den Boden eggten. Hier und dort querte eine Krähe pickend eine Ackerfurche.

Leerer Raum, totes Land. So sehr ich mich auch bemühe, ich komme doch immer wieder zu dem Gefühl zurück, dass mein Leben von Beginn an darin bestand, dass die Möglichkeiten, die ich hatte, sich kontinuierlich verringerten, eine Tür nach der anderen zuschlug, die ich nie durchschritten hatte. Daher fällt es mir auch leichter, mir die Zukunft auszumalen, als in der Gegenwart zu leben, denn wenn ich mir die Welt nach meinem Tod vorstelle, stelle ich mir vor, dass sich wieder alles öffnet, sich dehnt wie die Mündung eines Flusses, um das Meer zu fressen – dieses ganze Leben, das in meiner nichtigen Existenz eingesperrt gewesen ist, aus dem Kerker dieses Wagens, dieses Körpers, dieses Bungalows entlassen wird, zurück in die Weite der Welt, wo alles damit geschehen kann. Ein angenehmer Gedanke, der wahre Wunder wirkt. Ich träume bevorzugt von der Welt, als sie noch offener war, und davon, dass sie es wieder sein wird, wenn ich sie nicht in diesen kleinen Ausschnitt pressen muss, auch wenn ich weiß, dass mein Leben klein bleibt, wenn ich es nicht zu leben beginne.

Revolver gehört zu meinen definitiven Lieblingsplatten. Es gibt da diese CDs, die ich immer spiele, wenn ich die Gelegenheit dazu habe, so oft ich kann, die immer bei mir im Auto liegen, es sei denn, ich nehme sie mit hinein, um sie abends im Wohnzimmer zu hören und mitzusingen. Einmal habe ich eine kleine Studie bezüglich meiner Lieblingsplatten durchgeführt. Natürlich war mir seit langer Zeit bewusst, dass es da bestimmte Alben gab, die ich häufiger hörte als andere, aber ich hatte nie genau festgehalten, welche es waren und was es genau war, was mir an ihnen gefiel, hatte keinerlei Systematik formuliert. Aber ich mag Systeme und ich mag Kategorien und ich mag Listen, sodass ich mich, als ich einmal einen ruhigen Nachmittag hatte, hinsetzte, um eine Analyse meiner CDs vorzunehmen und herauszufinden, welche mir davon wirklich etwas bedeuteten. Ich fand die Aufgabe angenehm. Vielleicht weil sie mir erlaubte, die Kontrolle zu übernehmen, und mich all der positiven Dinge zu erinnern, die ich mit den Platten verband. Was ich herausfand, als ich meine Musik durchging und meine Lieblingsplatten identifizierte, war, dass mir einige davon nicht nur wegen der Songs so gut gefielen, sondern auch weil sie auf ganz spezielle Weise zu einem wichtigen Teil meines Lebens gehörten. So weit, so wenig bemerkenswert, nehme ich an. Musik scheint für Menschen, mehr als irgendetwas sonst, etwas ganz Persönliches zu sein. Es gibt Songs, bei denen alle denken, es ginge darin um sie, auch wenn das nicht sein kann, und solche, denen die Leute komplett unterschiedliche Bedeutungen zumessen, den jeweiligen Leben geschuldet, die sie gelebt haben. Irgendwie dringen sie in uns ein, haben etwas an sich, dass man meint, sie würden zu uns sprechen.

DEFINITIVE LIEBLINGSPLATTEN. Revolver. Abbey Road. Rumours. Bare Trees. London Conversation. Sunday's Child. Solid Air. Ladies of the Canyon. Blue.

Es gab Zeiten, da haben mich diese Platten gerettet. Wenn ich das Gefühl hatte, nicht mehr zu können, hörte ich mir die eine oder andere davon an und befand, dass wenn ich einfach noch mal eine Nacht drüber schlief, es ja vielleicht doch irgendwie weitergehen würde. Und das tut es immer. Es gab immer einen Weg, es noch ein bisschen länger auszuhalten, bis jetzt zumindest. Ich weiß, dass es albern klingt, aber mir hilft es, und die Ärzte, zu denen ich gehe, sagen mir, wenn es hilft, hilft es, und dass ich mir keine Gedanken darüber machen sollte, was andere darüber denken.

Die Beatles habe ich nie live gesehen, aber ich bin ein paar Mal zu Konzerten von John Martyn gegangen. Er singt auf dreien meiner Lieblings-CDs und ich verehrte ihn auf die Art, die man sich erlauben kann, wenn man weiß, dass man den Richtigen niemals treffen wird. Er war für mich ein Gigant, schien das Leben förmlich zu verschlingen, auf eine Weise tief empfinden zu können, die anderen verborgen bleibt. Es machte ihn zum Trinker und bei den drei Malen, die ich ihn live sah, war er nicht immer sonderlich gut. In den Siebzigern hörte ich ihn in London und er war betrunken, konnte aber noch spielen und singen wie ein Engel, und ich saß in der Wolke aus Klängen und fühlte mich sicher und geliebt, ein seltenes Gefühl, wie es nur Musik auslösen kann. Als ich ihn in den Achtzigern bei einem Konzert in Bristol sah, war er verändert. Er war launisch, sprach während seines Sets nicht mit dem Publikum und zerschlug dann gegen Ende seine Gitarre. Seine Stimme war brüchig und tiefer, vom Trinken aufgebrochen wie Erde, die in der Sommerhitze aufreißt, und er war untersetzter. Es waren harte Jahre für ihn gewesen, Whiskeyjahre, und das letzte Mal, als ich ihn sah, jetzt vor zehn Jahren, war er beinahe vom Alkohol erledigt, ein Doppelzentner-Mann im Rollstuhl, dem ein Bein fehlte, weil es brandig geworden war. Seine Stimme war da nur noch die Erinnerung an eine Stimme, ein Krächzen, das hin und wieder einen Ton traf. Der Mann, der während des Konzerts neben mir saß, war hingerissen, aber ich fand es einfach nur traurig.

»Ist er nicht der Wahnsinn?«, sagte er zwischen zwei Songs zu mir.

»Findest du?«, fragte ich.

»Hat immer weitergemacht.«

»Aber wäre es nicht der Wahnsinn gewesen, wenn er einen Weg gefunden hätte, sich selbst dabei nicht so wehzutun?«

»Denkst du nicht, dass es gerade all diese Erfahrungen sind, die ganzen Schmerzen, die seine Stimme so kraftvoll machen und die Songs so gut?«

»Findest du seine Stimme kraftvoll? Ich finde, er klingt traurig.«

Als John Martyn starb, hörte man eine Menge Geschichten darüber, wie gewalttätig er unter Alkoholeinfluss hatte sein können, wie er Leute verprügelt hatte, einmal auch Sid Vicious, weil der ihm gesagt hatte, er gehöre zum alten Eisen. Wie er seine Frau geschlagen und mit Heroin gekämpft hatte und wie er, ganz jung noch, auf der Suche nach Ruhm und Reichtum, nach London gekommen war und am Trafalgar Square unter freiem Himmel hatte schlafen müssen. All die Gewalt und raue Romantik im Leben eines armen Jungen in der Nachkriegszeit, der nach etwas suchte, woran er sich festklammern konnte in einem zerstörten Land. Eines weiteren aufgewühlten Kindes, dessen Familie umherzog und zerbrach und dessen Stadt sich bis zur Unkenntlichkeit veränderte, weshalb er keinerlei Lebensmitte mehr hatte. Und neben all den Geschichten gab es da die Musik. All die Wiederveröffentlichungen, die raren Live-Aufnahmen und die alten Privatvideos, die auf YouTube hochgeladen wurden. Darin dieser bildhübsche junge Mann mit dem zerzausten Haar, der so tief, so voller Gefühl sang. Was die Leuten damit kommentierten, dass man eben einen Preis zu zahlen habe, und ich fragte mich, ob das wirklich stimmte oder ob er nicht länger hätte leben können, wenn jemand ihm geholfen hätte, den richtigen Weg zu finden, als er noch jung war und mit dem Trinken anfing.

Die andere Lieblingsplatten-Band, die ich live gesehen habe, ist Fleetwood Mac. Vor ein paar Jahren bin ich nach London in die O_2-Arena gefahren, wo sie spielten, und ich dachte vorher, dass sie ihren Zenit wohl überschritten haben würden, aber als die Musik einsetzte, war ich hin und weg. Es gab einen zweiten

Schlagzeuger, der hinter einer Scheibe saß und Mick Fleetwoods Schlagzeugparts doppelte – ich konnte ihn sehen, weil ich so weit oben saß –, und zwischen Stevie Nicks und Lindsey Buckingham gab es noch immer diese außergewöhnliche Verbindung, sie schienen sich noch immer zu lieben. Oder die Geschichte von ihnen als Paar, keine Ahnung. Die Lieder, die sie gemeinsam sangen, waren aufgeladen und voller Emotionen, und man hatte das Gefühl, wieder in all das einzutauchen, was man über sie wusste. Ich fragte mich, ob alles bloß Show war, eine zynische Rückkehr zu dem, was sie einst gewesen waren, oder ob sie die Worte, die sie sangen, tatsächlich noch ernst meinten. Wenn dem so war, muss es sie viel gekostet haben, Abend für Abend, all die Jahre. Und dennoch verzauberten sie jeden einzelnen Zuschauer an diesem Abend in der O2-Arena. Nach dem Konzert lief ich zurück zur U-Bahnstation Greenwich und an den Fahrkartenautomaten stand ein Junge mit einer Gitarre, der versuchte, seine Oyster-Karte aufzuladen. Er sah mich zufällig im gleichen Moment an wie ich ihn, weshalb ich ihn anlächelte, einfach um freundlich zu sein.

»Wer hat gespielt?«

»Fleetwood Mac.«

»Was, die echten Fleetwood Mac?«

Ich parkte mein Auto am Green Lanes und ging hinein zum Empfangsschalter. Mittlerweile kennen sie mich dort, weshalb ich mich bloß in die Liste eintrug. Die nationale Gesundheitsfürsorge mag kurz vor dem Kollaps stehen, aber abseits der Ballungszentren, wo es weniger Menschen gibt, um die man sich kümmern muss, kann man immer noch sehen, wie es funktionieren könnte. Immer wenn ich im Green Lanes bin, sehe ich höchstwahrscheinlich jemanden, den ich kenne, der in einem Bett wartet oder einen Verwandten besucht. Und die Frauen am Empfang erinnern sich an die Patienten und lächeln einen an, wenn man hineinkommt, wie in guten alten Zeiten.

Ich ging in den Wartebereich und setzte mich in einen der Schalensitze aus Plastik. Es war noch eine weitere Person da, ein junger Mann, der am anderen Ende der Reihe saß: schlechter Haarschnitt, alte Jogginghose und T-Shirt, das Wappen eines Fußballvereins auf den rechten Bizeps tätowiert. Vielleicht das von Swindon? Er starrte zu Boden und wiegte sich fast unmerklich vor und zurück. Zwar redete er nicht mit sich selbst, aber daran, wie intensiv er starrte, war zu erkennen, dass sich in ihm eine Auseinandersetzung abspielte, die darauf wartete, in Worte gefasst zu werden. Viele Leute, die nach Green Lanes kommen, sehen so aus. Ich manchmal auch, denke ich. Heute allerdings war ich ruhig, schlief vielleicht noch halb, weil ich zu lange im Bett geblieben war, oder vielleicht war es auch bloß das Wissen, dass es Schnee geben würde, das mich beruhigte, so als würde das bedeuten, ich könnte mich bereits auf den Winterschlaf vorbereiten. Ich wartete und rieb Zeigefinger und Daumen aneinander. Ich spürte das Raue meiner Fingerkuppe und die Weichheit des Fleisches darunter. Mehr können wir im Grunde nicht in Erfahrung bringen. Wenn man Daumen und Zeigefinger aneinander reibt, fühlt man den Kontakt und weiß, dass man lebt. Der Rest, glaube ich, ist Spekulation.

Eine Krankenschwester, die ich kannte, kam in den Wartebereich, schaute mich an und lächelte.

»Wie geht es Ihnen heute?«, fragte sie.

»Danke, es geht mir gut.«

»Dann kommen Sie doch bitte mit mir mit.«

»Prima.« Ich stand auf und folgte ihr in den nächsten Raum.

Hinter diesen Türen habe ich immer den Eindruck, die mich umgebende Welt verschwindet, und wenn ich bei meinem Arzt fertig bin, kann ich mich nie daran erinnern, was sich genau zwischen uns abgespielt hat. Wenn ich mich an diese Momente zu erinnern versuche, fällt mir die Geschichte von den Siebenmeilenstiefeln ein – von dem Mann, der nach Hause zu gelangen versucht, es aber nicht schafft, weil bei jedem Schritt, den er unternimmt, ihn seine Stiefel zu weit tragen. Wenn ich versuche, mich auf ein Gespräch zu konzentrieren, das in einem Behandlungszimmer stattgefunden hat, entgleitet mir die Welt, sodass stattdessen vor meinem inneren Auge ein Tag hinter dem Kundenbeschwerden-Schalter auftaucht, wo ich Joghurts ersetze, Leute beruhige, die wütend aufgrund imaginärer Beleidigungen sind, imaginärer Grausamkeiten, die Budgens an ihnen verübt haben soll, ein Unternehmen, das für sie, so haben sie entschieden, das selbstgefällige Antlitz eines bösen Imperiums repräsentiert. Oder ich denke an alte Freunde, die ich lange nicht gesehen habe. Was ich hinterher nie klar vor Augen habe, ist der Behandlungsraum oder wie mich der Therapeut fragt, auf welchem Stuhl ich sitzen möchte, ob er das Fenster öffnen soll und wie es mir seit dem letzten Mal ergangen ist. Das Bild entgleitet mir stets und ich ziehe mich wieder in meine Erinnerung zurück. Und darum muss ich weiterhin zu den Terminen gehen, nehme ich an.

Als ich wieder hinauskam, wurde es bereits dunkel. Ich fühlte mich ruhelos, wie immer nach einem Arztbesuch, weil ich mich nie mit einem von ihnen zusammensetzen kann, ohne an den alten Witz denken zu müssen, dass er der einzigen Berufsgruppe mit nullprozentiger Erfolgsrate angehört. Der Gedanke zermürbt mich jedes Mal, dass ein Arzt im Grunde nichts anderes tut, als dem Patienten zu helfen, gut durchzukommen bis zum Tag seines Todes, und dass er all das, was auf uns zukommt, höchstwahrscheinlich viel deutlicher sieht als wir. In Green Lanes haben sie es nicht so häufig mit akut vom Tode Bedrohten zu tun. Das Kerngeschäft sind die Innenwelten unserer Köpfe und das Verabreichen von Elektroschocks. Auch wenn es denen, die sie ertragen müssen, bloß ein schwacher Trost ist, aber in Sachen Elektrokonvulsionstherapie ist dieser Ort eine erstklassige Adresse, und den armen und geplagten Patienten werden dort jährlich ungefähr sechshundert Einheiten verabreicht.

Einige Leute sind sicher überrascht zu hören, dass es das noch gibt, man noch immer Patienten elektrische Schocks verpasst. Wie das Anlegen von Blutegeln auf brandige Wunden gehört es zu den Behandlungsmethoden, bei denen die Leute nicht denken, die nationale Gesundheitsfürsorge würde dafür aufkommen. Aber es passiert täglich. Kurzzeitige Verwirrung, Gedächtnisverlust und Fugue-Zustände treten im Nachgang der Behandlung beinahe immer in geringerem oder stärkerem Maße auf, aber sie hilft den Leuten auch. Sie verursacht einen Gehirnschaden, anders kann man es nicht nennen – die Erinnerungen, die bei der Therapie verloren gehen, sind häufig unwiderruflich verloren, insbesondere jüngere Erinnerungen geraten durcheinander, ältere Erinnerungen finden in der Regel innerhalb von sieben Monaten nach der Behandlung wieder an ihren angestammten Platz zurück. Sie sind in einem anderen Teil des Gehirns untergebracht. Aber was man in diesem Zusammenhang einfach verstehen muss, ist, wie grauenhaft es ist, mit einer ernsthaften psychischen Erkrankung zu leben. Für die, die sich der

EKT unterziehen, ist der Gedächtnisverlust bei Weitem nicht so schlimm, wie es wäre, so weiterzuleben wie bisher. Dieser hässlichen, ganz persönlichen Wahrheit müssen sich manche Menschen stellen. Es ist eine widerliche Ungerechtigkeit, dass sich ein Mensch zwischen Elektroschocks und selbstmörderischer Depression entscheiden muss, aber diese Entscheidung wird im Green Lanes in Devizes sechshundert Mal pro Jahr gefällt.

Nach dem Termin wollte ich mich nicht gleich wieder ins Auto setzen, also machte ich mich zu Fuß auf den Weg in die Stadt, die Wohnstraßen entlang, die das Krankenhaus vom Zentrum trennen. Während ich lief, gingen die Laternen an und Schneefall setzte ein und ich spürte die Kälte, aber ich zurrte einfach meinen Mantel am Hals fester und lief weiter. Ich hoffte, es würde meinen Kopf ein wenig von den Wolken befreien, die sich um mich herum gebildet hatten. Der Himmel war aschweiß, von der Farbe, die Kohle annimmt, wenn sie ganz verbrannt ist. Mir versetzt der Winter immer einen Schock, dieses andere Land, in dem wir plötzlich leben, während wir wieder auf die Wärme der Sonne warten. Die Farben sind allesamt anders und es wird so früh dunkel.

Das Zentrum von Devizes finde ich immer wieder wunderschön, eine verlorene kleine Postkartenstadt, die zu besuchen nie jemandem einfallen würde. Man hat dort das Gefühl, von allem ganz weit weg zu sein, wie in so vielen anderen Städten Wiltshires. Man kann nicht durch Trowbridge, Westbury oder Calne gehen, ohne zu denken, dass dies Orte sind, die einfach vergessen worden sind, verlassen.

Diesen Eindruck gewinnt man auch in den Dörfern, würde ich sagen. Ich erinnere mich, wie ich einmal ein Dorf namens

Edington besuchte, ein kleines Stück hinter Trowbridge, weil ich für eine Nacht den Kopf freikriegen wollte und der Meinung war, ein Zelt mitten in den Plains aufzuschlagen und draußen zu sein, sei da eine gute Methode. Ich lief von Trowbridge aus, bis ich zu dieser alten normannischen Kirche kam, wo ich unbedingt anhalten wollte und die sich in Edington befand. Ein langgezogenes Dorf, durch das eine viel zu stark befahrene Straße führt, im Schatten eines Hügels gewachsen, in den seitlich eines dieser weißen Pferde hineingescharrt worden ist. Ich wollte den Hügel hinaufklettern, um einen guten Blick in die Tiefebene zu bekommen, weil es mir häufig gelingt, mich in einem schönen Ausblick zu verlieren. Die Würmer und Käfer in mir finden zur Ruhe und ich kann einfach schauen.

Es wurde dunkel, als ich ankam, weil ich eine weite Strecke zurückgelegt hatte, und ich ließ meine Tasche in einem Graben am Fuße des Hügels zurück, vertraute darauf, dass niemand sie nehmen würde und kletterte eine schlammige Rinne hinauf, eine tiefe Spalte seitlich am Hügel, beeilte mich, um den Moment zu erleben, wenn die Sonne so tief über dem Horizont hängt, dass sie auf gleicher Höhe mit der Landschaft ist und so jeden Baum, jede Hecke und jede Grassode der Tiefebene mit ihrem leuchtend roten Licht illuminiert, in der magischen Minute am Ende eines Tages, von deren Existenz Stadtmenschen keine Ahnung haben, wenn die Sonne uns grüßt. Am Ende kam ich zu spät, um es richtig mitzubekommen – ich hatte erst die Hälfte der Rinne erklommen, als ich mich umschaute und sah, dass in dem späten Licht die Bäume wirkten, als hätten sie Feuer gefangen, sah also nur einen kleinen Ausschnitt, so viel mir die Senke, in der ich stand, eben zu sehen erlaubte. Als ich den Gipfel des Hügels erreicht und einen Ausblick über 150 Kilometer hatte, war das Licht fort und ich erspähte unten nur noch das Nachglimmen. Manchmal können wir eben nur auf kleine Ausschnitte der Dinge schauen, aber ich denke, wir sollten uns darüber freuen: Wer das magische Spektakel stets in seiner Gänze sieht, ist verwöhnt und hält es vielleicht gar nicht mehr für kostbar.

Weil es dunkel wurde, stieg ich eilig den Hügel wieder hinab und kehrte in einem Pub ein. Dort traf ich einen Maurer, der mit Nachnamen genauso hieß wie das Dorf, in dem wir waren. Er fragte, wo ich gewesen sei, weil er den Schlamm an meinen Stiefeln sah, und ich sagte, ich sei den Hügel hochgeklettert, um das Licht zu erwischen, und er wusste genau, was für ein Licht ich meinte. Er war selbst dort hochgeklettert, hunderte Male, und erzählte mir, dass je nachdem, welchen Teil des Hügels man bestieg, der Ausblick ein ganz anderer war. Er kannte das Geheimnis, die magische Verbindung, die in diesen stillen Ecken zwischen den Menschen und der Landschaft entsteht.

Hier in der Stadt wohnt auch jemand, der diese Verbindung zu erkennen weiß, von der ich spreche, diese elektrische Spannung zwischen der Erde und dem Auge, die dem Ort seine Magie verleiht. Sein Name ist David Inshaw und er malt die Felder hier in der Umgebung und die Körper von nackten Frauen und auch angezogene Frauen in den Feldern und in Gärten. Die sanften Linien, die das echte Leben zeichnet. Ich sehe ihn manchmal die High Street hinablaufen. Er lebt irgendwo in der Stadt. Ich habe mich ihm immer sehr nah gefühlt, seit ich zum ersten Mal vor seinen Gemälden stand, weil er meiner Ansicht nach die Dinge genauso sehen kann wie ich. Er kann die Welt sehen, als wäre sie ein wunderbarer Traum, eine wunderbare Geschichte, die uns widerfährt, und uns diese Träume in Gemälden zeigen. Er kann uns zeigen, wie eigenartig und verborgen alles ist, und zu wissen, dass jemand eine Möglichkeit gefunden hat, die Geschichte dieses Ortes zu erzählen, von Wiltshire, von Devizes, lässt mein Herz schneller schlagen. Wäre es ihm nicht gelungen, diese Landschaft in Farbe zu bannen, würde womöglich jemand, der niemals hier gelebt hat, nie so genau wissen wie wir, dass das Leben ein Traum ist.

Ich betrachte die Gemälde von David Inshaw auch so gern, weil ich eine Weile lang mein Gefühl für das Ländliche verloren hatte. Ich konnte nur noch die andere Seite der Medaille sehen, die grausame Seite des Daseins dort. Als in den Zeitungen über die Verbrechen von Fred und Rose West berichtet wurde, stellte ich mir sie als Geister vor, die aus dem Forest of Dean gekrochen waren. Mich schockierte das alles so sehr, die Geschichten, die bekannt wurden, derart brutal und dunkel. Auf dem Land sah ich nur noch das Böse. Die beiläufige Lässigkeit, mit der Menschen vom Land Lebewesen schlachten können, die Tatsache, dass Menschen gleichfalls Fleisch sind, genau wie Schweine und Schafe und Pferde. Ich fuhr zum Einkaufen nach Devizes, und bei jedem Menschen, der mir auf der Straße begegnete, fragte ich mich, was er wohl seiner Familie antat. Wem er an diesem Abend wohl wehtun würde? Für einige Wochen verlor ich jegliche Perspektive. Ich war der Meinung, dass die gesamte mich umgebende Zivilisation sich als Lüge entpuppt hatte und tatsächlich jeder, dem ich begegnete, ein potenzieller Kinderschänder war, alle irgendwie an etwas Schlechtem beteiligt waren, im tiefsten Innern ihres Herzens davon träumten, zu töten und andere Menschen zu essen. Es dauerte eine ganze Weile, bis ich sehen konnte, dass die Welt gleichzeitig wunderschön und beängstigend war, bevor ich wie David Inshaw sehen konnte.

Als ich sechs war, fand ich eine tote Katze in unserem Garten hinter dem Haus. Die Totenstarre hatte bereits eingesetzt und als ich mit meinem Zeh ein Bein anstupste, war es, als hätte ich einen Zweig oder einen Stein berührt. Ich holte meine Mum und sie war ganz aufgeregt, klapperte die Straße ab, um herauszufinden, wem sie gehörte. Klopfte an Türen und erkundigte sich, wer einen roten Kater besaß. Ich blieb bei dem Tier, um das es mir leid tat. Der Körper lag total steif am Boden, die Augen starrten ins Nichts.

Ich dachte an meinen Vater, während ich durch die Kälte von Devizes und die Aura des Vergessens lief, während der Schnee im frühen Licht der Laternen herabfiel und ich zusah, wie er den fahlen Himmel von der dunkler werdenden Leere oberhalb meines Kopfes bis zu der hellen, vibrierenden Linie des Horizontes füllte. Es war eigenartig. Schnee hat so eine Art, einen wie einen Kokon einzumummen, während man hindurchläuft, einen in die eigene Einsamkeit hineinzuziehen und sie gleichzeitig abzudämpfen. Und während ich dort lang ging, hatte ich das Gefühl, mit Dad allein zu sein, zumindest mit der Erinnerung an ihn, dem Echo seiner Stimme. Es fühlte sich beinahe nah an.

Er war zu einem der wenigen Leitthemen meines Lebens geworden, einem der Ordnungsprinzipien meiner Welt. Ich erlebte noch einen weiteren großen Verlust. Als ich Mitte zwanzig war, verlor ich auch meinen Mann, war gezwungen, ihn zu betrauern, ein geflohener Schatten, ein verschwundenes Körperteil. Als das geschah, erklang ein altbekannter Refrain, der von Verlust, Zweifeln, Schuld und Wertlosigkeit handelte. Ich ließ die Musik von mir Besitz ergreifen und gab die Großstadt auf, weil es einfach zu beschissen hart war, und zog zurück an den Ort, wo ich meinen Anfang genommen hatte, verschrieb mich dem Erinnern.

Wir hörten immer gemeinsam Musik, mein Mann und ich. Sie sorgte dafür, dass die Luft um uns herum sich lebendig anfühlte, machte den Sex besser, hob uns aus den Körpern heraus, in denen wir feststeckten, in dieses andere Gefühl. Als wir beide in London lebten, sind wir häufig gemeinsam zu Konzerten gegangen und haben getanzt. The Smiths waren nicht so gut, wie alle behaupten; man konnte zu ihrer Musik nicht tanzen. Wir waren glücklicher, wenn wir unsere Füße bewegen konnten.

»Ich weiß, ich kann nicht tanzen«, sagte er immer, »aber darum geht es nicht. Es macht einfach Spaß, sich zu bewegen – man muss nicht gut sein.«

»Aber schaden würde es nicht, wenn du ein bisschen besser wärst.«

»Wieso?«

»Na ja, die Leute schauen dich an und sie schauen mich an und sie haben Mitleid, dass ich mich mit dir in der Öffentlichkeit zeigen muss.«

»Zeigen *muss*?«

»Genau. Vielleicht such ich mir ja eines Tages was Besseres, wenn du weiterhin so tanzt.«

»Keine Sorge, meine Liebe. Es gibt keinen Besseren als mich.«

»Du schaffst mich echt.«

Er lachte. »Das kommt vom Tanzen.«

GARTENCENTER. Schon immer habe ich Gartencenter geliebt. Als ich klein war, bin ich oft mit meiner Mum dorthin gefahren.

Bei uns in der Nähe gab es eines mit einem Klettergerüst, drei riesige, alte ausgehöhlte Bäume, die man gesichert, plan gehobelt und mit Treppen und Trittleitern verbunden hatte. Mum und ich gingen immer samstags, unser kleines Abenteuer, unsere kleine Flucht. Los ging es in dem Café im vorderen Teil des Centers, wo Mum Tee bestellte und ich Saft, und dann gingen wir und schauten uns alle Pflanzen an und Mum wählte die Dinge aus, die sie haben wollte. Als ich klein war, interessierte ich mich nicht für die Namen der Pflanzen, aber es gefiel mir, hinter Mum herzulaufen und den Duft von allem einzuatmen. Ich liebte die Farben, liebte es, Mum zu helfen, die Dinge in den Einkaufswagen zu stellen und ihn durch die Gänge zu schieben. Bevor wir alles bezahlten, gingen wir immer noch für zehn Minuten zum Klettergerüst, das Mum »Kickly Houses« nannte. Manchmal waren auch andere Kinder dort, mit denen ich herumrennen und spielen konnte, manchmal nicht, aber mir war beides gleich lieb. Ich war ein scheues Kind und an Kickly Houses faszinierten mich in erster Linie die Formen, die Maserung und Struktur der ausgehöhlten Bäume und der Geruch des Rindenmulchs unter meinen Füßen und die nasse schwarze Erde darunter und wie sich die raue Rinde und das geglättete Holz anfühlten.

Die Liebe zu Gartencentern habe ich mir bis heute bewahrt und solange Mum noch lebte, fuhr ich mit ihr immer wieder bei einem vorbei. Keins der anderen Dinge, die uns verbanden, machte uns so viel Freude, denke ich. In der Nähe ihres jeweiligen Wohnortes gab es eigentlich immer ein Center, wo wir bei unseren Besuchen zunächst im Café saßen und über Verwandte plauderten, bevor wir über die Verkaufsfläche liefen und uns die Pflanzen ansahen. Mum fand es immer schön, etwas Neues für ihren Garten mit nach Hause zu nehmen.

»Gott weiß, warum ich das tue – reinstes Gift für meinen Rücken, diese Gärtnerei«, sagte sie, obgleich ich wusste, dass sie es nicht ernst meinte und sie sich bloß beschwerte, damit ich mit den Augen rollte.

»Du könntest dir einen von diesen speziellen niedrigen Hockern zum Unkrautjäten besorgen.«

»Oh, ja. So einen habe ich, da schwöre ich drauf. Unglaublich bequem. Ich sitze da wie Buddha und buddle wie ein Kind im Sandkasten vor mich hin, während das Radio läuft.«

»Im Garten buddeln und dabei Woman's Hour *hören.«*

»Manchmal ist es schwierig, die beiden Sachen auseinanderzuhalten.«

Was das Pflanzen anging, war sie ein Genie. Viel besser, als ich je gewesen bin. Irgendwie wusste sie einfach, was wo wuchs und was gut zusammenstand: nicht bloß, was nebeneinander gut aussah, sondern was einander zuträglich war. Sie brachte mir bei, alles Mögliche aus Ablegern und Samen zu ziehen, und wie man Pflanzen eintopfte und sie vom Gewächshaus in den Garten brachte und im Winter wieder zurück.

All diese komplexen Zusammenhänge waren für sie das reinste Kinderspiel.

»Der Ausgangspunkt ist sehr simpel«, sagte sie immer zu mir. »Du musst einfach daran denken, dass das alles Lebewesen sind, und herausfinden, was sie mögen und was sie jeweils brauchen, damit es ihnen gut geht. Genau wie unterschiedliche Menschen unterschiedliche Dinge brauchen; das ist eigentlich schon alles. Es ist im Grunde so etwas wie Zuhören.« Und sie war eine gute Zuhörerin, eine unersättliche Zuhörerin, sowohl bei Menschen als auch bei Pflanzen. Sie saugte förmlich auf, was sie zu ihr sagten. Und so war ihr Garten immer wunderschön, vibrierte förm-

lich permanent in Erwartung neuer Knospen und Blumen. Immer wenn es trocken und warm genug war, verbrachte sie dort ihre Zeit. So endeten meine Besuche bei ihr häufig mit einem Gin im Garten.

»Hier draußen herrscht einfach Frieden, findest du nicht?«, sagte sie dann zu mir, während die Eiswürfel klimperten und ein Feuerchen knackte, im späten Schein eines sommerlichen Sonnenuntergangs vielleicht ein Kauz rief. »Hier passt einfach alles. Das hier ist für mich der Mittelpunkt der Welt, dieses kleine Viereck von Garten. Mein ganzes restliches Leben, das Geldverdienen und Schlafen und Essen, all das sind Dinge, die ich tun muss, so sehe ich das, damit ich hier sitzen und unter den Apfelbäumen glücklich sein kann.«

Als ich den Platz mit dem Kriegerdenkmal im Ortskern erreichte, waren meine Hände spröde vor Kälte, und ich merkte, wie meine Lippen leicht zu zittern begannen. Daher entschied ich mich, auf einen Drink in der Hotelbar vom *The Bear* einzukehren. Zwar war ich lange nicht mehr dort gewesen, aber früher hatte es mir dort immer gefallen und ich musste mich aufwärmen. Ich dachte, ich könnte mir einen entkoffeinierten Kaffee bestellen, mich an ein Fenster setzen und auf die Straße schauen. Ich verstehe nicht, warum nicht mehr Menschen ihren Kaffee oder Tee oder ihre Cocktails in Hotelbars trinken. Ich hasse diese ganzen Cafés, die man uns aufgedrängt hat, allesamt derart laut und überfüllt und so wenig diskret.

Ich ging hinein und alles kam mir sehr vertraut vor, war mehr oder weniger genauso eingerichtet wie beim letzten Mal, als ich hier gewesen war. Es ist eigenartig, an einen Ort zu kommen, der einem einst so vertraut war, den man aber lange nicht besucht hat. Für einen Moment verwirrte mich der Gedanke daran, was sich seitdem alles verändert hatte, und in dem getrübten Augenblick der Desorientierung, der Unsicherheit und des Bedauerns, den ich erlebte, als ich durch die Tür hineinkam, beschloss ich, dass ich doch lieber ein Glas Wein trinken wollte. Zu früh war es sicher nicht mehr und nach einem Glas würde ich noch fahren können, außerdem war mir ohnehin nicht mehr nach Kaffee. Auch die Bar sah so ziemlich genauso aus wie bei meinem letzten Besuch. Ich dachte an all das, was sich außerhalb des Gebäudes verändert hatte, an all die Tage der Welt, die getilgt worden waren, wie jetzt gerade der Schnee all die Bürgersteige und Seitengassen unter sich begrub, und es kam mir surreal vor, dass *The Bear* sich diesen Veränderungen gegenüber hatte verwahren können. Ich bestellte ein Glas Sauvignon Blanc und sah mich nach einem Platz am Fenster um.

STILLE. Ein aufgeschlossener Zustand. Ein Moment der Passivität.

Ein Gefühl der Anspannung und des Aufgezogenseins, kurz bevor man wieder in den Strom der Zeit hineinspringt.

Eine Wachsamkeit gegenüber den Reizen um einen herum. Ein Augenblick des Schlafens. Ein Abtauchen aus der Welt. Ein Eintauchen des Kopfs in friedliches, stilles Wasser.

»An wen erinnern Sie mich bloß?«

Ich schaute mich um, um zu sehen, wer sprach. Es war lediglich eine weitere Person in der Bar. Ein Mann ungefähr in meinem Alter, der an einem Tisch neben der Tür saß. Ich hatte ihn beim Hereinkommen nicht bemerkt, war einfach an ihm vorbeigegangen. Er sah mich an, den Anflug eines Lächelns im

Gesicht, ein Pint vor sich auf dem Tisch. Es erweckte beinahe den Anschein, als glaube er, ich würde herüberkommen und mich zu ihm setzen. Er war ein vierschrötiger Mann, das Haar grau, aber noch reichlich vorhanden. Seine Hände lagen flach auf dem Tisch, sahen alt aus, als hätten sie hart arbeiten müssen, waren nach einem langen Leben der Schufterei mit Narben überzogen. Er wirkte, als habe er noch niemals an sich selbst gedacht. Vielleicht war er direkt aufs Leben losgegangen und dann hatte es einfach keine Verschnaufpause mehr gegeben. Am auffälligsten allerdings fand ich seine Augen. Traurige Augen, blau und beunruhigend. Es schien, als gehörten sie gar nicht wirklich ihm.

»Entschuldigung?« Ich wusste nicht, was ich sagen sollte.

»Wir kennen uns nicht, oder etwa doch?« Er schaute mich ernst an, die Stirn in Falten gelegt, so als versuche er, sich eines Namens zu entsinnen.

»Ich glaube nicht, tut mir leid.« Ich lächelte entschuldigend. Der Mann lächelte ebenfalls und schüttelte den Kopf, und der Missklang, der im Entstehen gewesen zu sein schien, löste sich auf, als er entschuldigend die Hand hob.

»Tut mir leid. Sie erinnern mich bloß an jemanden, das wird es sein. Ich weiß nur nicht, an wen.«

Ich lachte, unsicher und nervös. Ich wusste schließlich auch nicht, wer er war – er hätte jeder sein können. Und wir waren allein, abgesehen von dem jungen Mann, der hinter der Theke Gläser polierte, den Rücken uns zugewandt. Jeder von uns hätte alles sagen können und niemand hätte je davon erfahren.

»Ich bin bloß auf einen Drink hereingekommen, bevor ich nach Hause fahre«, erklärte ich ihm. Ich verstand nicht, warum ich noch immer redete. Wieso die Unterhaltung länger als nötig ausdehnen? Mir kam der Gedanke, dass wir beide womöglich zu flirten versuchten, ohne so recht zu wissen, was wir da taten.

»Haben Sie es weit?«

»Nicht besonders, nein.« Jetzt fühlte ich Panik in mir aufsteigen. Jeder Gedanke in meinem Kopf verursachte Schwindel. »Nun, tut mir leid, dass ich nicht diejenige bin, für die Sie mich gehalten haben.« Entschieden entfernte ich mich von ihm, ging fünf Schritte und setzte mich am anderen Ende der Bar ans Fenster. Ich schaute hinaus auf die kalte Straße. Es waren keine Leute draußen außer einer jungen Frau, die von der automatischen Tür des Co-op verschluckt wurde. Ich blickte hinauf in den leeren Himmel, sah dann wieder in das schwache Schimmern der Alkoholika in ihren Flaschen hinter der Theke.

»Entschuldigen Sie bitte. Ich wollte Ihnen keine Angst machen.«

Ich wandte mich wieder dem Mann zu. Er schaute mich noch immer an, sprach jetzt wegen der größeren Entfernung etwas lauter. Ich wünschte, er würde aufhören. Wünschte, ich hätte ihm keine Antwort gegeben, als er mich zum ersten Mal angesprochen hatte.

»Haben Sie keineswegs«, sagte ich.

Er lächelte und wandte schließlich den Blick ab, schaute wieder auf sein Getränk.

»Gut. Verzeihen Sie. Ich werde Sie dann mal in Ruhe lassen mit Ihrem Drink.«

Ich hob das Glas an die Lippen, kippte es an und schluckte. Es war eigenartig für mich, einfach so mit einem Fremden zu sprechen. Normalerweise versuchte niemand einfach so mit mir ins Gespräch zu kommen. Niemand schien je Interesse zu haben. Mich störte das nicht. Wer wird schon gern von Fremden angesprochen? Wer macht sich schon die Mühe, jemanden anzusprechen, den man nicht kennt, mit dem man nichts gemein hat und bei dem man nicht weiß, wie er oder sie reagieren wird? Oder denke nur ich so? Ist das mein Bedürfnis nach Kontrolle? Meine Angst, Dinge geschehen zu lassen?

Stille senkte sich über den Raum und in diesem Moment merkte ich, dass ich es bereute. Es kam mir komisch vor, dass ich und der merkwürdige Mann so weit auseinander saßen, wo wir uns doch gerade noch unterhalten hatten. Es fühlte sich irgendwie wie eine Niederlage an. Nicht dass ich noch irgendwas hätte sagen wollen oder auch nur das Bedürfnis gehabt hätte zu reden. Ich hatte einfach das Gefühl, es wäre so gewesen, wäre ich normal, wie alle anderen. Eine Gelegenheit hatte sich gezeigt, eine Chance, mal etwas zu riskieren, zu versuchen, das Ende eines Gesprächsfadens festzuhalten, und ich hatte sie verstreichen lassen. Ich trank noch einen Schluck Wein. Er schmeckte sauer, nach nichts sonst. Ich versuchte, tiefer zu atmen. Ich wurde unruhig, merkte, wie die Panik wuchs und ich die Dinge um mich herum nicht mehr wahrnehmen konnte. Ich atmete dreimal langsam ein und aus und trank noch mehr Wein und dieses Mal schmeckte er etwas besser. Solange ich verhinderte, dass die Angst zu groß wurde, war alles in Ordnung. Solange ich weiter atmete.

Ich drehte mich wieder in die Richtung, wo der Mann saß und in sein Bier starrte. Ich fragte mich, ob er das gleiche Bedauern empfand wie ich. Vielleicht war auch er gedanklich mit der Unterhaltung beschäftigt, die wir nicht hatten ins Rollen bringen können.

Ich nahm einen weiteren Schluck Wein. War es wirklich so,

dass ich es vermasselt hatte? Musste es wirklich so sein, dass unser Gespräch vorbei war?

»Was haben Sie heute so gemacht?«, fragte ich ihn.

Er wandte den Kopf und sah mich an, überrascht.

»Oh, nun ja. Lange Geschichte.«

»Wirklich?«

»Manchmal denke ich, man kann das Letzte, was man getan hat, nicht erklären, wenn man nicht alles andere, was man davor getan hat, auch erklärt – wissen Sie, was ich meine?«

»Oh, sicher.«

»Wie sonst sollte jemand alles verstehen können?« Er sah mich jetzt neugierig an, seine jungen blauen Augen leuchteten. »Wie können Sie verstehen, was ich heute getan habe, wenn Sie nicht wissen, wie ich an diesen Punkt gekommen bin?«

Ich wünschte, ich hätte niemals den Mund aufgemacht. Vielleicht war er verrückt. Vielleicht hatte er den Tag über Ausgang und kehrte am Abend wieder ins Green Lanes zurück. War einer von diesen bettelarmen Alten, die durch England streiften, tranken und auf den Tod warteten.

»Demnach war es einigermaßen kompliziert, was Sie gemacht haben?«

Er seufzte und schüttelte den Kopf.

»Sie wollen das alles nicht hören. Das ist eine zu lange Geschichte und Sie kennen mich nicht und Sie wollen mir sicher nicht dabei zuhören, wie ich hier herumschwafle.«

Er hatte recht. Und doch fragte ich mich, was wohl jemand anderes an meiner Stelle gedacht hätte. Was *sollte* ich denken?

Ich griff nach meinem Glas, stand auf und ging dann dorthin, wo der Mann saß. Und so hörte ich die wichtigste Geschichte meines Lebens, die alles entscheidende, die Geschichte, die bestimmte, wer ich letzten Endes war. Ich stand neben dem Stuhl ihm gegenüber. Er sah mich an, überrascht.

»Sie können es mir erzählen. Ich muss nirgends hin.«

Ich zog den Stuhl hervor und setzte mich.

DÉJÀ-VU. Wenn verlorene Dinge zu uns zurückkehren. Der Augenblick, in dem man die Fäden sieht, die einen aufrecht halten und die verborgene Strömung hört, die einen durchs Leben zieht. Ein Moment des Zweifels, dass all das überhaupt je stattgefunden hat.

ZWEI

»Verlor zwei Städte, hübsche. Und, größer,
einige meiner Reiche, zwei Flüsse, einen Erdteil.
Ich misse sie, aber nicht wirklich sehr.«

Elizabeth Bishop: *Eine Kunst*

MIT FÜNFUNDZWANZIG war ich ein glücklicher Mann – oder hätte einer sein müssen, sollte ich vielleicht sagen. Ein glücklicher Mann. So muss ich zumindest aus einigem Abstand gewirkt haben. Es war mir gelungen, im Theater Fuß zu fassen, ich spielte Horatio und Gratiano, hatte geheiratet und gemeinsam mit meiner Frau eine Wohnung gekauft, und ich liebte meine Frau, und sie liebte mich auch. Es war, als kämen wir frisch aus dem Larvenstadium, hätten uns gerade auf den Weg gemacht, auch wenn wir noch nicht so recht wussten, wer wir eigentlich sein würden. Wie viel uns die Welt zugestehen würde.

Es fühlt sich tatsächlich so an, in dem Alter zu sein. Man fühlt sich wie eine Raupe, die dabei ist, ihre eigentliche Form anzunehmen. Haben Sie mal zugesehen, wie eine Raupe ihren Kokon webt, oder beobachtet, wie der Kokon zu zucken beginnt und dann aufbricht und eine Kreatur erscheint, die vollkommen anders aussieht, ganz und gar neu? Man weiß nicht, welche Form sie einmal in Gänze annehmen wird, bis sie sich freigekämpft hat und die Flügel auftauchen. Diese Momente sind echte Wunder, Momente, die ich versucht habe, so oft zu erleben wie irgend möglich. Wenn ich irgendwo versteckt eine Larve hängen sehe, lasse ich alles stehen und liegen und schaue, wie sich die kleine muschelartige Erbsenschote windet und krümmt, bis sie sich nach einiger Zeit in einen Schwalbenschwanz, einen Senfweißling, einen roten Admiral oder einen Kaisermantel verwandelt.

Es ist, als würden ganz verschiedene Träume zum Vorschein kommen, während die Falter, noch ganz zerbrechlich, ins Freie drängen und in die Welt hinaus blinzeln.

Ich hätte also glücklich sein sollen, aber natürlich war ich es nicht, wie Sie bereits ahnen. Wäre ich es gewesen, würden Sie jetzt nicht diese Geschichte hören. Schauen Sie, ich war jung und ich war hungrig und ich erkannte nicht, wie gut alles war. Ich wollte in meinem Beruf hoch hinaus und fand es unerträglich, wo ich mich zu dem Zeitpunkt befand, noch ganz unten. Den besten Freund zu spielen oder den Assistenten, im King's Head oder im Half Moon. Ich verbrachte die Zeit damit, die Leute zu beneiden, die dem Anschein nach weiter waren als ich, an mir vorbeizugleiten schienen, weil sie bereits länger dabei waren, mehr Glück gehabt hatten. Sie traten mich mit Füßen, ließen mich links legen, flogen förmlich an mir vorbei. Fischadler, Hühnerhabicht, Kornweihe, Gabelweihe.

Mit meinen fünfundzwanzig erkannte ich nicht, dass allein mein Alter dafür verantwortlich war. Für diesen ganzen Hunger. Ich war der Meinung, niemand auf der Welt habe je gefühlt, was ich fühlte. Meinen Hunger, Hunger, Hunger. Und so liebte ich den Zorn, der mich verzehrte, hegte und pflegte die Wut darüber, dass sich nicht alle Türen der Stadt gleich beim ersten Klopfen geöffnet hatten. Und ich bemühte mich, an nichts von dem, was ich bereits erreicht hatte, Freude zu haben, weil ich der Meinung war, es würde bedeuten, ich hätte mich mit dem Zweitbesten arrangiert oder gar ganz aufgegeben. Ich war der Meinung, auch nur irgendetwas an dem Leben zu genießen, das ich führte, hieße, den Blick von dem Ort abzuwenden, den ich am Ende erreichen wollte. Dabei hätte ich Ihnen nicht einmal sagen können, wo der lag. Ich wusste es selbst nicht, glaube ich. Ich wusste nur, dass es dort irgendwie heller war, alles anders sein musste, wie wenn man nach dem Aufstieg auf einen Berg die Baumwipfel von oben sieht oder aus dem Schatten ins Licht tritt. Ich war mir sicher, dort oben war es besser.

Gott, ich muss unerträglich gewesen sein. Ich kann mich kaum ertragen, wenn ich so zurückblicke.

Natürlich bedeutete das, diese Ambitionen, die ich in mir trug, dass ich mich mit meiner Frau stritt. Dass ich mir freinahm, kam nicht vor. Ich arbeitete auch abends. Sagte, wir könnten nicht in den Urlaub fahren, weil ich arbeiten müsse. Ich hätte keine Zeit, um auszugehen und mich mit Leuten zu treffen. Jetzt sehe ich, wie furchtbar das für sie gewesen sein muss. Das war nicht ihr Plan gewesen, immer nur allein zu sein. Sie hatte da einen Mann kennengelernt und sich in ihn verliebt und fand sich plötzlich in der Isolation dieser Ehe wieder, diesem halben Leben, und wartete nun beständig darauf, dass ich aufwachte und mich daran erinnerte, dass ich sie liebte. Natürlich hatte auch sie eigene Ambitionen, auch sie war jung, aber ich glaube, sie besaß einen Weitblick, den ich nicht hatte. Es gelang ihr, eine Liebe für das Hier und Jetzt zu entwickeln, die Dinge zu beobachten und sich Zeit zu nehmen, sie wirklich wahrzunehmen und wertzuschätzen, was sie in Händen hielt. Es schien ihr nicht der Mühe wert, sich das Leben zu versagen, das sie lebte, zu Gunsten eines anderen, das sie womöglich in der Zukunft finden würde.

Also stritten wir uns häufig. Liegt nahe. Und eines Abends hatten wir eine Auseinandersetzung, die mein Leben veränderte. Ich habe das Gefühl, nie darüber hinweggekommen zu sein, bis heute nicht, wo ich hier sitze und Ihnen diese Geschichte erzähle. Was sage ich? Ich *weiß*, ich bin nie darüber hinweggekommen. Dieser Streit ist das Zentrum von allem. Alles andere ist im

Kreis darum herum ausgebreitet wie Trümmerteile nach einer Explosion. Dieser Streit, verstehen Sie, dieser Streit, legte alles, was ich bis zu dem Zeitpunkt erreicht hatte, in Schutt und Asche, er erschütterte mich, krempelte mich um und veränderte alles, was danach kam.

Haben Sie Nachsicht mit mir, ich komme noch zu dem, was ich eigentlich sagen will – drängen Sie mich nicht, ich komme dazu. Ich weiß, ich rede manchmal merkwürdig daher, ich bin mir im Klaren, dass ich mich nicht immer verständlich genug ausdrücke. Aber ich habe einiges hinter mir, müssen Sie wissen.

Als wir noch ganz jung waren. Als wir noch ganz jung waren, stritten wir uns nie über irgendetwas. Zumindest scheint es mir so, wenn ich zurückblicke. Wenn ich auch den Beginn unserer Liebe als eine Art Orkan in Erinnerung habe. Wir begegneten uns spät abends in der Schlange vor einem Kebabladen in Stoke Newington, als Kebabs für mich noch etwas Exotisches und Fremdes waren. Ich erinnere mich an ihren Lidschatten und daran, wie ich dachte, dass sie mich offensichtlich mochte, weil sie sich immer wieder zu mir umdrehte.

»Kennst du mich irgendwoher?«, fragte ich sie schließlich. Sie lachte bloß und sagte, sie sei der Meinung, ich sei ein gruseliger Typ, weil ich so dicht hinter ihr stehe. Aber ich wusste, das war nicht, was sie sagen wollte, nicht wirklich. Sie lächelte und mir gefielen ihre Augen.

»Ich bin bloß der Nächste in der Schlange.«

»Nein, du bist ein Psycho, der mir ins Ohr zu atmen versucht.«

Wir beiden waren ein paar Jahre älter als die anderen, die für ihr Essen anstanden. Wir waren bereits über zwanzig und vielleicht schuf das eine gewisse Verbindung. Und dann wurde in unseren beiden Köpfen einfach irgendein Schalter umgelegt, nehme ich an. Als sie die Spitze der Schlange erreichte, bestand ich darauf, ihren Kebab zu zahlen, und holte mir selbst einen und dann trennte sie sich von den anderen Mädchen, mit denen sie unterwegs war, und setzte sich zu mir an den Tisch im Restaurant, einen dieser Resopaltische mit Plastikstühlen, die am Boden festgeschraubt sind. Ich erinnere mich, sie waren rot und gelb und einer davon war am Rücken durchgebrochen, weshalb ich mich nicht zurücklehnen konnte, und ich fragte sie, wo sie an diesem Abend gewesen war, und wir waren uns einig, dass auszugehen nie so viel Spaß machte, wie es eigentlich sollte.

»Weißt du, warum es in keinem Club je richtig gut ist?«, fragte sie mich.

»Wieso?«

»Weil Männer wie Tiere sind.«

»Und Frauen nicht?«

»Nicht auf die gleiche Art. Es ist wie bei den Löwen. Bei den Löwen stehen die weiblichen Tiere im Mittelpunkt. In den Rudeln dreht sich alles um die Weibchen, sie bilden das Herz der Familie. Die Männchen werden nur zur Fortpflanzung gebraucht. Das ist die einzige Rolle, die sie haben. Wie bei der Gottesanbeterin. Die Weibchen haben eine viel größere Bedeutung.«

»Sind alle Männer gleich?«

»Nicht zwangsweise, denke ich. Aber in Clubs und an anderen Orten dieser Art entscheiden sich die Männer oft, so zu sein. Sie entscheiden sich, wie Löwen zu sein.«

»Was du meinst, ist, wir benehmen uns schlecht.«

»Genau. Primitiv.«

»Aber denkst du nicht, Tiere haben uns einiges voraus?«

»Inwiefern?«

»Manchmal wenn man ein Tier beobachtet, wünscht man sich doch, genauso zu sein, oder nicht? Kein Bewusstsein für sich selbst zu besitzen. Einfach in der Welt zu leben und zu reagieren. Tier zu sein bedeutet, weit mehr als einfach primitiv zu sein.«

»Ist anzunehmen.«

»Wenn die Leute sagen, jemand benehme sich wie ein Tier, ist das etwas Schlechtes. Ich verstehe nicht, warum sie die Tatsache zu ignorieren versuchen, dass wir auch Tiere sind. Natürlich verhalten wir uns wie Tiere. Ich wünschte, wir könnten es noch stärker tun. Einfach nur im Augenblick leben und über nichts nachdenken.«

Ich erinnere mich, wie ich mich mit diesem strahlend schönen Mädchen unterhielt, dieser jungen Frau, die ich heiraten würde, betrunken und ohne jeden Filter plapperte ich drauflos. Gott weiß, was ich ihr an dem Abend alles erzählte, aber ich nehme an, dass ich ziemlich angegeben und mich zum Narren gemacht habe, während sich hinter ihrem Rücken langsam das Kebabfleisch drehte. Damals war diese Art Essen eine Neuheit und es faszinierte mich enorm. Wir hatten beide jede Menge Salat in unseren Kebabs, weshalb die Pitabrote so groß waren, dass wir sie kaum halten konnten, Tomate, grünen Salat und rohe weiße Zwiebeln, und ich hatte außerdem massenhaft Mayonnaise, und ich erinnere mich, dass auf dem Tisch neben dem Ketchup eine Flasche mit gelbem Senf stand. Wir waren umgeben von Nachtmenschen, die hereinflatterten wie Zugvögel, müde Menschen, betrunkene Menschen, allesamt aufgebrezelt, allesamt übereinander herfallend. Gelächter und Menschen, die glücklich waren wie sonst nie, aber auch solche, die ins Bodenlose zu fallen schienen, es war die ganze Welt, die den Kebab-Laden in dieser Freitagnacht sanft durchspülte wie ein Schluck Brown Ale. Es waren auch ein paar Teenager darunter, kaum mehr als Kinder, die sicher noch zur Schule gingen, so ausstaffiert, dass sie sich für schön hielten. Ich dachte damals schon oft darüber nach, wie verletzlich diese Jungen und Mädchen aussahen, die freitagabends einen draufmachten, fragile kleine Wesen, die hell funkelnd auftauchten und sich fragten, was sie mit diesen Körpern anfangen sollten, die man ihnen gegeben hatte. Wie langbeinige Fohlen überall ausrutschten und voreinander scheuten.

Als wir mit dem Essen fertig waren, sagte ich, ich würde sie gern irgendwann anrufen, und sie meinte, das ginge vielleicht.

»Wie lautet denn deine Nummer?«

»Hast du einen Stift?«

»Nein.«

»Wie willst du sie dann behalten?«

»Ich werde nach Hause rennen.«

»Wie soll dir das helfen, sie zu behalten?«

»Ich werde schneller zu einem Stift kommen.«

Sie lachte wieder. »Tatsächlich habe ich einen Stift dabei.«

»Wirklich? Kann ich ihn borgen?«

»Ich weiß nicht.«

»Wieso nicht?«

»Ich weiß ja nicht, ob ich ihn zurückbekomme.«

Sie lieh mir schließlich ihren Stift, gab mir ihre Nummer und ich notierte sie mir auf meiner Hand und als ich an diesem Abend nach Hause kam, schrieb ich sie mir natürlich gleich auf einen Zettel, und am nächsten Tag, wieder frisch und nüchtern, rief ich sie an.

Wir gingen beide gern ins Kino. Sie hasste die Sorte Filme, die ich anschaute, und ich hasste ihre, aber das spielte keine Rolle, weil wir uns mochten. Wir machten es zum Ritual, schauten uns also abwechselnd einen meiner Filme und einen ihrer an und aßen Popcorn und hatten am meisten Spaß bei der Werbung. Wir gingen auch gern in Pubs und tranken. Nicht so richtig, meine ich – sie konnte längst nicht so viel vertragen wie ich und auch ich gehörte nie zu den Allerschlimmsten, weil ich nicht in der Lage war, den Alkohol bei mir zu behalten. Aber wir liebten es, auszugehen und ein bisschen betrunken zu werden und miteinander nach Hause zu schwanken. Und aus diesen kleinen Dingen wurde dann unser ganzes Leben. Wir wollten im gleichen Bett schlafen, also mieteten wir eine Wohnung. Vier Zimmer in einem Wohnhaus an der Cazenove Road in Stoke Newington mit Holzböden, metallenen Fensterrahmen, nur einen kurzen Fußmarsch von dem Ort entfernt, wo wir uns kennengelernt hatten, gleich dort gegenüber, wo die Krays gewohnt hatten. Sie im Winter warmzuhalten, war unmöglich, ständig gab der Boiler den Geist auf. Die restlichen Bewohner im Gebäude waren chassidische Juden, die nie mit uns sprachen und einmal im Jahr darauf bestanden, uns Geld zu geben, damit sie an unserer Haustür vorbeigehen konnten, was offenbar Bestandteil eines religiösen Rituals war, das wir aber nie so recht begriffen.

Es lebte sich gut dort, aber wir beide mochten weite Flächen und es gab nicht genügend Parks in der Gegend. Nur Abney Park, ein Friedhof mit verschlungenen Pfaden zwischen den Gräbern und der Kirchenruine im Herzen, und dann noch Clissold Park. In der Mitte von Clissold Park stand ein hübsches altes Haus, aber er war von allen Seiten von Straßen umgeben, die uns in unserer Freiheit beschnitten. Als wir genügend Geld hatten, um uns eine Wohnung zu kaufen, taten wir das. Wir wollten Richtung Süden ziehen, dorthin, wo es grüner war, und wurden am Fuße des Hügels unterhalb Wandsworth Common fündig, gleich neben einem Park namens Garrat Green. Dort hatte einst ein fahrendes Volk sein Quartier aufgeschlagen und Passanten konnten für einen Penny ihr Glück beim Kokosnussschalen-Abwerfen versuchen.

Derart mühelos lief es die ganze Zeit. Manchmal scheint im Leben alles einfach dahinzugleiten. Selbst die Hochzeit war unkompliziert. Wir waren aus gewesen und es war spät und wir liefen den Treidelpfad eines Kanals in London entlang, Arm in Arm, während wir uns gegenseitig Lieder vorsangen. Und sie hielt inne und sah ins Wasser hinab.

»Wer sollte als Erstes verständigt werden, wenn du heute Nacht reinfallen würdest?«, fragte ich. Sie sah mich komisch an. Ich wusste auch nicht recht, was ich da gesagt hatte.

»Willst du mich hineinstoßen?«

»Nein. Ich habe mich nur gefragt, wer deiner Meinung nach der Erste sein sollte, der informiert werden soll, wenn du in Schwierigkeiten bist.«

Sie dachte einen Augenblick darüber nach.

»Na ja, du, nehme ich an«, sagte sie. Dann griff sie wieder nach meinem Arm, zog mich vom Wasser weg und wir setzen unseren Spaziergang fort.

Ich dachte darüber nach, was das hieß, während uns das Spiegelbild des Mondes im Wasser verfolgte wie ein Hund, der neben uns hertrottete.

»Du weißt, was das bedeutet, oder?«, sagte ich nach einer Weile, als wir für einen Moment stehenblieben, um die Graffiti an einer alten Fabrik zu entziffern, deren Fenster allesamt eingeschlagen waren.

»Was denn?«, fragte sie. Ich wandte mich ihr zu und sie schaute mich an.

»Na ja, ich denke, wenn wir füreinander die Ersten sind, die bei einem Unfall informiert werden sollen, sollten wir heiraten.« Vielleicht war es nicht so romantisch, wie es hätte sein können, nicht so traditionell, wie man es eigentlich machen soll. Aber in dem Moment fühlte es sich richtig an, im Schatten der eingestürzten Fabrik, wie wir über dem tiefen Schimmern des trüben Kanals schwebten. Alles war so einfach, bis zu dem Streit, der alles beendete.

Wissen Sie, in jedem Streit geht es um nichts und um alles. Dies war eine dieser Auseinandersetzungen, bei denen es dem Anschein nach zunächst um nichts ging. Es sammelte sich immer mehr trockenes Holz und dann reichte ein kleiner Funke, ein bisschen Zunder. Ich denke, es ist unmöglich, einen Streit zwischen zwei Menschen als Ganzes zu betrachten, weil es nicht um die Worte geht, die gewechselt werden, sondern um das, was unausgesprochen bleibt. Genauso einen Streit hatten wir. Es begann damit, glaube ich, dass ich sagte, ich würde am nächsten Tag nicht rechtzeitig zum Abendessen nach Hause kommen können. Ich glaube, das war alles, worum es ging. Trockenes Holz sammelte sich. Ich habe die Unterhaltung so häufig zurückgespult, dass ich nicht mehr recht weiß, welcher Teil meiner Erinnerung stimmt und was zu dem alten Film gehört, den ich mir vielleicht ausgedacht habe. Um mich selbst in einem besseren oder schlechteren Licht dastehen zu lassen, je nach Stimmung, wenn ich beginne zurückzudenken. Die Sache bei Erinnerungen ist die, so mein Eindruck, dass, wenn man ihnen einen Besuch abstattet, sie jedes Mal anders aussehen, wie diese knorrigen Geisterbäume, die man an den wilden Küsten Cornwalls findet.

Ich finde, diese verdrehten Bäume, die hinausschauen über die Ozeane der Welt, sehen wie Feuer aus, erstarrte Momente im Leben eines Feuers, das schlimm entstellt, gewütet und versehrt haben muss, eine reglose Erinnerung, die in dem Baum Form angenommen hat. Diese Bäume sehen aus wie Streits, finde ich. Gefrorene Feuer. Und ein kleiner Teil der Flammen lodert vielleicht noch immer irgendwo im Innern, im Herzen des Baumes vor einem. Vermittelt nur einen winzigen Eindruck glorreicheren und großartigeren Wütens.

»Und warum nicht?« Sie saß auf dem Sofa im Wohnzimmer, sah von einem Buch auf, halb gekränkt, halb zornig. Dies war der Anfang des Streits und vom Rest meines Lebens, meines halben Lebens. Darum erzähle ich Ihnen, was sie zu mir sagte.

»Ein Treffen ist verschoben worden. Wir besprechen jetzt alles einfach morgen bei einem Drink. Am besten, du wartest nicht auf mich. Dann habe ich nicht das Gefühl, du musst meinetwegen hungern.«

»In Ordnung, gut, solange du dich nicht schuldig fühlst.«

Es frustrierte mich immer sehr, wenn wir auf diese Weise miteinander sprachen. Sie sah einfach nicht, dass ich nur deshalb so viel arbeitete, um unser beider Leben zu verbessern. Dass sie auf meine Geschäftigkeit feindselig reagierte, kam mir ungerechtfertigt vor. Schließlich tat ich all das nur, um für uns etwas aufzubauen.

Ich kannte viele Männer, die zu ihren Partnerinnen nach Hause gingen und ihnen Geschichten wie meine erzählten. Der

Unterschied war nur: Ihre Geschichten waren Lügen, tatsächlich waren sie abends mit anderen Frauen unterwegs. Warum konnte sie sich nicht darüber freuen, dass ich nicht einer von ihnen war? Warum sollte ich mich dafür entschuldigen, dass ich dafür kämpfte, uns ein besseres Leben zu ermöglichen? War es etwa ebenso schlimm, sie aus guten Gründen allein zu lassen wie aus schlechten, denen der Lügner? Ich konnte nicht glauben, dass meine Gründe gleich wenig wert waren. Andererseits, was ist die Ehe, wenn nicht das Versprechen, zusammen zu sein? Und begeht man nicht so oder so einen Verrat, egal warum man abends nicht da ist? Vielleicht tut es immer gleich weh, nicht gewollt zu werden, gebraucht, egal aus welchem Grund.

Zu der Zeit hatte ich all diese Gedanken nicht. Sie sind mir erst in den Jahrzehnten gekommen, nachdem meine Frau und ich auseinandergerissen wurden.

»Sei doch nicht so.«

»Wie denn?«

»Ich kann doch nichts daran ändern, wenn ich arbeiten muss, oder?«

»Offenbar nicht. Offenbar kannst du das nie.«

»Ich finde das nicht fair.«

So ging es immer weiter. Ich muss Sie nicht mit all den kleinen Details langweilen – Sie haben diese Auseinandersetzungen selbst tausende Male gehabt, da bin ich sicher. Sie wissen, wie das vonstattengeht. Im Verlauf wird man verletzend, gerissen, findet Mittel und Wege, dem anderen die überlegene Position abspenstig zu machen. Bei uns lief es genauso wie überall auf der Welt bei diesen Streitigkeiten, wir brachten kleine Kränkungen auf, die zum eigentlichen Zeitpunkt ungeahndet geblieben waren, verwendeten Worte wie »immer« und »nie«, verallgemeinerten Dinge, die uns gerade erst eingefallen waren und sich bald schon wieder in Luft auflösen würden: Wir ließen die Vorwürfe immer größer werden, indem sie wie ein Echo zwischen uns hin- und herschallten. Und dann erinnere ich mich, wie meine Frau einen Stachel platzierte, der richtig saß, und wie ich nicht mehr in der Lage war, das Gespräch fortzusetzen.

»Wenn du im Grunde nur dich selbst liebst, warum zur Hölle hast du mich dann überhaupt geheiratet?«

Das traf mich in einer Weise, wie mich unser übliches Gezänk sonst nie getroffen hatte. Es hinterließ eine richtige Narbe, verstehen Sie? Sie sah mir in die Augen, als sie es sagte, und einen Moment lang wirkte die ganze Scharade, die wir aufführten, klein und wertlos, weil wir beide wussten, denke ich, dass sie eine tiefe Wahrheit aussprach. Wir wendeten den Blick sehr schnell wieder voneinander ab, so als hätten wir uns beide verbrüht, aber es war unmöglich abzustreiten, was wir gesehen hatten. Es war so real wie die Sonne, die durch Wolken scheint oder morgens zwischen Baumwipfeln hervorbricht.

Die Sache war, dass ich tatsächlich nur mich selbst liebte. In dem Moment, als sie es sagte, wusste ich, sie hatte recht. Ich liebte nur mich selbst. Das tat weh. Was auch wehtat, war die Befürchtung, dass sie das schon viel länger gewusst hatte als ich, sich damit arrangiert und mich trotzdem geheiratet hatte. Ich konnte das nicht begreifen, konnte nicht begreifen, wie sie damit hatte zufrieden sein können. Sie hatte Besseres verdient, oder etwa nicht? Wie konnte sie gedacht haben, ich sei gut genug, und sich für mich entscheiden, wohlwissend, dass sie bei mir nie an erster Stelle stehen würde? Ich schämte mich, wenn ich daran dachte, welchen Kompromiss sie eingegangen war.

Ich war ratlos, wie ich auf diese Entdeckung reagieren sollte, die wir gemacht hatten. Paare stoßen mitunter auf Wahrheiten wie diese: Sie sind wie kleine Glasscherben, die sich in die Fingerspitzen bohren, wenn man Krümel vom Regalbrett fegt, oder Messerklingen, die einem beim Abwasch in die Handfläche fahren. Ich erinnere mich, wie ich sie ansah. Ich war stumm. Fragte mich, was ich daraufhin sagen sollte.

»Sag das nicht.«

»War ich zu ehrlich? Tut mir leid.« Sie starrte mich jetzt wieder an, herausfordernd, langsam fing sie sich wieder. Es war raus. Jetzt galt es für sie, die Sache bis zum Ende durchzuziehen. Sie kam mir plötzlich unheimlich kraftvoll vor. Es gab ihr Kraft, mich anzusehen, so als wollte sie sagen, ich habe das die ganze Zeit über uns gewusst. Ich habe es gewusst und ich habe es akzeptiert und damit gelebt, während du nicht einmal geahnt hast, was los war. Ich habe dich all die Zeit, die wir hier unter diesem Dach verbracht haben, vor dir selbst geschützt und du hattest keine Ahnung. Dieser Blick sorgte dafür, dass ich mich sehr klein fühlte. Ich wollte diesem Gefühl entkommen, dieser beängstigenden neuen Einsicht über mich selbst, zu der ich inmitten der Stacheln, die meine Frau auf dem Boden für mich ausgestreut hatte, gekommen war. Ich wollte weglaufen und mich verstecken und allein sein und versuchen zu verstehen, welche Bedeutung das hatte, was wir einander mitgeteilt hatten, diese Ehrlichkeit, diese herzzerreißende Ehrlichkeit. Die einen kämpfen, die anderen fliehen lieber. Ich habe immer zu Letzteren gehört. Wie Damwild, das einem im Wald begegnet, trete ich erstmal die Flucht an, werfe dann aus sicherer Entfernung noch mal einen Blick zurück und gebe dann Fersengeld, sollte sich mir irgendjemand nähern.

»Ich will nicht mit dir reden, wenn du so bist.« Ich war überrascht, als sie daraufhin lachte. Ich konnte sehen, dass sie sich ihrer Kraft ebenso bewusst war wie ich.

»Was für eine Überraschung.«

»Was meinst du?«

»Du trittst wie immer die Flucht an.«

»Das ist nicht fair.«

»Ist es nicht das, was du tust?« Sie beugte sich auf dem Sofa nach vorn. Ich sehe sie noch immer vor mir, meine wunderschöne Frau, wie ihr das Haar über die Schulter fällt, das Licht ihre linke Gesichtshälfte beleuchtet und ihre Augen funkeln. »Einen Ort, wo dich keiner findet, gibt's nur in deiner Fantasie. Einen Ort, wo du dich den Dingen niemals stellen musst.«

Ich wandte mich ab und nahm meinen Mantel vom Haken.

»Ich gehe spazieren.«

Meine Frau lehnte sich auf dem Sofa zurück, seufzte und schüttelte den Kopf. Sie hatte etwas Erhabenes an sich, denke ich, wenn ich mich jetzt an diesen Moment zurückerinnere. Wie eine magische Kreatur, eine Göttin, irgendetwas aus der Antike, etwas, das realer war als der Rest der Welt. Zu der Zeit konnte ich es nicht sehen. Ich war wütend. Ich wollte nur weg von dem Leuchten in ihr, wollte allein sein.

»Natürlich tust du das.«

»Wir sprechen später. Ich will jetzt nicht mit dir reden. Dir geht's nur darum, mich zu verletzen.«

»Und natürlich bin ich wieder diejenige, die verletzend ist, und du bist derjenige, der einen Spaziergang macht, richtig? Du verlässt einfach den Schauplatz, und ich bin die Böse.«

Ich sah sie ein letztes Mal an, bevor die Wellen über uns zusammenschlugen.

»Wir reden später.«

Dann drehte ich mich um und verließ die Wohnung. Und die Sache ist die: In all den Jahren, die seither verstrichen sind, habe ich meine Frau nicht mehr wiedergesehen.

In meiner Erinnerung hatte es zu regnen begonnen, also zog ich wohl meinen Mantel straffer um die Schultern, senkte den Kopf und lief los. Ich hatte nicht geahnt, dass das geschehen würde. Und ich hatte keine Idee, wo ich hinwollte. Ich war einfach wütend, ich hatte mich in dem Raum gefangen gefühlt. Jetzt war es an der Zeit, sich der Spinnwebe zu entledigen, hinaus in die Welt zu schreiten und sie zu verschlingen wie ein Tiger, sich Landschaft um Landschaft einzuverleiben, Satz um Satz um Satz, dabei alles zu verwünschen, was mir zu Füßen lag. Ich machte mich auf den Weg. Ich wollte bloß Abstand zu meiner Frau und unserem Streit gewinnen, in Ruhe durchatmen, bevor ich nach einer Stunde oder so nach Hause zurückkehren und mich wieder mit ihr vertragen würde.

Ich lief also den Hügel gleich hinter unserem Haus hinauf – wir wohnten am Fuße eines Hangs, den man in einer Viertelstunde bezwingen konnte und der einen in einen sehr anderen Teil Londons brachte, ein wesentlich eleganteres London, als wir es uns leisten konnten. Ich lief den Hügel schnell genug hinauf, um außer Atem zu geraten, weil ich wütend war, und das ist eine Möglichkeit, wie man Wut loswird, habe ich recht? Durch den Körper, durch die Lungen. Es ist, als würde man Gift ablaufen lassen, das Blut durchwaschen. Ich schaute mich nicht um, während ich voranschritt. Es regnete. Das war alles, was ich sehen musste, wie das Wasser um mich herum hinabfiel, zunehmend schwer, lauter, auf den Boden trommelte, bis ich schließlich durch einen Wolkenbruch lief, mein Haar klitschnass wurde und mir am Kopf klebte. Ich erreichte den Park an der Spitze des Hügels und entschied mich, für einen Moment irgendwo einzukehren. Ich wollte nicht direkt nach Hause zurückgehen und das Streitgespräch wieder aufnehmen, und weil ich fror und durchnässt war, dachte ich, dass mir ein Drink vielleicht helfen würde.

Also betrat ich den Pub am Rande des Parkgeländes und bestellte ein Pint, setzte mich und trank. Viel ging mir nicht durch den Kopf, während ich dort saß. Ich ließ die Energie in mir ersterben, sich langsam in Leere verwandeln, und saß da und schaute mein Glas an, das sich ebenfalls leerte. Die Bläschen, die an den Seiten hinaufkrochen, das düstere Schimmern der Lichter im Pub durch die Flüssigkeit hindurch. Die ringförmigen Gezeitenmarken des Schaums am Glas, bis er schließlich ganz verschwand. Ich ließ meine Gefühle entweichen und lauschte den Leuten, die sich an den Tischen in der Nähe unterhielten, während meine Aufmerksamkeit hin und wieder von dem Mädchen in Anspruch genommen wurde, das hinter der Theke die Getränke zubereitete. Ich erinnere mich, dass sie glücklich zu sein schien, ihre Arbeit zu verrichten, es ihr offenkundig Freude machte, die Gläser zu polieren, und es kam mir eigenartig vor, jemanden derart glücklich zu sehen. Wie bereits gesagt, Glück war ein Zustand, den ich zu vermeiden suchte. Ich war der Meinung, mittels Glück werde eine Klinge stumpf, und ich musste scharf bleiben, musste die Welt zerteilen, bis ich zum Zentrum gelangte. Aber wie ich so da saß, durchnässt, frierend, niedergeschlagen und nicht in der Lage, zwei Gedanken miteinander zu verbinden, weil ich so müde war – die Anspannung der Woche, der Marsch den Hügel hinauf und die Heftigkeit des Streits hatten mich erschöpft –, beneidete ich das Mädchen. Sie begutachtete das Spiegelbild der Lichter über ihr im Glas, lächelte und stellte es zurück ins Regal, nahm sich dann ein nächstes und erweckte dabei den Eindruck, als gebe es auf der ganzen Welt nichts, was wichtiger sein könnte als diese Arbeit.

Das Lichtspiel in meinem Glas und das Bild des Mädchens, das hochkonzentriert ihrer Arbeit nachging, zogen mich unvermittelt in eine Erinnerung an einen Urlaub hinein, den ich mit meiner Frau einmal verlebt hatte. Sie war den Sommer über krank gewesen und wir waren nach Snowdonia gefahren, um den Berg zu besteigen und ein paar Tage in Betws-y-Coed zu verbringen. Snowdonia war furchtbar – der Aufstieg fiel ihr schwer, da sie noch nicht wieder ganz genesen war – und ich war überwältigt von der Ödnis und Monotonie, als Wolken, Dunst und Dauerregen sich erst einmal vor die Aussicht geschoben hatten. Oben angekommen sahen wir nichts, die letzten paar Meter des Pfades bis zum Gipfel waren rutschig und kaum begehbar, aber wir gingen sie trotzdem, kehrten dann um und stiegen wieder ab.

In Betws-y-Coed hatten wir mehr Glück. Auf der anderen Seite des Flusses, an dem wir untergebracht waren, gab es eine kleine Sandbank, wo Reiher sich pickend ihren Weg durch das Wasser bahnten und Eichen und Buchen auf der Wiese Schatten spendeten. Wir verbrachten einen Nachmittag beinahe unwirklichen Glücks, lagen nebeneinander im Gras, halb wachend, halb schlafend.

»In der Nähe von Bäumen funktionieren die Sinnesorgane irgendwie anders, oder?«, sagte sie.

»Wie meinst du das?«

»Schau mal hinauf.« Ich sah hinauf in die Äste der Eiche, die über uns wachte, in die Blätter und die Sprenkel von Licht.

»Ja, und?«

»Man sieht nicht wie sonst. Man sieht Schichten um Schichten von Licht, so als schaue man nicht nur eine Sache an, sondern hunderte. Nicht eine Welt, sondern hunderte Welten, die sich überschneiden.« Sie stützte sich auf die Ellbogen, um mich anzuschauen, entwickelte mehr und mehr Leidenschaft für ihr Thema. »Und man hört auch anders in der Nähe von Bäumen. Regen klingt wie Beifall. Wind wie das Meer. Es ist, als gebe es dort Türen, die zu anderen Orten führen.«

»Ich hatte mal eine Idee für eine Geschichte, in der alle Triumphbögen des Ersten Weltkriegs Portale zu anderen Planeten waren, und die Soldaten konnten hundert Jahre überwinden, einfach indem sie durch sie hindurchgingen, aus der Vergangenheit zurückkommen oder direkt wieder in die Schützengräben steigen.«

»So ist es mit Bäumen meiner Meinung nach auch. Da sind so viele Geschichten«, sagte sie. Dann legte sie sich wieder hin. »Schau dir das an, dort oben. Es ist so wunderbar, wie die Sonne durch das Geäst dringt und ich all das Licht sehen kann. Ich spüre, dass meine Augen so viel entspannter sind, als wenn ich ins Nichts schaue. Warum ist das so, meinst du? Wo liegt der Unterschied? Warum ist das hier so beruhigend?«

Ich versuchte, mir eine Antwort zu überlegen, aber mir fiel nichts ein. Ich lag da, sie im Arm, und wir sahen zu, wie die Äste über uns in der beinahe nicht wahrnehmbaren Brise sanft atmeten. Verloren und schweigend und glücklich lagen wir auf dem Rücken, im Schatten der Eichen, an der Sandbank eines flachen Reiher-Flüsschens in Wales.

Nach einer Weile fing ich mich, und es begann mir leid zu tun, wie ich das Haus verlassen hatte. Ich dachte an das Treffen, das mich und meine Frau am nächsten Tag voneinander trennen würde, und fragte mich, ob es denn wirklich so wichtig war. Ich hatte nicht versucht, unsere gemeinsame Zeit zu schützen. Hatte nicht an sie gedacht, sondern lediglich Termine im Kalender hin und her geschoben. Ich bin nicht stolz darauf, aber so war ich damals. Ich fragte mich, ob es von mir nicht etwas unfair gewesen war, einfach hereinzukommen und ihr zu sagen, sie würde am nächsten Tag allein essen. Sie hatte vermutlich Besseres verdient. Als ich mein Pint ausgetrunken hatte, befand ich, nicht noch ein weiteres zu brauchen. Ich würde zurück hinaus in den Regen gehen und den Hügel hinab, in meine Wohnung zurückkehren und mich entschuldigen. Das wäre das Beste. Manchmal frustrierte es mich, dass ich nicht die ganze Zeit über arbeiten und meinen Ehrgeiz verfolgen konnte, aber so war das Leben, und ich musste lernen, damit klarzukommen.

Das ist die große Herausforderung, mit der wir uns in unseren Zwanzigern alle konfrontiert sehen, denke ich. Einen Weg zu finden, uns selbst, die endlosen Möglichkeiten, die in uns liegen, in den tosenden Strom einzufügen, der an uns vorbeizieht. Was es zu lernen galt, war, es einfach ein bisschen langsamer angehen zu lassen, das Leben einfach hin und wieder geschehen zu lassen und es nicht immer darauf anzulegen, sich kopfüber hineinzustürzen.

Ich ließ mein leeres Glas auf dem Tisch zurück, stand auf und zog mir den Mantel an, bedankte mich bei dem Mädchen hinter der Theke, wandte mich dann zum Gehen und verließ den Pub, um mich auf den Heimweg zu machen. Und das war der Moment, in dem das Unheil seinen Lauf nahm.

Ich öffnete die Tür, trat ins Freie und hatte sofort das eigentümliche Gefühl, mich verirrt zu haben. Wissen Sie, welches Gefühl ich meine? Manchmal wacht man mitten in der Nacht auf und man spürt es. In den Eingeweiden. Man erkennt den Raum nicht, in dem man schläft – man kann sich nur an die Konturen und Begrenzungen irgendeines Schlafzimmers aus der Kindheit erinnern, der Rest der Welt, in der man seither gelebt hat, ist aus irgendeinem Grund verschwunden. Furchtbar ist das. Die Welt wird schwarz und man meint, nicht die Kraft zu haben, sich dem zu stellen. So fühlte ich mich, als die Tür hinter mir ins Schloss fiel.

Ich sah mich um, versuchte zu begreifen, warum ich mich so fühlte, und Panik stieg in mir auf, eine Ahnung wie in einem Traum, dass mir etwas widerfuhr, das nicht real war. Der Regen hatte aufgehört, bemerkte ich. Mein Eindruck war, dass es nicht mehr der Park in der Nähe meiner Wohnung war, in den ich blickte. Eher war es so, als stünde ich mitten in einem Wald, umgeben und ertränkt von der Dunkelheit tausender hochgewachsener, schweigender Tannen. Ich atmete ein und in der Luft lagen der Geruch alter Tannennadeln und die stechende Zimtnote trockenen Waldlandes, so als hätte es seit Ewigkeiten nicht geregnet. Ich füllte meine Lungen und mir war, als würde ich die Seelen und Düfte der Fichten, Lerchen und Myrtengewächse in meinen Körper hineinziehen. Die kräftigen, rauchigen Stimmen der verschiedenen Bäume mischten sich in mir und ich wusste, ich war weit von jeglicher Zivilisation entfernt. Ich schaute hinauf, fünfzehn Meter hinauf bis zu dem Baldachin, den die Fichten über meinem Kopf aufragend bildeten, und es kam mir nicht so vor, als sei es noch Abend. Es sah hingegen aus, als würde gleich die Sonne aufgehen, als sei ich in den frühen Morgen hinausgetreten. Und die Bäume, deren Atem meine Lungen füllte, schienen für einen Augenblick zu mir zu sprechen – sie hauchten mir ihre Geheimnisse in die Ohren. Ich hörte, wie sie mir sagten: *Du bist nicht gerade erst hier aufgetaucht. Du bist nicht dein wahres Selbst.* Und dieser Gedanke kam mir ungefragt, ähnlich wie Feuer unterschiedliche Formen an die Wand wirft, unterschiedliche Lebewesen aus der Glut aufflackern lässt, Gesichter und Kreaturen wie Wolkengebilde, knospend erst, dann lodernd.

Ich halluzinierte, so meinte ich, vielleicht hatte ich ja aber auch einen Schlaganfall. Oder irgendeine andere Krankheit? Verlor ich mein Augenlicht? Vielleicht begriff mein Gehirn nicht, dass ich erblindete, und hatte begonnen, Schnipsel von Bildern hervorzuholen, alte Erinnerungen, deren Verlust ich gar nicht bemerkt hatte, und versuchte, sie zu verstehen, versuchte, sie wie etwas Bekanntes aussehen zu lassen. Ich blinzelte, rieb mir die Augen. Der Wald umgab mich noch immer. Ich wartete in Gedanken an einen möglichen Schlaganfall darauf, dass sich Schmerz einstellte, aber der kam nicht. Kein stechender Schmerz, weder im Arm noch im Hinterkopf. Ich streckte die Hände aus, bewegte sie und stellte fest, dass ich sie vor mir sehen konnte. Irgendetwas war indes komisch an ihnen, unheimlich, aber ich fand keine Worte dafür. Alles um mich herum schien brüchig geworden, war mir nicht länger vertraut, weit entfernt. Ich drehte mich um, um nach dem Pub zu schauen, aber er war nicht da.

In dem Moment bekam ich richtig Angst. Hinter mir erstreckte sich der Wald Baum für Baum, wurde zu einer tiefblauen Dunkelheit, wild und undurchsichtig. Es war keinerlei Leben zu sehen, doch ich stellte mir die Kreaturen vor, die sich durch den Wald hindurchfraßen: die Ratten und Mäuse, die Blindschleichen und Vipern, die Amseln und Wiesel und Dachse und Igel, Marder, Iltisse und Hermeline. Die Vorstellung eines Marders, der über mir durch die Äste huschte, ließ mich erzittern, während ich fieberhaft den Blick schweifen ließ, nach der Tür Ausschau hielt, durch die ich gerade gekommen war. Der Geruch der Tannennadeln umgab mich wie Hitze, und als ich noch mal zur Kuppel des Walds hinaufblickte, meinte ich jenseits davon Sterne zu sehen.

Kein Schlaganfall also. Etwas Merkwürdigeres war im Gange. Ich musste mich in einer Art Traum befinden, schloss ich, entweder weil ich halluzinierte oder weil ich aus irgendeinem Grund beim Verlassen des Pubs das Bewusstsein verloren hatte und jetzt äußert lebhafte Trugbilder erlebte, während ich im Regen auf dem Asphalt lag, darauf wartete, dass man mich rettete, mir aufhalf, irgendein Passant mittels leichter Schläge dafür sorgte, dass ich mein Bewusstsein wiedererlangte. Dann kam mir der Gedanke, dass sich das alles anfühlte, als wäre ich in einem Film gelandet. Es hatte nichts von den Träumen, wie ich sie kannte. Alles war von einer viel größeren Schärfe und Klarheit, fast so, als sei es das Leben selbst.

Einen Augenblick lang stand ich still da und hatte mich beinahe davon überzeugt, doch bloß zu träumen. Häufig träumte ich nicht, viel seltener als einige der Frauen, neben denen ich im Laufe der Jahre geschlafen hatte, die mir beim morgendlichen Kaffee ihre Träume in allen Details schildern konnten. Meine Frau war auch so. Jede Nacht lief sie bis zum Rande voll mit Träumen und irgendetwas davon schien ihr stets auch am nächsten Tag noch nachzuhängen, immer war sie in der Lage, zumindest einen Teil davon wiederzugeben. Manchmal sprach sie auch mit mir, wisperte etwas oder versuchte mich zu wecken, um mich zu beschützen, alles im Traum. Es gab verschiedene Welten in ihr, die sie nachts besuchte. Bei mir kam das selten vor. Wenn ich träumte, konnte ich mich kaum je daran erinnern. Manchmal wenn ich aufwachte, hallte das vage Bild irgendeiner heiklen Situation noch eine Weile in mir nach, die ich hatte durchstehen müssen. Oder ich spielte etwas auf den Feldern meiner Imagination nach, worüber ich in der Zeitung gelesen hatte. Oder es war etwas von der Arbeit, das mir in den Schlaf hinein gefolgt war. Aber meistens wachte ich auf und hatte das Gefühl, überhaupt nicht geträumt zu haben. Vielleicht also erschien mir dieser Traum, in den ich gesunken war, nur deshalb so merkwürdig, weil es etwas war, was ich bislang noch nicht erlebt hatte – ein Traum, der sich genauso anfühlte, wie wach zu sein. Vielleicht erlebte meine Frau das die ganze Zeit, was auch der Grund dafür war, dass sie sich immer an ihre Träume erinnern konnte.

Ich drehte eine große Runde dort im Wald, um auch wirklich sicherzugehen, dass ich den Pub nicht irgendwie übersehen hatte und nicht noch immer im Park stand, wo ich meiner Meinung nach eigentlich sein sollte. Das Einfachste wäre gewesen, wenn ich wieder hätte hineingehen können. Aber der Pub war nicht mehr da. Ich erwog, um Hilfe zu rufen, aber irgendetwas hielt mich davon ab. Was, wenn es da in der Dunkelheit noch jemanden gab? Was, wenn sich jemand versteckte? Sobald mir das durch den Kopf gegangen war, wurde mir schlagartig kälter, und ich wollte nur noch weg. Weil mir nichts anderes einfiel und weil eine Kühle in der Morgenluft lag, die begonnen hatte, mir in die Knochen zu kriechen, machte ich mich auf dem weichen Teppich aus Kiefernnadeln, der sich vor mir erstreckte, auf den Weg, in der Erwartung, dass der Traum jeden Moment enden und ich erwachen würde. Auf der linken Seite schien der Himmel über mir heller zu werden. Ich nahm an, dass dort Osten sein musste, und schlug diese Richtung ein.

Ich war noch nicht lange unterwegs, als mir klar wurde, dass dies nicht bloß eine Halluzination sein konnte. Die Stille des Waldes und der Duft der Kiefern waren zu real, die Weichheit der Nadeln unter meinen Füßen fühlte sich zu echt an, außerdem spürte ich genau, wie meine Muskeln beim Laufen arbeiteten. Mir kam der Gedanke, dass ich womöglich einfach Zeit verloren hatte – vielleicht war ich in einem echten Wald, an einem echten Morgen und sah, wie das Sonnenlicht den Himmel über meinem Kopf flutete, und das fehlende Puzzleteil waren die acht oder neun Stunden, die zwischen diesem Augenblick und jenem lagen, als ich aus dem Pub gekommen war. Amnesie, oder ich hatte mir den Kopf angeschlagen, oder ich schlafwandelte, oder ich war womöglich sogar entführt worden. Das würde in gewisser Hinsicht Sinn ergeben. Aber ich hatte keine Kopfschmerzen oder irgendwelche spürbaren Prellungen oder etwas Vergleichbares. Konnte ich die ganze Nacht über geschlafwandelt sein, bis ich hier aufgewacht war?

Eines stand fest. Der Wald war echt. Ich lief durch das fahle Licht des anbrechenden Tages und sah, wie die matten Farben der Bäume zum Leben erwachten, und hörte das Zwitschern der Vögel, das zwischen den Ästen widerhallte und die Sonne begrüßte. Ich konnte eine ganze Reihe von ihnen bestimmen, eine schwindeln machende Bandbreite. Die Rufe des Fasans, der Nachtschwalbe, des Waldkauzes, des Wendehalses und der Taube. Langsam bekam ich Durst und ich war hungrig und ich hatte keine Ahnung, was ich tun sollte.

Meine größte Sorge aber galt meiner Frau. Der Gedanke, dass sie noch immer allein zu Hause saß und auf mich wartete, während ich hier draußen war und nicht wusste, wie weit ich mich schon von ihr entfernt hatte, schnürte mir vor Angst die Brust zu. Ich konnte mir nicht vorstellen, was sie dachte, wenn es denn wirklich so war, dass irgendwie eine ganze Nacht verstrichen war, ohne dass ich es gemerkt hatte. Ob sie überhaupt geschlafen hatte? Vielleicht nahm sie an, ich hätte mich in irgendeinem Pub betrunken und wäre dann mit jemandem nach Hause gegangen. Vielleicht entschied sie in dieser Sekunde, dass es damit nun aus war zwischen uns. Vielleicht aber auch nicht, vielleicht hatte sie irgendwann die Polizei verständigt und genau jetzt machte sich jemand bereit, nach mir zu suchen.

In diesem Augenblick bemerkte ich den Dreck unter meinen Fingernägeln. Erde war in die Poren meiner Hände eingedrungen, so als hätte ich tagelang gegärtnert. Zum ersten Mal, seit ich mich im Wald wiedergefunden hatte, sah ich an meinem Körper herab, unterzog meine Kleidung einer kurzen Überprüfung, schaute, in welchem Zustand ich war. Die Jeans war an den Knien voller Schlamm, der auch an meinen Stiefeln backte. Mein Hemd hatte Salzränder, wo ich offenbar geschwitzt hatte. Und keines der Kleidungsstücke gehörte mir. Wieder schaute ich mir meine Hände an und sicher war ich mir nicht, aber ich hatte das Gefühl, sie sahen irgendwie verändert aus. Die Finger waren feiner, eleganter als meine eigenen. Was unmöglich sein konnte. Ich erlebte offenkundig irgendeine schräge Entfremdung von meinem eigenen Körper wie die Leute, die auf LSD den Drang verspürten, sich Gliedmaßen zu amputieren. Und fühlte sich nicht meine gesamte Statur anders an, jetzt, wo ich darüber nachdachte? Die Schultern schmaler, mein Rumpf um die Taille herum hohler?

Irgendetwas stimmte hier ganz und gar nicht. Ich trug Kleidung, die jemand anderem gehörte, war an einem Ort gestrandet, den ich nie zuvor gesehen hatte, und je länger ich darüber nachdachte, umso stärker hatte ich das Gefühl, nicht einfach ohnmächtig geworden zu sein und eine Nacht verloren zu haben. Dafür war ich schlicht nicht müde genug. Ich fühlte mich weder verkatert noch so, als hätte ich Drogen genommen. Ich war mir sicher, nicht geschlafen zu haben. Ich fühlte mich, als sei ich vor einer Viertelstunde aus dem Pub am Park in der Nähe meiner Wohnung gekommen.

Innerlich um Hilfe flehend, begann ich zu zittern. Ich fühlte mich schwach, hatte Angst. Durch die Bäume hindurch sah ich etwas, das mir bislang noch nicht aufgefallen war. Im Dunkel des Waldes kaum zu erkennen, beinahe verdeckt von den dichten Reihen der Fichten um mich herum, bemerkte ich das Schimmern eines Autos, das jemand im Wald abgestellt hatte. Ich hatte keine Ahnung, warum es mir nicht früher aufgefallen war. Ich rannte auf den Wagen zu. Als ich näher kam, sah ich, dass es ein Taxi war. Kein schwarzes Taxi, aber ein Wagen mit einem Schild im Fenster, das ihn als lizensiertes Fahrzeug auswies. Es war ganz am Ende eines schlammigen Pfades in der Beinahe-Finsternis des Waldes abgestellt worden und der Besitzer war nirgends zu entdecken. Ich hielt intensiv Ausschau, ob irgendwo eine Bewegung, ein Gesicht oder ein Körper auszumachen war. Erneut füllte ich meine Lungen und rief dann so laut ich konnte.

»Hallo?«

Ich lauschte dem sich zerstreuenden Echo meines Rufes, das wie ein Querschläger zwischen den Bäumen hin- und herflog, wie ein Eichhörnchen herumflitzte, wie ein Vogel im Herbstlaub. Das Eigentümliche in einem Wald wie diesem ist, dass das Echo der eigenen Stimme überhaupt nicht der Vorstellung entspricht. Die Stimme wird von den Bäumen verzehrt, als stünden diese kurz vor dem Verhungern. Der Klang der eigenen Stimme ist an einem solchen Ort klar, frisch, aber schwach. Ein Geräusch wie zur Erinnerung daran, dass die Welt einen in Kürze vergessen wird, einen verschlucken wird, wie Bäume Stimmen verschlucken, und dass man sich etwas vormacht, sollte man diesbezüglich anderer Ansicht sein.

»Hilfe!«

Wieder lauschte ich. Wieder nichts.

Dann kam mir eine Idee. Ich griff in die rechte Hosentasche meiner Jeans und entdeckte dort einen Autoschlüssel. Ich versuchte, ob er ins Schloss passte, und der Wagen öffnete sich. Ich schaute hinein. Nichts. Bloß ein leeres Auto und das Gefühl, dass etwas wartete. Was war es?

Was war es, das da auf mich wartete?

Konnte der Mann, dessen Kleidung ich trug und neben dessen Wagen ich stand, sich noch immer irgendwo im Wald befinden, sich zwischen den Bäumen verirrt haben? War es möglich, dass ich ihm die Kleider, die er trug, gestohlen hatte und dann irgendwie vergessen hatte, was passiert war, und er nun da draußen umherirrte und Hilfe brauchte? Ich spähte in den Wald. Er schien sich ins Endlose zu erstrecken. Es war ein Wunder, dass ich das Auto gefunden hatte. So als habe man mich hergeführt. So als habe etwas, das größer war als ich, den Weg gewusst und uns hier zusammengebracht, das Auto und mich. Aber würde es mir gelingen, es ein zweites Mal zu finden?

»Ist da irgendjemand?«

Wieder lauschte ich. Es war nichts zu hören. Nur die entfernten Rufe der Vögel. Unmöglich, hier draußen überhaupt irgendetwas zu finden. Sollte sich mir nichts von sich aus zeigen, blieb nur eine einzige Option. Ich stieg in den Wagen und schloss die Tür hinter mir. Die Rücksitze waren leer. Bis auf die abwaschbaren ledernen Sitzbezüge und den ekelerregenden Geruch nach Duftbäumchen. Die Stille im Auto war anders als die Stille des Waldes. Hier war ich mir sicher, allein zu sein. Hätte sich außer mir noch eine andere Menschenseele in dieser Kiste aufgehalten, hätte ich das Atmen gehört.

Ich zitterte und verschloss die Türen, überprüfte dann dennoch rasch den Fußraum vor den Rücksitzen, denn das war der Ort, wo sich in Filmen häufig Killer versteckten. Um sich dann hinter einem mit ihrem Klavierdraht in Stellung zu bringen, während man durch die Gegend fuhr. Natürlich war niemand dort. Ich war paranoid. Ich überlegte, ob ich auch den Kofferraum überprüfen sollte, aber irgendetwas an dem Gedanken machte mir Angst, sorgte dafür, dass ich zu schwitzen begann, weshalb ich stattdessen den Wagen anließ, den Gedanken verwarf, es befinde sich noch irgendetwas anderes im Wald, losfuhr und mich auf die Suche nach einer geteerten Straße machte. Ich musste so schnell wie möglich zu meiner Frau zurückfinden. Das war alles, was mich jetzt interessierte. Ich musste nach Hause finden und zu verstehen versuchen, was passiert war, weil etwas fürchterlich schiefgelaufen war und ich es nicht begreifen konnte.

Wenn wir unter Druck sind, rast unser Bewusstsein gleich an die dunkelsten Orte. Wir nehmen das Schlimmstmögliche an. Die Frau, die man liebt, ist womöglich gestorben. Im Kofferraum lauert womöglich ein Killer. Oder im Wald. Das Gleiche gilt, wenn wir die Finsternis tatsächlich passieren. Mit einem Schatten konfrontiert oder einer Tür, die wir nie zuvor gesehen haben, spielt einem das Bewusstsein Streiche, führt einem Schreckensbilder vor.

Nachdem ich eine Minute lang den zugewucherten Traktorpfad entlanggerumpelt war, stieß ich auf eine Straße. Sie führte von Nord nach Süd, soweit ich das anhand der Position der Sonne bestimmen konnte, deren Licht sich nun in den frühmorgendlichen Himmel ergoss. Ich hatte keine Ahnung, in welche Richtung ich fahren sollte. Meine Priorität war einzig und allein, nach Hause zu kommen. Einmal dort, konnte ich mich allem stellen, was auch passiert war. Zurück in meine Wohnung zu gelangen, war das Einzige, was zählte. Ein Stück die Straße entlang entdeckte ich ein ramponiertes Schild. Offenkundig befand ich mich am Rande des Savernake Forest, wenn dem zu trauen war, was auf dem Schild stand. Ich konnte nicht begreifen, wie ich dort gelandet war. Aber das kümmerte mich jetzt nicht. Es spielte keine Rolle, was geschehen war, zumindest für den Augenblick. Ich musste einfach von dort weg, wo ich war. Ich bog auf die Straße ein und fuhr in den Morgen, das Lenkrad mit beiden Händen fest umklammert, die Augen starr geradeaus gerichtet, die Schultern vor Anspannung gekrümmt.

In den folgenden Jahren habe ich eine Menge über den Savernake Forest gelesen. Dieser Ort ist für mich auf ewig mit dem Moment verknüpft, in dem meine Probleme so richtig anfingen. Es ist ein Privatwald, der einzige in England, und in seinen besten Zeiten erstreckte er sich von Inkpen bis East Kennett und ganz bis zu den Collingbournes. Im Laufe der Jahrhunderte begann der Wald zu schrumpfen: Stück für Stück wurde er in Ackerfläche verwandelt. Aber weil der Wald nie verkauft worden ist, ist er immer gut geschützt gewesen, besser tatsächlich als jeder andere Wald in Europa, weshalb es eine Menge uralter Bäume gibt, die dort in Formationen zusammenstehen, wie man sie sonst nirgendwo findet. Und sie haben alle wundervolle Namen – Big Belly Oak, King of Limbs, Duke's Vaunt, Spider Oak, Amity Oak.

In anderen Ecken Europas würden die Menschen in Massen zu solchen Bäumen strömen. Es wären *Tanzlinden*, Lebensmittelpunkte, um die herum seit Jahrhunderten Festgesellschaften wirbeln würden. Apropos tanzen: An manchen Orten tanzen die Leute sogar *in* den Bäumen, errichten Leitern, Plattformen und Treppen, die einen hinauf in die Äste bringen, ganz so, als erklimme man den Wunderweltenbaum. Im deutschen Kasendorf gibt es noch heute solche Tanzbäume. In England hingegen scheinen diese Bäume weniger Faszination auszuüben. Sie stehen versteckt im Wald und die Leute fahren an ihnen vorbei. Niemand sieht sie je, niemand hält je an.

Ich fuhr zehn Minuten lang in den erwachenden Tag hinein, während derer mir keinerlei Erklärung für meine Situation einfiel. Nichts von dem, was ich erlebt hatte, seit ich aus dem Pub gekommen war, ergab auch nur im Entferntesten einen Sinn. Ich ließ also die Straße unter mir hinweggleiten, wie Regen eine Windschutzscheibe hinabläuft, und versuchte, nicht in Panik zu verfallen, versuchte, mich einfach auf die Straße zu konzentrieren, eine vorbeihuschende weiße Linie nach der nächsten.

Ich sah ein Schild näherkommen, das eine Raststätte ankündigte, und fuhr langsamer. Eine Toilette käme mir gelegen und ich würde mir Wasser und etwas zu essen besorgen können. Ich fuhr von der Straße ab und hielt neben einer Tankstelle, zu der auch ein Restaurant gehörte. Der Wagen zeigte auf seinem Parkplatz in Richtung einer Anhöhe. Vor mir erstreckten sich ein Stoppelfeld und ein schier endloser Himmel oberhalb der braunen Erde, voll mit Wolken, die sich in einem fahlen und schneidenden Wind gemächlich durch mein Gesichtsfeld schoben. Ich stieg aus dem Wagen, wobei mir die Schlammkrusten an seinen Seiten auffielen, verriegelte ihn und eilte über den leeren Parkplatz, um dem beißenden Wind zu entkommen. Die Gaststätte war eines dieser heruntergekommenen, meist auf Anhöhen gelegenen Little-Chef-Restaurants, wo überall die Farbe abblättert, sich im Innern ein oder zwei Angestellte bewegen, als schlafwandelten sie, der Asphalt auf dem Parkplatz von Rissen durchzogen ist und der Ketchup in den Spendern auf den Tischen gerinnt. Ich kann mir nicht helfen, aber ich liebe diese Orte. Sie gehören in eine andere Zeit, und wer kann schon der Nostalgie dessen widerstehen, das für immer verschwunden ist? Ich erreichte die Tür der Gaststätte, zog sie auf und ging hinein.

Aber was ich sah, als ich durch die Tür ging, war nicht das heruntergekommene Restaurant, das ich erwartet hatte. Stattdessen stand ich in einer Art Wohnwagen, in dem das Licht eines verregneten Nachmittags die Farben um mich herum verwusch, und eine Frau um die dreißig, die strähniges Haar hatte und mitgenommen wirkte, saß vor mir auf einem der beiden Einzelbetten, in der Hand etwas, das wie eine Urne aussah. Ich blickte auf meine eigenen Hände herab und stellte fest, dass auch ich eine Urne festhielt. Und ich bemerkte, dass meine Kleidung gewechselt hatte. Wir trugen beide billige Regenmäntel in mattgrün. Ich schaute die Frau auf dem Bett an und sie mich. Es beunruhigte sie nicht, mich zu sehen, sie wirkte nicht einmal überrascht. Ihr blasses Gesicht mit den tief eingegrabenen, dunklen Ringen unter den Augen schien sich für einen Augenblick durch eine Art Mitgefühl zu beleben, als sie mich in den Raum kommen sah, so als sei sie froh, dass ich da war. So als kenne sie mich. Ich hielt die kalte Urne fest umklammert.

»Das ist sie also«, sagte die Frau auf dem Bett.

Wer war es, den ich da hielt? Wer war es gewesen? Ich wollte nicht hier sein, im Dauercamper irgendeiner Fremden stehen, in der Hand die Überreste einer Frau, die ich nicht kannte. Das konnte sich nicht wirklich abspielen, das war absurd. Ich würde das nicht akzeptieren, nicht tolerieren, das war Irrsinn. Ich drehte mich um und öffnete die Tür des Wohnwagens hinter mir. Die Frau auf dem Bett gab kein Geräusch von sich. Rechts neben der Tür entdeckte ich eine Kommode und stellte die Urne darauf ab, bevor ich mich wieder der Frau zuwandte.

»Tut mir leid«, sagte ich. Sie antwortete nicht. Sie starrte mich bloß mit leerem Gesichtsausdruck an. Ich verließ den Wohnwagen und schloss die Tür hinter mir. Dann schaute ich nach rechts, dorthin, wo ich das Auto abgestellt hatte. Aber meine Beine schienen plötzlich unter mir nachzugeben und ich sank zu Boden. Meine Hände wanderten hinauf zu den Schläfen und ich presste die Handfläche gegen meinen Kopf. Ich spürte, wie ich zitterte, spürte, wie mein Mund offen stand, weil ich mit dem, was geschah, nicht zurechtkam. Das Auto war nicht mehr da. Stand nicht mehr auf dem Parkplatz. Irgendwie war ich nicht einmal ins Freie getreten. Stattdessen befand ich mich in einer Art Tunnel. Im Rücken spürte ich kaltes Metall. Ich schaute mich um und sah, dass ich an einer großen Metalltür lehnte, rostschutzgrau gestrichen, eine riesige, schwere Tür, die stabil genug aussah, um einer Explosion standzuhalten. Ich fuhr herum und drückte mit der Hand dagegen, spürte den Schock des kalten Stahls. Ich sank nieder und schloss die Augen, schloss sie ganz fest, so als wäre ich ein Kind, das will, dass ein Albtraum aufhört. Ich öffnete sie wieder und hatte noch immer die Tür vor mir.

Eine Minute lang bewegte ich mich überhaupt nicht. Wagte nicht, mich umzudrehen und in den Tunnel hinter mir zu blicken. Dazu, aufzustehen und zu versuchen die Tür zu öffnen, fühlte ich mich nicht kräftig genug. Ich musste einen Moment lang reglos verharren. Ich hatte jetzt große Angst, war überzeugt, in schrecklichen Schwierigkeiten zu stecken. Ich musste begreifen, was mit mir geschah.

Es schien so, als ob ich jedes Mal, wenn sich hinter mir eine Tür schloss, eine neue Welt betrat. Ein grotesker Gedanke, und ihn nur zu formulieren, kam mir bereits verrückt vor – aber genau das widerfuhr mir offenbar. Ich hatte einen Pub verlassen und war im Wald gelandet. Ich hatte das Restaurant betreten und mich in einem Wohnwagen wiedergefunden, fremde Kleider am Leib, eine Urne in Händen. Ich war aus dem Wohnwagen geflohen und jetzt hockte ich hier in einer Art Tunnel, in der geronnenen Dunkelheit, die Hand gegen kaltes Metall gepresst.

Es gelang mir nicht, mich davon zu überzeugen, dass ich träumte. Die Dinge fühlten sich zu real an, die Kanten zu scharf. Der Schweiß, den ich auf der Haut spürte, war echter Schweiß, der Durst in meiner Kehle wurde tatsächlich immer stärker. Dies musste irgendeine psychotische Episode sein, in der ich gefangen war.

Ich versuchte, meinen Atem zu beruhigen und meinen Herzschlag zu verlangsamen. Ich verharrte reglos in dem Bemühen, mich unter Kontrolle zu bekommen. Ich wollte einfach warten, bis all das aufhörte. Es gab da irgendeine Fehlfunktion in meinem Gehirn und ich musste einfach Zeit verstreichen lassen, bis mein Geist seine verlorene Balance wiedergefunden hatte. Angst zu haben war nicht nötig, das würde alles nur noch schlimmer machen. Die Szenarien, die ich sah, waren irgendwelche Illusionen und wenn ich mich ruhig verhielt, würden sie verschwinden, da war ich mir sicher. Sie mussten einfach. Sie würden verschwinden.

Das Hämmern in meiner Brust wurde etwas schwächer, während ich mich zwang, durch die Nase ein- und durch den Mund auszuatmen, durch die Nase ein und durch den Mund aus. Wie sie es uns zu Beginn der Schauspielausbildung beigebracht hatten. Ich öffnete die Augen und sah vor mir die riesige Metalltür. Sie war in eine Betonwand eingelassen. Ich verfolgte den Verlauf der Wand mit den Augen und drehte mich dann um, um in den Tunnel zu schauen. Er war um die drei Meter breit und ebenso hoch, ein riesiger Raum, der sich knapp zehn Meter bis zu einer anderen Tür erstreckte und sich dort zu einem noch größeren Raum hin öffnete, der dem Anschein nach voller heller Lampen und Pflanzen war. In dem Tunnel, in dem ich mich befand, gab es auf halber Strecke zu meiner Linken einen weiteren offenen Durchgang, durch den etwas natürliches Licht hineinströmte. Es fiel in fahlen Streifen, die beinahe die rechte Wand touchierten, auf den nackten Estrich des Tunnels: ein mattgoldenes Tigerfellmuster auf dem Boden. Ich rappelte mich auf und ging auf das Tageslicht zu, hinein in einen kleinen Nebenraum.

Das Licht drang durch ein Fenster hoch oben unter der Decke, das vergittert war, Milchglas verhinderte zudem, dass ich die Außenwelt sehen konnte. Das Fenster befand sich in zu großer Höhe, als dass ich mich hätte hochziehen können, um es mir genauer anzusehen, und es gab auch keinerlei Möbel, auf die ich mich hätte stellen können. Zum ersten Mal kam mir der Gedanke, dass ich womöglich in diesem Untergrundbunker gefangen war und dass ich ihn nicht so einfach würde verlassen können wie den Wohnwagen oder den Wald. Hätte es eine Tür gegeben, die ich hätte öffnen und schließen können, hätte ich den Trick probieren können, den ich offensichtlich gelernt hatte, eine Tür hinter mir schließen und von hier verschwinden können, aber die Türen, die ich bislang gesehen hatte, waren allesamt offene Durchgänge. Dieses Mal würde ich also selbst einen Weg hinaus finden müssen.

Ich wandte den Blick vom Fenster ab und inspizierte den kleinen Raum. Auf dem Fußboden lagen eine Isomatte, wie ich sie aus meiner Zeit als Pfadfinder kannte, und ein altes, augenscheinlich ramponiertes Federkissen. Kein Schlafsack, keine Matratze – wer auch immer hier gelebt hatte, hatte sich mit sehr wenig begnügt. Gegenüber dieser rudimentären Bettstatt auf der anderen Seite des Raums stand ein kleiner Elektroherd, angeschlossen mit einem Starkstromkabel, das sich aus dem Raum hinaus- und den Gang hinunterschlängelte. Der Herd hatte zwei Kochfelder und dringend eine Reinigung nötig. Rechts und links davon standen ein Stapel mit Schüsseln, ein Topf und ein Stoß mit, danach sah es aus, hunderten Päckchen Fertignudeln. In ungefähr drei Meter Höhe hing, mit Tesafilm über dem Herd befestigt, ein Kalender wie aus einem chinesischen Schnellrestaurant, mit Drachen und Laternen, die sich um die Monate herumwanden, Monate, deren Namen dort auf Englisch standen. Hunderte Päckchen mit Fertignudeln. Jemand schlief und aß, lebte hier, das war offensichtlich. Hatte diesen Betonraum mit dem hohen Fenster in einen Zufluchtsort vor der Welt verwandelt und ausreichend Nahrung gebunkert, um zu überleben. Ich fragte mich, wo es Wasser gab, ein Waschbecken, eine Toilette. All dies musste sich weiter hinten im Bunker befinden, wenn überhaupt vorhanden. In Anbetracht der Lage hoffte ich, dass dem so war.

Mir kam in den Sinn, dass es absurd war, über so etwas Praktisches wie Trinkwasser und Toiletten nachzudenken, wo ich mich doch noch immer einzig und allein um meine Frau sorgen sollte, die ich erst vor ein paar Stunden verlassen hatte. Ich sollte mich ausschließlich auf den Versuch konzentrieren, nach Hause zu kommen. Aber es war so vieles in so kurzer Zeit geschehen. Ich hatte das Gefühl, mich von diesen logischen Überlegungen verabschiedet zu haben, weil die damit verbundenen Sorgen, so sehr sie mich auch umtrieben, einfach nicht die Dringlichkeit besaßen wie das, womit ich mich hier und jetzt konfrontiert sah. Ich war in einem Maße verloren, dass ich ausschließlich Kapazitäten dafür hatte, über das nachzudenken, was ich unmittelbar vor mir sah. Den Rest würde ich später klären müssen.

Und wieder hatte sich meine Kleidung geändert. Mein Körper fühlte sich leicht an, so als würde ich praktisch nichts wiegen, und auch meine Hände sahen anders aus, so als stimme irgendetwas nicht mit ihnen. Mir fehlten die Worte dafür, es zu beschreiben. Irgendeine Blockade in meinem Gehirn hielt die Antwort zurück, sodass ich einfach meine Hände anstarrte und sie nicht verstehen konnte, diese feingliedrigen Objekte, die nicht zu mir zu gehören schienen. Ich nahm zur Kenntnis, dass mich all das dieses Mal ein bisschen weniger schockierte und in Panik versetzte – der Überlebensmodus hatte sich bereits aktiviert, ich gewöhnte mich an dieses neue Muster in meinem Leben. Dies war das dritte Mal, seit ich aus der Wohnung gestürmt war, dass ich eine neue Garderobe an meinem Körper entdeckte, aber ich hatte bereits aufgehört, mich über die Sache zu wundern. Meine Aufmerksamkeit wurde von anderen Dingen in Anspruch genommen.

War es möglich, dass ich zwischen verschiedenen Leben hin- und herwechselte? Ich dachte an die Geschichte von dem Mann mit den Siebenmeilenstiefeln, der nie nach Hause gelangte, immer über das Ziel hinausschoss und sich bei jedem Schritt in einer anderen Wildnis wiederfand. War ich das? War es das, was vor sich ging?

Ich verließ den Raum mit dem Schlafplatz, den Nudeln und dem Fenster und lief weiter den Tunnel entlang bis zum Hauptraum des Bunkers. Als ich das Ende des Eingangstunnels erreichte, öffnete sich ein Raum vor mir, der sich mindestens dreißig Meter nach hinten erstreckte. Ein weiterer, identischer Raum schloss sich an ihn an. Beide Räume waren vollgestopft mit Pflanzen, die beinahe meine Größe hatten, angeordnet unter dicht gedrängten, sich bis zum Ende des Raum erstreckenden Reihen bläulicher Neonröhren, die etwas über Kopfhöhe montiert waren. Sie tauchten den Raum in ein bläuliches Licht, das ihm ein kränkliches, fremdartiges Aussehen verlieh, was von einem berauschenden intensiv-süßen Geruch begleitet wurde, der von den Pflanzen ausging. Ich konnte die Hitze all der Lampen spüren, die da vor mir brannten. Ich ging zur ersten Pflanzenreihe und sah mir die Blätter und Knospen an, die an der Spitze jedes Stängels hingen. Einige hatten bereits zu blühen begonnen. Als ich die Knospen berührte, bemerkte ich, wie klebrig sie waren, vom Harz bedeckt, das die Pflanze produziert haben musste.

Ich durchquerte den Raum und entdeckte einen Gartenschlauch, der aufgerollt dalag und an einen Wasserhahn angeschlossen war. Als ich ihn aufdrehte, um zu schauen, ob er funktionierte, schoss eine Wasserfontäne durch den Raum, die die Lampen traf und für ein kurzes Zischen sorgte. Ich drehte den Hahn so schnell ich konnte wieder zu und war beruhigt. Ich hatte Wasser. Ich wusste nicht, ob es sich um Trinkwasser handelte oder nicht, aber ich hatte einen Herd, ich konnte es abkochen. Eine Weile lang würde ich hier zurechtkommen. Jetzt musste ich nur noch eine Toilette finden. Ich rollte den Schlauch so auf, wie ich ihn vorgefunden hatte, und lief weiter. Auf halber Strecke die linke Wand entlang entdeckte ich einen weiteren kleinen Durchgang. Ich schaute hinein und sah eine Toilette und ein Waschbecken, das unnatürlich leuchtete, die Emaille sah in dem blauen Licht aus, als phosphoresziere sie. Ich betrat den Raum, prüfte den Wasserhahn und stellte fest, dass er funktionierte, nahm dann die Toilette in Augenschein, deren Spülung ebenfalls ging. Dann setzte ich meinen Weg fort und erkundete den Rest des Bunkers. Außer mir war sonst niemand hier, es gab nur die zwei Räume voller Pflanzen, die unter blauen Lichtern wuchsen, und dann weitere verschlossene Türen, die ich nicht aufzustemmen vermochte. Versuchsweise hämmerte ich mit der Faust gegen eine von ihnen, für den Fall, die Aufmerksamkeit von irgendjemandem erregen zu können, aber es kam keine Antwort. Ich hatte gedacht, womöglich in einem Teil eines größeren unterirdischen Komplexes gefangen zu sein, und es gebe vielleicht jemand wie mich, der auf der anderen Seite dieser Türen gefangen gehalten wurde, aber falls dem so war, hörte mich niemand oder es schickte sich zumindest niemand an, dem Hämmern auf den Grund zu gehen. Nach einer Weile gab ich auf und kehrte in den Raum mit dem Fenster zurück. Der einzige Hinweis darauf, wo ich mich befinden könnte, war der an die Wand geklebte chinesische Kalender in englischer Sprache.

Ich hatte Hunger und obgleich ich ungern die Situation akzeptierte, in der ich war, befand ich, ich sollte pragmatisch agieren, so sehr ich auch all das hasste, was geschah. Also füllte ich den Topf am Handwaschbecken mit Wasser, ging damit zum Herd, stellte ihn an und wartete, bis das Wasser kochte. Es gab keinen Deckel und es schien ewig zu dauern, bis Blasen aufstiegen und ich die Fertignudeln hineinwerfen konnte. Als sie weich waren, stellte ich den Herd wieder aus, entdeckte neben den Schalen einen Haufen Essstäbchen und begann dann, die faden, gummiartigen Nudeln zu kauen, bis sie alle waren. Ich versuchte mir ein Leben vorzustellen, in dem sie meine einzige Nährstoffquelle wären. Ein unerträglicher Gedanke. Ich ging mit meiner Schale in die Toilette und spülte sie am Waschbecken aus. Ich wartete, bis das Wasser im Topf, in dem ich die Nudeln gekocht hatte, abgekühlt war, und zwang es dann herunter. Es schmeckte widerlich, aber es hätte zu lange gedauert, noch einmal Wasser zu kochen, und ich traute mich nicht, das Wasser direkt aus dem Hahn zu trinken. Ich stellte die Schale zurück zu den sauberen und legte mich auf die Isomatte, versuchte mir darüber klar zu werden, was ich tun sollte. Als ich mir mit den Händen über das Gesicht fuhr, spürte ich, dass etwas damit nicht stimmte. Die Wangenknochen fühlten sich anders an, die Haut an Hals und Nacken weich und glattrasiert, das Haar auf meinem Kopf allzu dicht. Ich wusste, ich sollte mein Spiegelbild anschauen, auf der Wasseroberfläche im Topf oder in der Toilettenschüssel. Aber ich hatte Angst vor dem, was mit mir geschah – ich wollte die Antwort nicht. Wenn ich meine Hände betrachtete, hatte ich noch immer keine Worte dafür, warum sie für mich wie die eines Fremden aussahen. Würde sich nicht die gleiche Blockade einstellen, wenn ich das wie auch immer geartete Gesicht sah, das ich nun trug?

Nachdem ich zwanzig Minuten lang meinen Kopf auf dem zerfetzten Kissen gebettet hatte, wurde die Angst zu groß, als dass ich noch länger hätte still daliegen können, und weil ich einfach irgendetwas tun wollte und das Gefühl hatte, nicht einfach still ausharren zu können, ging ich in den nächsten Raum, griff nach dem Schlauch, drehte ihn auf und fing an, die Pflanzen zu wässern. Wenn ich sie am Leben erhalten konnte, vielleicht würde auch ich dann am Leben bleiben. Vielleicht bestand irgendeine Verbindung zwischen meinem Leben und dem der Pflanzen. Ich lief durch die zwei Räume, bis ich jede Reihe gewässert hatte. Als ich fertig war, überwältigte mich eine Welle der Erschöpfung. Ich war nun bereits sehr lange wach, nahm ich an. Ich kehrte zurück in den Raum mit dem Fenster und legte mich wieder auf die Isomatte, lag auf dem Rücken und starrte hinauf zu der blanken Betondecke. Diese Anstrengung raubte mir alle Kraft. Ich glaube, in weniger als einer Minute war ich eingeschlafen.

Lange schlafen konnte ich allerdings dort nicht. Ich hatte keine Decke und auch wenn ich aufgrund der Wärme der Beleuchtung nicht wirklich frieren würde, war der Fußboden, der nun einmal aus Beton war, hart und unbequem. Als ich das erste Mal erwachte, war es dunkler geworden. Ich ging zum Kalender, sah ihn mir erneut an und mir kam der Gedanke, dass ich die Tage abhaken sollte. Beim ersten Tag des Jahres beginnend presste ich mit meinem Daumennagel ein X in das Papier. Dann legte ich mich wieder auf die Matte und starrte weiter an die Decke.

Ich sollte zehn weitere Kreuzchen am Kalender machen, bevor ich einen anderen Menschen zu Gesicht bekam. Während dieser Zeit versank ich in einen Erschöpfungszustand, in dem ich das Gefühl hatte, weder wirklich wach zu sein noch wirklich zu schlafen – ich hatte das Gefühl, wie unter Drogen herumzulaufen, so als habe irgendetwas in der Luft mich in einen Zombie verwandelt. Ich versank. Und weil ich jeweils immer nur für eine oder zwei Stunden schlafen konnte, war ich permanent müde. Allein Wasser zu erhitzen und Nudeln zu kochen, kostete mich unglaublich viel Kraft.

Ich hatte keine Idee, wie ich entkommen, nach Hause gelangen, zu meiner Frau zurückkehren könnte, und das erzeugte in mir ein Gefühl größter Leere. Ich versuchte, riesige Mengen Nudeln zu essen, um bei Kräften zu bleiben, aber sie waren so wenig nahrhaft, dass ich immer schwächer wurde. Entkommen, nach Hause gehen, zurückkehren. In dem Versuch, aktiv zu bleiben, wässerte ich weiterhin täglich die Pflanzen. Sonderlich gut schien es ihnen nicht zu gehen, sie fingen an zu welken, während die Tage verstrichen, weshalb ich das Gefühl hatte, es nicht richtig zu machen, aber ich tat, was ich konnte, und hoffte, es nicht mehr allzu lange tun zu müssen, sondern bald hier rauszukommen.

Am dritten Tag warf ich eine Schale gegen das Fenster in dem Versuch, das Glas zu durchschlagen, aber die Schale prallte gegen die Gitterstäbe und zerbrach. Ich probierte es also stattdessen mit dem Ende des Schlauches, warf ihn wie einen Speer, aber es gelang mir wieder nicht, das Glas einzuschlagen. Es musste verstärkt sein. Indem ich hochsprang, die Gitterstäbe packte und mich daran hochzog, konnte ich einen Blick aus dem Fenster werfen, aber alles, was zu erkennen war, waren die Schatten von Gräsern oder Blättern dahinter. Aus Angst, es nicht wieder einschalten zu können und im Dunklen zu sitzen, schaltete ich das blaue Licht niemals aus.

Es wird Sie vielleicht überraschen, dies zu hören, aber ich dachte kein einziges Mal daran, mich umzubringen, mir einen elektrischen Schock zu verpassen, mich zu ertränken oder mittels des Schlauches oder des Starkstromkabels aufzuhängen. Ich wollte es nach Hause schaffen. Darauf versuchte ich mich zu konzentrieren, selbst als mein Verstand schwächer wurde, selbst als ich in diesen betäubten, schlafwandelnden Zustand glitt. Wenn ich nicht die Pflanzen wässerte, betätigte ich mich bald anderweitig körperlich, machte Liegestütze, Klappmesser und Sternsprünge, um stark und rege zu bleiben für den Fall, dass jemand kommen und ich mich an ihm vorbei ins Freie kämpfen müsste. Daran, mich umzubringen, dachte ich nie. Und den ganzen Tag auf der Matte herumliegen konnte ich auch nicht.

Ich wusste, früher oder später würde ich Besuch bekommen. Wer auch immer die ganzen Pflanzen hier arrangiert hatte und all die Lampen in einem fort brennen ließ, würde irgendwann vorbeikommen, um nach dem Rechten zu schauen. Und ich wusste, das würde meine Chance sein, hier rauszukommen. Ich schlief also auf der Isomatte, wässerte die Pflanzen, aß, trank, trainierte und überprüfte Tag für Tag die verschlossenen Türen, eine nach der andern, ging dann auf die Toilette, spülte meine Töpfe, legte mich schließlich wieder hin und wartete, wartete darauf, dass jemand kommen und mich besuchen würde. Unter dem Gewicht der Müdigkeit, die von mir Besitz ergriffen hatte, hatte sich mein Gehirn in einer Art Winterschlaf eingerichtet. An meine Wohnung, meinen Job und meine Frau irgendwo in weiter Ferne zu denken, war zu schmerzvoll, weshalb ich alles daran setzte, das nicht zu tun oder die Gedanken zumindest weitgehend zu verdrängen. Ich weinte viel. Ich träumte von Momenten des Glücks, die ich in meinem alten Leben erlebt hatte, bevor das hier passiert war, bevor ich mich selbst verloren hatte. Ich redete mir gut zu, alles würde in Ordnung kommen. Ich musste, ich musste einfach daran glauben. Meine Angst war, dass ich, würde ich in meiner Zuversicht auch nur für einen Augenblick schwanken, jegliche Hoffnung darauf verlieren würde, jemals einen Faden zu finden, der mir den Weg aus diesem Labyrinth würde weisen können, in das ich geraten war.

Dann, nachdem ich zehn Tage in der Einsamkeit und dem Stumpfsinn des Bunkers zugebracht hatte, heulend, ohne richtigen Schlaf, ohne richtigen Auslauf, in den beengten Räumen lediglich im Kreis gerannt war und versucht hatte, bereit zu sein, wenn jemand kam, döste ich just in dem Moment vor mich hin, als sich die Tür öffnete und jemand aus der Außenwelt den Bunker betrat.

Als Erstes hörte ich das Knirschen von Kies und das Brummen eines Motors. Die Welt klang durch das Bunkerfenster über meinem Kopf weit entfernt, ich nahm die Geräusche nicht als real wahr, weil sie meinen Träumen zu entspringen, reine Fantasie zu sein schienen. Wann immer ich mich hinlegte, träumte ich von meinem alten Leben, dem Ort, an den ich zurückkehren wollte, von dem ich mich aber Tag für Tag weiter entfernte, ohne etwas dagegen tun zu können.

Was meine Ohren hörten, war für mich also erst einmal nichts weiter als Geräusche aus einem Traum, in dem es um Freiheit ging, weshalb ich nicht aufstand. Dann aber hörte ich, wie der Riegel an der Haupttür zurückgeschoben wurde, begriff beinahe zu spät, was vor sich ging, und kam krabbelnd auf die Beine. Ich schlich zum Durchgang, um in den Tunnel zu schauen, hoffnungsvoll einerseits, andererseits ängstlich, ärgerlich außerdem, weil ich mir keinen Plan zurechtgelegt hatte, keine Waffe bei mir trug. Im Eingangsbereich war es dunkel und das blaue Licht der Neonröhren, das sich blass bis in jede Ecke des Bunkers ergoss, verlieh dem Ort etwas Unheimliches. Ich stand im Türrahmen, bereit, zurückzuschnellen und mich zu verstecken, auch wenn mir klar war, dass ich mich in diesen leeren Räumen nicht lange würde verstecken können. Die Tür öffnete sich und ich erhaschte einen kurzen Blick auf die dämmerige Außenwelt, einen regnerischen Abend, England – es war doch sicher England? Früher Mondschein illuminierte die schlammige Erde mit ihrem satten, schmeichelnden Aroma, während am Himmel die Erinnerung an die Sonne verblasste, sich der Tag indes noch festkrallte, jene Zwischenzeit war es, zu der sich nicht bestimmen lässt, woran einen das Licht erinnert. Dann kamen Gestalten durch die Tür auf mich zu und ich huschte weg, zurück in den Fensterraum.

»Tot ist er also nicht.«

Gleich nachdem sie hereingekommen waren, schlossen sie die Tür hinter sich.

»Alles klar, Junge?« Der Kopf eines Mannes erschien im Türrahmen. »Versteckst du dich?«

Er sah chinesisch aus und sprach Englisch mit britischem Akzent. Er kam in den Raum, in dem ich stand, unmittelbar gefolgt von einem Weißen mit Bürstenhaarschnitt, der zwei Reisetaschen trug. Während ich zuschaute, öffnete er die erste und kippte sicher hundert Päckchen Trockennudeln auf dem Fußboden aus.

»Proviant«, sagte er, wobei er mich anschaute. Er sprach mit starkem Südwest-Akzent, Dorset oder Somerset oder irgendwas in die Richtung. Er lächelte mich an. »Klopapier hast du auch keins mehr, nehm ich an, hab ich dir aber mitgebracht, und Zahnpasta. Sag also nicht, wir würden uns nicht um dich kümmern.«

Ich verstand nicht, was vor sich ging, wer diese Männer waren oder für wen sie mich hielten. Klar war, sie waren nicht überrascht, mich hier anzutreffen. Hatten sie mich bei einer früheren Gelegenheit hier eingesperrt? Bevor ich eine Frage formulieren konnte, betrat eine dritte Person den Raum, ein asiatischer Junge mit leblosen Augen, hängenden Schultern, dessen Körper in einem billigen Trainingsanzug mit Kapuze steckte. Er betrachtete mich mürrisch.

»Wir haben dir einen Kollegen mitgebracht, Kleiner«, sagte der erste Mann. »Haben gedacht, könntest vielleicht etwas Hilfe brauchen, um mit der ganzen Arbeit fertig zu werden – die brauchen ganz schön viel Wasser, was? Du hast Glück – wir haben einen, der deine Sprache spricht.« Ich sagte noch immer nichts – ich hatte keine Ahnung, was er meinte.

»Sollen wir mal gucken gehen?« Der Mann mit dem Bürstenhaarschnitt warf sich die andere Reisetasche über die Schulter und ging hinaus in den Hauptraum, wo die Lampen surrten und ihre Hitze verstrahlten. Ich folgte ihm, wollte unbedingt etwas sagen, hatte aber zu viel Angst, wusste nicht, wo ich anfangen sollte. Der andere Mann ging hinter mir her, doch der chinesische Junge blieb in dem Fensterraum. Vor den welkenden Pflanzen blieben wir stehen und ich räusperte mich.

»Verzeihen Sie bitte?«

Keiner der Männer sagte etwas. Sie starrten die Pflanzen an. Der Mann mit dem Bürstenhaarschnitt leerte gedankenverloren seine Tasche vor der Toilette, Klopapierrollen hüpften auf dem Fußboden in alle Richtungen. Dann trat er zwischen die Pflanzen, um sie genauer anzuschauen. Er fuhr mit den Fingern über die Spitzen und Stängel, zog schließlich ein Blatt ab, zerdrückte es und roch daran, steckte sich etwas davon in den Mund und kaute.

»Er kann tatsächlich Hilfe gebrauchen.«

Ohne Vorwarnung traf mich eine Faust am Hinterkopf und ich fuhr herum, mit Schmerzen, schockiert, voller Panik. Der andere Mann starrte mich an.

»Du hast sie beinahe gekillt.« Ich berührte meinen Kopf mit der Hand. Er hatte mich am Ohr erwischt und es schmerzte. »Du musst ihnen mehr Wasser geben, kapiert?« Er redete sehr langsam, so als dächte er, ich würde ihn nicht verstehen. »Du wirst mit deinem Kollegen in Schichten arbeiten.« Abrupt wandten sich die beiden Männer ab und steuerten den zweiten Pflanzraum an. Ich folgte ihnen, mir noch immer das Ohr haltend.

»Entschuldigung, was geschieht hier?«, sagte ich. »Sie können mich nicht hier festhalten. Ich will nicht hier sein.« Der Chinese schaute sich nach mir um und zuckte mit den Schultern.

»Ich versteh dich nicht, Kumpel«, sagte er. »Wenn du mit mir reden willst, musst du Englisch lernen.«

Es war unmöglich, dass er mich nicht richtig gehört hatte. Stimmte etwas mit ihm nicht? Bevor ich erneut etwas sagen konnte, blieb der Bürstenhaarmann im Türrahmen zum zweiten Raum stehen.

»Genau das Gleiche, aber zumindest hat er keine davon komplett um die Ecke gebracht«, sagte er. Er ging wieder auf mich zu und kam mit dem Gesicht ganz nah an mich heran. »Du hast wohl nicht richtig zugehört, als wir dir erklärt haben, was zu tun ist, was? Das reicht so nicht!« Ich sagte nichts und vermied es, ihm in die Augen zu schauen, in der Hoffnung, ihn nicht zu verärgern. Ich wollte nicht, dass sie mich erneut schlugen. Nach einem Moment wandte er sich von mir ab, kickte träge gegen eine Klopapierrolle, die quer durch den Raum gekullert war. »Aber darum haben wir deinen Kollegen mitgebracht, also keine Sorge. Zu zweit werdet ihr das besser hinkriegen.« Er ging an mir vorbei und machte sich auf in Richtung Ausgang. »Los«, sagte er, »wir hauen besser ab.« Auch der Chinese ging an mir vorbei und ich folgte den beiden panisch und verzweifelt. Dies war meine Gelegenheit, hier rauszukommen. Dies war meine Gelegenheit, um Hilfe zu bitten, und ich würde sie verpassen, ich würde sie verpassen, es sei denn, ich würde jetzt etwas unternehmen.

»Bitte, Sie müssen mich hier rauslassen«, sagte ich. Der Chinese schaute sich nicht einmal nach mir um, während er sprach.

»Maul halten, Kumpel, und mach deine Arbeit. Wir sind in einer Woche zurück, alles klar?« Ich wollte mit ihnen gemeinsam den Bunker verlassen, selbst wenn das bedeutete, wieder in eine andere Welt abgeschoben zu werden und mich noch mehr zu verlieren. Es war mir egal, ich wollte einfach da weg, wo ich war. Aber als er die Tür erreicht hatte, drehte sich der Mann mit dem Bürstenhaarschnitt um und fixierte mich mit seinem Blick, zog währenddessen die Tür hinterrücks auf, sodass ich die Kühle der Nacht hinter ihm wahrnehmen konnte, die frische Luft, den wartenden Land Rover, der die beiden Männer dorthin bringen würde, wo ihre Leben einen ruhigen Fortgang nehmen würden, während meines zum Stillstand gekommen, mir entrissen worden war.

»Solltest du versuchen, an mir vorbeizulaufen, leg ich dich verdammt noch mal um, kapiert? Ich leg dich um.« Ich stand da und sah ihn an, hilflos, während er sich umdrehte und ging. Die beiden Männer schlossen und verriegelten die Tür hinter sich. Ich hörte, wie sie in den Land Rover stiegen, wie der Motor ansprang. Dann wie die Reifen wütend über den Kies flogen, schließlich das Geräusch, wie meine Kerkermeister in der Ferne verschwanden, im Nichts.

Ich stand allein im Eingangsbereich und fragte mich, wie ich hatte so passiv sein können, so unentschieden, so ängstlich. Draußen war es dunkel und hätte ich es nur an ihnen vorbei geschafft, wäre ich womöglich entkommen. Ich hätte es versuchen sollen. Oder ich hätte einen Weg finden müssen, sie hier zu halten, sie zu zwingen, mich anzuhören, mich zu verstehen. Wieso hatte ich das alles einfach geschehen lassen, ohne auch nur zu versuchen, in irgendeiner Form die Kontrolle zu übernehmen?

Ich bemerkte eine Bewegung hinter mir und drehte mich um. Der chinesische Junge stand im Türrahmen zum Fensterraum und schaute mich an. Einen Augenblick lang hatte ich ihn vergessen. Er wirkte gleichzeitig mürrisch und ängstlich, von der Fassungslosigkeit, die ich empfand, war bei ihm keine Spur erkennbar. Nichts von alledem hier schien ihn im Mindesten zu überraschen.

»Sie haben uns einfach hier zurückgelassen«, sagte ich. »Wie konnten sie das tun?«

Der Junge zuckte mit den Schultern.

»Sie wollen halt, dass wir die Pflanzen gießen.«

»Aber sie können uns nicht einfach einsperren, das ist illegal. Ich habe eine Frau. Ich habe ein eigenes Leben woanders, das können sie nicht machen. Die Leute werden nach mir suchen, die können uns hier nicht einfach festhalten.«

Der Junge lachte und legte den Kopf schief.

»Was redest du denn da?«

»Ich meine es ernst, irgendetwas Merkwürdiges passiert mit mir und ich habe mich verirrt. Ich kann es nicht richtig erklären, aber ich habe mich verirrt. Ich verstehe es selbst nicht. Ich bin eine andere Welt geworfen worden. Aber es wartet da ein Leben auf mich und ich muss nach Hause.«

Der Junge schüttelte den Kopf und sah mich an, freundlich vielleicht, aber auch voller Mitleid.

»Ich weiß, wie du dich fühlst«, sagte er. »Mir geht es genauso. Aber schau dich an. Du hast sicher keine Frau. Und auch keinen Job, zu dem du zurückkehren musst. Das wissen wir beide ganz genau. Ich kenne dich. Du bist auch nur ein vietnamesisches Kind, das niemand wollte, genauso wie ich.«

Ich starrte ihn an, wusste nicht, was ich sagen sollte. Ich betrachtete meine Hände. Legte sie dann an mein Gesicht und merkte, dass mir in all den Tagen, die vergangen waren, keine Bartstoppeln gewachsen waren. Ich sah wieder den Jungen an.

»Ich muss mich setzen.«

Den restlichen Abend über erzählte mir der Junge seine Geschichte. Er war kein Chinese, wie sich zeigte. Er war vor dreizehn Jahren im ländlichen Vietnam in ärmliche Verhältnisse hineingeboren worden. Als er neun gewesen war, hatte ein Mann sein Dorf besucht. Er hatte die Leute auf dem Marktplatz angesprochen und ihnen angeboten, eine Reise nach England zu arrangieren für Jungen und Mädchen, die dort arbeiten und sich ein besseres Leben aufbauen wollten. Der Junge hatte sich anwerben lassen und war in einem Überseecontainer nach England geschmuggelt worden mit vielen anderen Kindern seines Alters aus Dörfern wie seinem. Der Junge war überzeugt, auch ich müsse eines dieser Kinder gewesen sein – vielleicht nicht in diesem Container, aber in einem ähnlichen.

»Du musst dich doch erinnern, an die Hitze, die Dunkelheit und wie die Tage einfach ineinander übergingen. Und an den

Wasservorrat, den wir bewachten und wegen dem es ständig Streit gab? Wie wir schwitzend dasaßen, gegen die Körper anderer Kinder gepresst, allesamt in der Hoffnung auf Freiheit, allesamt in dem Glauben, diese Reise würde uns an einen besseren Ort führen? Wie wir uns Schicht um Schicht von unserer Kleidung befreiten, damit es kühler wurde, wie unsere Haut die Haut der Leute neben uns berührte, weshalb wir uns dann noch enger an die Wände der Container pressten? Dass die Luft nach Rost und Eisen schmeckte, nach Erschöpfung und Angst? Erinnerst du dich nicht, wie wir alle immer wieder Panikattacken hatten, stechende Schmerzen in der Brust, wie wir verzweifelt versuchten, Luft in die Lungen zu ziehen? All das musst du doch erlebt haben, genau wie ich und hunderte wie wir, genau wie es jetzt gerade wieder anderen Menschen widerfährt.«

Ich wusste nicht, was ich sagen sollte, und ließ ihn deshalb einfach fortfahren, lauschte den Erinnerungen, die aus ihm herausblubberten wie Blut.

»Erinnerst du dich nicht, wie du die Tränen unterdrückt hast, wenn du an zu Hause dachtest und die Dinge, die du in der Hoffnung auf etwas Besseres aufgegeben hattest? Die Liebe deiner Eltern, die aufgehende Sonne, die schien, wenn du zur Arbeit in den Feldern aufbrachst? Den Schatten der Bäume, in den du dich setztest, um eine Pause zu machen und zu essen, und das Gefühl von kaltem Wasser hinten in der Kehle? Ich musste die ganze Zeit an meine Großeltern denken, die langsam alt wurden. Mir war bewusst, dass ich nicht bei ihnen sein würde, wenn sie starben, bewusst, ich würde nie wieder von ihnen hören und vielleicht auch nie wieder von meinen Eltern und Brüdern und Schwestern, vielleicht nie wieder nach Hause zurückkehren, alles bloß, weil wir uns entschieden hatten, diesen Männern, die ins Dorf gekommen waren, in die Dunkelheit dieses Containers zu folgen, in die Hitze, in den unglaublichen, unvorstellbaren Wohlstand Englands, wo alles anders sein würde, wo man sich um uns kümmerte, wo wir uns selbst aus den Leben, in die wir hineingeboren worden waren, befreien und in einem Paradies voller Sonne und Arbeit Frieden finden würden. Und vielleicht könnten wir sogar eines Tages in diesem neuen Land die Staatsbürgerschaft bekommen und all die Sicherheiten, die eine neue Heimat einem gab, eine bessere Heimat. Du musst dich doch an all das erinnern, was ich erzähle! So ist es gewesen, ich weiß, dass es so war, und ich weiß auch, dass dir das Gleiche passiert ist, habe ich recht?«

Der Container wurde in Southampton abgeladen und er war mit einem Dutzend anderer vietnamesischer Kinder in einen Lkw gesteckt worden. Vielleicht sei ich ja darunter gewesen, meinte er. Von dort seien sie in die Randbezirke einer größeren Stadt gebracht worden.

Zwei Jahre lang wurde er gezwungen, sich zu prostituieren, in einem Haus mit verdunkelten Fenstern an einer viel befahrenen Straße, wo es keine Geschäfte zu geben schien, bloß ein gesichtsloses hässliches Haus neben dem anderen. Keiner der Nachbarn schien jemals in den Garten zu gehen. Zu den Hauptgeschäftszeiten am Morgen und am Nachmittag füllte sich die Zufahrt zum Haus mit Autos, aber die Autos kamen auch zu jeder anderen Tages- und Nachtzeit, und Männer kamen, immer Männer, und er wartete in seinem Zimmer. Wenn er allein war, sah er durch die Ritzen in der Klebefolie vor den Fenstern in die leeren Gärten. Keiner der Männer schaffte es, ihm in die Augen zu sehen, und so war er immer allein, ganz besonders allein in den Momenten, wenn jemand bei ihm war.

Einige der Kinder in dem Bordell waren schnell am Ende ihrer Kräfte, unfähig, mit der Belastung umzugehen, damit, was ihnen widerfuhr, und sie verschwanden beinahe so schnell, wie sie gekommen waren, lösten sich nach sechs Monaten in Luft auf, und niemand sprach je wieder von ihnen. Andere schienen bereits seit Ewigkeiten dort zu sein, und womöglich waren sie es jetzt noch immer, sagte der Junge. Wie lange man durchhielt, hing von der eigenen mentalen Stärke ab und davon, was einem körperlich zustieß. Nach einem halben Jahr begann der Aufpasser des Jungen davon zu sprechen, ihn woandershin zu bringen, aber es dauerte noch einmal achtzehn Monate, bevor er den Ort tatsächlich verließ. Er fragte nie danach, wann er denn nun gehen könne. Er lernte, nichts zu hinterfragen. Das war die beste Methode, die Schläge zu vermeiden, und außerdem entmutigten ihn die Drohungen, die man gegenüber seiner Familie aussprach.

»Wenn ich jemandem sagte, ich sei unglücklich oder müde oder dass das alles aufhören müsse, antworteten sie, ich schulde ihnen die Kosten der Reise in dieses Land. Wir lassen dich ein neues Leben beginnen in diesem Land, wo du so viele Möglichkeiten hast. Das gibt es nicht umsonst. Du stehst in unserer Schuld. Wenn du uns nicht bezahlen kannst, werden wir uns das Geld von deiner Familie holen.«

»Und damit meinten sie, sie würden ihr etwas antun?«

Er nickte.

»Wäre ich weggelaufen, hätten sie sie umgebracht. Jeden, den sie hätten finden können. Sie haben so viel Macht in unserer Heimat, sie können das tun. Niemand würde das Wort gegen sie erheben.«

»Sie können doch nicht einfach tun und lassen, was sie wollen.«

Er lachte.

»Vielleicht nicht«, sagte er, »aber es hat sie auch niemand davon abgehalten, all diese jungen Menschen aus dem Land zu schmuggeln und in diese fürchterlichen Leben zu stecken. Niemand hat etwas unternommen. Sie können also ziemlich viel machen, denke ich.«

Irgendwann wurde er aus dem Bordell abgeholt und zu einem anderen Haus mit verdunkelten Fenstern am Rande eines Industriegebiets gebracht. Das Haus war voll mit Pflanzen und hellen Lampen, die ihnen zu wachsen halfen, und seine Aufgabe war, die Pflanzen zu wässern. Er lebte allein dort, schlief auf einem Sofa im Flur, weil die Schlafzimmer allesamt mit Pflanzen und Lampen vollgestellt waren. Ein Aufpasser besuchte ihn einmal in der Woche, um ihm Lebensmittel zu bringen, seine Arbeit zu kontrollieren und manchmal auch, um von den Pflanzen zu ernten. Man erzählte ihm, dass man ihn allein ließ, bedeute eine Beförderung, es sei eine große Geste des Vertrauens. Er solle das nicht verspielen, sonst würde er zurück ins Bordell kommen. Er hatte also nie versucht, aus dem Haus zu entkommen, sondern wartete einfach, dass man ihm gestattete, sich zu verabschieden, sich eine eigene Arbeit zu suchen und sich selbst durchzuschlagen. Es tangierte ihn nicht allzu sehr – er wusste ohnehin nicht, wo er hingegangen wäre, wenn er das Gebäude verlassen, tatsächlich den Mut dazu aufgebracht hätte. Sein Aufpasser setzte ihm auseinander, er besitze in England keinerlei Rechte, die Polizei würde sich also nicht um ihn kümmern. Sie würde ihn tatsächlich sogar noch schlechter behandeln, als man ihn jetzt behandele, so viel stehe fest. Dafür seien sie berüchtigt. Es gab niemanden, an den er sich wenden, den er um Hilfe bitten konnte.

Manchmal beobachtete er die Lastwagen, Lieferwagen und vereinzelte Fußgänger, die im Industriegebiet kamen und gingen, und stellte sich vor, wie jemand ihn retten würde, eine kindliche Fantasie, wie sie kleine Jungen überall auf der Welt haben, aber ihm war klar, dass er nirgends hinkonnte, und ganz tief im Innern wusste er außerdem, dass sich niemand wirklich für ihn interessierte. Er tröstete sich mit dem Gedanken, dass, auch wenn er die Einsamkeit hasste, es hier viel besser war als dort, wo er zuletzt gewesen war. Wenn er weiterhin in dieser Weise aufstieg, wäre der Preis der Freiheit sicher bald abgegolten und man würde anfangen, ihn zu bezahlen, und ihm sogar erlauben, zu gehen, und dann wäre alles möglich. Er hatte so viel Zeit, er war noch jung. Er versuchte, an dem Glauben festzuhalten, dass es trotz allem das Richtige gewesen war, nach England zu kommen. Diese ersten Jahre waren furchtbar gewesen, aber als reicher alter Mann würde er in dem Wissen zurückblicken, dass er eben hatte Opfer bringen müssen, um zu erreichen, was er wollte. Nichts hätte sich verändert, wenn er in Vietnam geblieben wäre und weiter gehungert hätte, und hier würde es eines Tages für ihn aufwärts gehen – dessen war er sich sicher, daran glaubte er und davon würde er nicht lassen. Als man ihm also vor zwei Wochen erzählte, man bringe ihn an einen neuen Ort, wo er mit einem anderen Jungen zusammenarbeiten und sich um eine größere Plantage kümmern würde, hatte er das als gutes Zeichen dafür gewertet, dass alles nach Plan verlief.

»Dir geht es wie mir, verstehst du? Wir sind beinahe frei. Haben unsere Schulden bei ihnen fast beglichen – das hier ist das Letzte, was wir noch tun müssen, bevor wir uns die Freiheit verdient haben. Es ist die leichteste Arbeit, die man mir bislang gegeben hat – hier bin ich nicht so einsam wie zuvor und werde auch nicht mehr misshandelt – alles, was ich tun muss, ist die Pflanzen zu wässern, zu versuchen, nicht den Verstand zu verlieren, und mir zu sagen, dass diese verriegelte Tür sich in Kürze öffnen wird und ich in der Lage sein werde, hindurchzugehen und ins Licht zu treten. Ich träume so häufig davon, die Sonne zu sehen und irgendwo durch die Wälder zu streifen und auf dem Feld zu sein und zu arbeiten. Ich träume von meiner Familie daheim, die noch immer genau das tut, meinen Großeltern, die womöglich mittlerweile gestorben sind. Vielleicht vermissen meine Brüder und Schwestern mich gar nicht mehr – ich würde so gern noch einmal so sein wie sie, wie sie bei Tageslicht arbeiten können, woran ich will, hingehen, wohin es mich treibt, solange ich zum Abendessen wieder zurück bin. Ich habe nicht sonderlich lange jung sein dürfen und ich wäre gern wieder jung.«

Behutsam versuchte ich ihm beizubringen, dass er sich irrte. Er war ein Opfer von Menschenhandel und diese Leute würden ihn niemals freilassen, solange sie mit ihm noch Geld verdienen konnten. Aber als ich ihm meine eigene Geschichte erzählte, meinte er, ich sei verrückt und er wolle nichts mehr davon hören, weshalb wir anfingen, uns zu streiten, bis wir schließlich anerkannten, dass wir unterschiedlicher Meinung waren.

»Ich verstehe, warum du mir nicht glaubst«, erklärte ich.

»Ach, wirklich?«

»Natürlich. Es ist schwierig, es so zu erklären, dass es für dich Sinn ergibt. Und doch ist es die Wahrheit.«

»Ich denke, vielleicht sollten wir einfach nicht darüber reden.«

Also gab ich Ruhe und wir sprachen nicht mehr viel und nach einer Weile legte er sich schlafen und ich folgte seinem Beispiel.

Am nächsten Morgen gaben wir uns mehr Mühe beim Wässern der Pflanzen. Abwechselnd ruhten wir uns auf der Isomatte aus und gingen mit dem Schlauch herum. Der Junge war eifriger als ich und unzufrieden mit mir, wenn ich nicht vernünftig wässerte. Er probierte Wasser direkt aus der Leitung und als er nicht krank davon wurde, hörte ich auf, mein Wasser abzukochen. Wir halfen einander, zum Fenster hinaufzugelangen, damit wir hinaus auf die Schatten der Blätter dahinter schauen konnten, und versuchten, die Scheibe zu zertrümmern, mussten aber feststellen, dass uns das nicht gelingen wollte. Genauso wenig wie die Gitterstäbe zu lösen. Wenn ich entkommen wollte, dann durch die Tür, wurde mir klar. Im Laufe der Tage begannen die Pflanzen, gesünder auszusehen. Wir machten es uns zur regelmäßigen Gewohnheit, einander Geschichten zu erzählen, wenn wir beide wach waren, uns Geschichten auszudenken, um die langen Nächte zu überstehen, die etwas kühler zu werden schienen.

Nachdem ein paar Tage vergangen waren, erzählte ich ihm, dass ich festentschlossen war zu fliehen. Da wir nicht einfach durch das Fenster ausbrechen konnten, brauchten wir einen schlaueren Plan.

»Wir können nicht bleiben, das musst du einsehen. Das alles hier ist nicht hinnehmbar. Wir müssen weg, und zwar bevor wir den Mut ganz verlieren und keine Kraft mehr haben, es zu versuchen und uns ihnen entgegenzustellen.«

Er wollte mir nicht zuhören, schüttelte den Kopf und hielt sich die Ohren zu.

»Ich will das nicht hören.«

»Warum?«

»Du bist gefährlich. Du willst mich testen. Ich werde nicht zuhören.«

»Wieso willst du nicht weg von hier?«

»Wegen meiner Familie. Ich habe es dir erzählt. Sie würden meiner Familie etwas antun.«

»Sie würden deiner Familie doch nicht wirklich etwas antun. Die erinnern sich nicht einmal, woher du kommst, die haben sicher nicht Buch geführt. Die sagen das bloß, um dich unter Kontrolle zu behalten.«

Er wollte davon nichts hören.

»Das kannst du nicht wissen! Was, wenn du dich irrst?« Er schlug mit beiden Handflächen auf den Betonboden, das Geräusch zerteilte die Luft zwischen uns, sein Blick durchbohrte mich. »Ich habe Leute gekannt, deren Familien man etwas angetan hat, weil sie sich nicht an die Regeln gehalten haben. Du kannst nicht behaupten, das passiere nicht – das tut es, das tut es, es passiert ständig und es passiert jedem.« Dass ich seine Sorgen nicht teilte, weil dies ja nicht wirklich mein Leben war, mir all das ja nicht tatsächlich passierte, ich lediglich in der Notsituation eines anderen gefangen war, konnte ich ihm nicht erklären. Und da er mir ohnehin nicht glaubte, hätte es ihn bloß wütend gemacht. Und es erschien mir auch zu grausam, es ihm derart offen zu sagen.

»Aber du willst doch nicht allen Ernstes den Rest deines Lebens hier verbringen, oder?«

»Das werde ich auch nicht. Ich werde hier arbeiten und ihr Vertrauen gewinnen, sodass sie mir weiterhin Aufstiegsmöglichkeiten anbieten.«

»Das wird nicht passieren. Sie werden dich nicht gehen lassen, sie lügen dich an.«

Der Junge lachte.

»Vielleicht. Aber wenn ich mich entscheiden müsste, wem

ich glaube, dann würde ich ihnen glauben, anstatt einem Jungen, der mir erzählt, er sei in Wahrheit ein verheirateter weißer Mann, eingesperrt im Körper eines anderen. Da bleibt mir keine andere Wahl.«

Ich ging zum Waschbecken und füllte zwei Tassen mit Wasser für uns beide, entfernte mich von ihm, um zur Ruhe zu kommen und zu überlegen, wie ich ihm meine Situation erklären konnte. Ich ging zurück, reichte ihm sein Wasser, setzte mich ihm gegenüber hin und versuchte, ihm die Dinge so einfach wie möglich darzulegen.

»Sieh mal. Ich werde versuchen zu fliehen. Es wäre einfacher, wenn wir beide es gemeinsam tun würden, aber ich verstehe, wenn du das nicht willst. Aber du kannst mich nicht davon abhalten zu fliehen. Verstehst du?«

Der Junge sah mich an und schon wieder lag so etwas wie Mitleid in seinem Blick.

»Angenommen, der Unsinn, den du mir erzählst, stimmt«, sagte er. »Angenommen, du bist im Körper eines anderen gefangen. Okay. Hast du mal darüber nachgedacht, wessen Körper das sein könnte? Hast du an seine Familie gedacht und was mit ihr passieren wird, wenn du ihn zur Flucht zwingst? Weil jemand getötet werden wird, entweder du oder ein Verwandter, jemand wird getötet werden, wenn du vor ihnen fliehst. Sie müssen ein Exempel statuieren.«

Darüber, in wessen Körper ich mich befand, hatte ich tatsächlich nicht nachgedacht, nicht ernsthaft. Als er mich das fragte, ging mir auf, dass ich die ganze Sache weiterhin als eine Art Traum betrachtet hatte, in dem ich feststeckte, nicht als eine parallele Realität, so real für den Jungen wie die, die ich zurückgelassen hatte. Weil der Gedanke mir ein ungutes Gefühl gab, versuchte ich ihn zu verdrängen. Außerdem konnte dies hier letztendlich ja gar nicht das echte Leben sein, weil das echte Leben den Gesetzen der Physik und der Logik und dergleichen mehr unterworfen war und ich mich gerade außerhalb all dessen befand, weshalb nichts von dem, was mir passierte, tatsächlich stattfinden konnte. Es war wichtig, das nicht zu vergessen. Täte ich das, wäre ich verloren, würde ich vergessen, wo ich hergekommen war. Dann würde ich niemals den Weg nach Hause finden. Dann würde ich für den Rest meiner Tage in einem Bunker wie diesem gefangen sein.

»Ich kann verstehen, dass du bei der Sache nicht mitmachen willst«, sagte ich. »Aber du musst mir trotzdem versprechen, sie nicht zu warnen, wenn ich meinen Fluchtversuch starte. Könntest du das tun? Es könnte schlimm für dich ausgehen, wenn du ihnen davon erzählst.«

Der Junge lachte.

»Und du glaubst, es würde nicht schlimm für mich ausgehen, wenn du entkommst und sie kapieren, dass ich sie hätte warnen können?«

»Wir werden es so aussehen lassen, dass du nichts hättest tun können, wenn dich das beruhigt. Wenn sie kommen, könnest du die Pflanzen wässern, ganz hinten im Bunker. Du musst dich nicht in der Nähe der Tür aufhalten.«

»Und was ist dein Plan? Wenn sie die Tür aufmachen, rennst du einfach an ihnen vorbei, oder wie? In der Hoffnung, sie zu überrumpeln – ist das alles, was du dir überlegt hast?«

»Wenn du nicht mitkommst, brauchst du das auch nicht zu wissen.« Mehr sagte ich nicht zu ihm, weil er genauso wusste wie ich, dass ich mir nicht mehr überlegt haben konnte: Es gab keinen anderen Weg ins Freie. Ich musste tatsächlich einfach versuchen, an ihnen vorbeizukommen und sie dann abzuhängen. Mit ein bisschen Glück würden sie auch beim nächsten Besuch im Dunklen kommen, was meine Chance erhöhen würde, mich vor ihnen zu verstecken, war ich einmal draußen. Das war alles, was ich an Ideen hatte, und der Plan war so fragil, dass ich nicht darüber reden wollte. Ein zu genauer Blick würde schon ausreichen, dass alles in sich zusammenfiel.

War ich an der Reihe, die Pflanzen zu wässern, dachte ich über die Frage nach, auf die der Junge mich gebracht hatte. Konnte dies das Leben eines anderen sein? War es möglich, dass der Körper, in dem ich mich befand, einer anderen Menschenseele gehörte, zu einem anderen Leben, mit Angehörigen, die Sorgen mit sich herumtrugen, genau wie ich?

Mir kam die Idee, ich müsse wohl irgendwie krank sein. Es gibt einen Bereich, innerhalb dessen Grenzen sich der Geist mit der Welt auseinandersetzt, all die auf ihn einwirkenden Stimuli interpretiert, sie in eine gewisse Ordnung bringt, um die Außenwelt zu verstehen, aber diese Grenzen sind brüchig und kollabieren leicht. Das beginnt bei Tagträumen, mittels derer man sich am helllichten Tag an einen anderen Ort begibt, die simpelste Methode, die wir anwenden können, um Langeweile zu bekämpfen oder Stress zu entkommen. Für manche Menschen allerdings geht es noch weiter. Manche, die Furchtbares erlebt haben, beginnen zu glauben, ihr Leben würde in Wahrheit gar nicht ihnen geschehen, dass die Welt ein Traum sei oder jemand anderes sie träume, dies jedenfalls nicht ihre wahre Existenz sei und die Dinge nicht so, wie sie zu sein scheinen. Manche geraten in Stresssituationen in sogenannte Fugue-Zustände, in denen sie einige der Bausteine, aus denen sich ihre Identität zusammensetzt, verlieren, einige ihrer Erinnerungen, einige ihrer grundsätzlichen Wesensmerkmale. Mir sind Leute begegnet, die sich auf einmal vollkommen veränderten oder aus dem Nichts heraus anfingen, mit unterschiedlichen Stimmen zu sprechen, weil ihnen in der Vergangenheit etwas Schreckliches widerfahren war.

Zwar konnte ich den Jungen nicht davon überzeugen, mit mir zu fliehen, aber er willigte widerstrebend ein, beide Augen zuzudrücken, wenn ich den Versuch startete. Sobald wir ein Auto kommen hörten, würde er sich ans äußere Ende des Bunkers begeben und dort die Pflanzen wässern. In der ganzen Woche, während derer wir auf die Rückkehr der Männer warteten, gab es keinen falschen Alarm – kein anderes Fahrzeug kam in Hörweite. Ich versuchte den Jungen zu einem Probedurchlauf zu überreden, wozu er nicht bereit war. Dennoch bemühte ich mich, mir seinetwegen keine Sorgen zu machen. Ich musste außerdem andere Vorkehrungen treffen.

Am Tag, bevor die Männer zurückkehren sollten, holte ich eine der Lampen aus dem ersten Pflanzraum und lehnte sie am Anfang des Tunnels an die Wand.

»Was tust du da?«, fragte der Junge.

»Ich muss für eine Ablenkung sorgen, wenn sie reinkommen. Ich brauche eine Waffe.«

»Die ist viel zu groß. Und zu schwer. Du wirst damit nur einmal zuschlagen können, bevor sie dich tottreten und dich dann hier drin bei mir liegen lassen. Sie werden Dünger aus dir machen, mein Freund.«

»Ich werde auch nur einmal zuschlagen müssen.«

Ich verließ mich auf die Tatsache, dass sie nicht darauf aus sein konnten, mich umzubringen. Mir war klar, dass man mir, schlug ich daneben, den Schädel zertrümmern könnte, aber soweit ich wusste, war es immer kompliziert, sich einer Leiche zu entledigen, egal wer man war, und ich glaubte nicht, dass diese Männer sich das antun wollten. Ich hoffte also, dass ich, sollte es zum Schlimmsten kommen und mir die Flucht nicht gelingen, nur ein paar gebrochene Rippen davontragen und dann in der nächsten Woche wieder in der Lage sein würde, es erneut zu versuchen. Und außerdem gab es da in meinem Hinterkopf den Gedanken, dass, würde ich es bloß durch die offene Tür schaffen, man mir erneut denselben merkwürdigen Streich spielen und ich wieder in einer anderen Welt landen würde und ich mir deshalb keine Sorgen um diesen Körper und den Ort, an dem ich jetzt war, zu machen brauchte. Ich lehnte also die Lampe an die kalte Betonwand und wartete auf die Ankunft des Land Rover.

Sie kamen spät in der Nacht, aber ich schlief nicht und rüttelte den Jungen wach, als ich sie hörte.

»Was ist los?« Er rieb sich die Augen, verschlafen, feindselig.

»Sie sind da.«

Er schaute mich erschrocken an und ich erkannte, dass er viel zu viel Angst hatte, um sich aus der Lage zu befreien, in die man ihn gebracht hatte. Und ich wünschte mir, ihm helfen zu können, aber er hatte sich ja dagegen entschieden, zu rennen. Es gab nichts, was ich noch hätte tun können, ich musste hartherzig sein und ihn verlassen.

»Willst du es tatsächlich durchziehen?«

»Ich muss.«

Wieder rieb er sich die Augen, kindlich und blinzelnd saß er da auf dem Boden.

»Du solltest mitkommen.«

Er schüttelte den Kopf.

»Das ist es nicht wert. Es ist das Risiko nicht wert.«

»Was, wenn ich rauskomme?«

»Wirst du nicht. Und selbst wenn, würden sie deine Familie töten.«

»Alles klar. Deine Entscheidung. Dann musst du mir versprechen, nichts zu unternehmen. Sag ihnen nicht, was los ist, gib ihnen kein Zeichen. Okay?«

Er wandte den Blick ab und ich packte seinen Arm, riss ihn herum, damit er mich weiterhin ansah.

»Lass meinen Arm los.«

»Du musst es mir versprechen.«

Er grinste finster. Er wusste, sie waren jetzt aus dem Wagen gestiegen und näherten sich der Eingangstür. Er wusste, es blieben uns nur noch Augenblicke.

»Sonst?«

»Bitte. Verhalte dich einfach ruhig, das ist alles.«

Er senkte die Schultern und ich ließ ihn los.

»In Ordnung. Ich werde nichts sagen. Und ich hoffe, du schaffst es dorthin, wo du hinwillst.«

»Du könntest mitkommen«, versuchte ich es ein letztes Mal.

»Ich nehme eine andere Route«, sagte er und zuckte mit den Achseln, so als entschuldige er sich.

Ich ließ ihn. Ich hätte versuchen müssen, ihm seine Angst zu nehmen, mich mehr um ihn bemühen sollen, denn dann hätte ich ihn überzeugen können, an mich zu glauben, daran zu glauben, dass der Plan möglicherweise funktionierte und ich ihm vielleicht helfen könnte, aus dem Leben herauszukommen, in dem er gefangen war. Aber jetzt war es zu spät. Ich musste allein weiter.

Mein Plan war äußerst simpel. Ich hatte versucht, andere Optionen zu entwickeln, die es aber tatsächlich nicht gab. Ich griff nach der Lampe, die ich im Tunnel zurückgelassen hatte, und wartete neben der Eingangstür. Bald schon hörte ich, wie sie auf der anderen Seite näher kamen, vernahm das Gerassel, als die Tür aufgesperrt wurde. Ich wartete. Es waren mehrere Schlüssel nötig, um sie aufzusperren. Ich wartete mit zitternden Beinen, voller Angst, gleichzeitig in Hochstimmung. Die Tür begann sich zu öffnen. Ich sah, wie die Nacht dahinter ein Lächeln aufsetzte, unkartiert und einladend. Dann wurde die Bunkertür aufgestemmt. Ich sprang um die Tür herum und schlug dem Mann, der unmittelbar davorstand, die Lampe so fest ich konnte ins Gesicht. Es war derjenige, der beim letzten Mal am meisten geredet hatte. Ich erwischte ihn am Kiefer, was ihn herumwirbeln ließ. Er riss die Hand vors Gesicht und einen Augenblick lang sah ich Angst in seinen Augen, bevor er begriff, was passiert war, dann durchströmte ihn die Wut. Der andere Mann stand hinter ihm, weshalb ich für ihn einen Moment lang außer Reichweite war. Einige Sekundenbruchteile tat keiner von uns irgendetwas, wir starrten uns nur gegenseitig an. Dann schleuderte ich die Lampe auf die beiden Männer und rannte los.

Das Erste, was ich voller Panik bemerkte, war, dass sich die Welt nicht verändert hatte, nur weil ich aus dem Bunker entkommen war: Es hatte mich nicht in irgendeine neue Umgebung verschlagen – die Stimmen der Männer hinter mir waren dieselben Stimmen, die ich in der Woche zuvor gehört hatte. Der merkwürdige Zauber, der vorübergehend von mir Besitz ergriffen und mich an diesen Ort gebracht hatte, hatte offenbar zu wirken aufgehört, und ich würde meinen Häschern tatsächlich entkommen müssen. Ich würde sie abhängen müssen, mich vor ihnen verstecken und ihnen diese Nacht hindurch entfliehen.

Während meine Beine zu arbeiten begannen und ich die offene Fläche vor dem Eingang zum Bunker querte, auf eine Baumreihe in knapp zehn Metern Entfernung zusteuerte, kam mir der Gedanke, dass ich nun möglicherweise in diesem Leben gefangen war, diesem Körper. Aber das war doch sicher unmöglich, oder? Ich konnte mich nicht wirklich in diesen neuen Menschen verwandelt haben, in dessen Haut ich steckte.

Doch ich hatte jetzt keine Zeit, mir darüber Gedanken zu machen. Ich musste erst diesen Männern entkommen, durfte mich nur darauf konzentrieren. Ich musste rennen. Ich musste mir die Lunge aus dem Leib laufen.

Die Landschaft rings um den Bunker war offener, als ich gehofft hatte. Laubwald flog eine Weile zu beiden Seiten an mir vorbei, durchzogen von einem Feldweg, der in die Freiheit zu führen schien. Aber ich war überrascht, durch die Bäume hindurch zu sehen, dass wir uns in landwirtschaftlich genutztem Gelände befanden, von gepflügten Feldern umgeben waren. Was auch immer es mit dem Bunker auf sich hatte, er war nicht mitten in der Wildnis versteckt, sondern wir befanden uns in Nähe der Zivilisation. Ich riskierte einen Blick über die Schulter, während ich rannte. Nur der vietnamesische Mann verfolgte mich. Mein Herz machte einen Sprung. Entweder hatte ich den anderen schwer verletzt oder aber er kümmerte sich um den Jungen im Bunker und überprüfte die Pflanzen. Bloß einem Mann zu entkommen, erschien mir jedenfalls einfacher als zweien. Ich brach zwischen den Bäumen am Wegesrand hindurch, geriet durch Brombeersträucher und Gestrüpp ins Stolpern, aber es gelang mir, nicht vollständig das Gleichgewicht zu verlieren. Mir kam plötzlich der Gedanke, dass der andere Mann womöglich gerade wieder in den Land Rover stieg. Wenn ich mich von den

Wegen fernhielt, würde das meine Verfolgung erschweren und die Chance zu überleben erhöhen.

Mittlerweile bekam ich kaum noch Luft, meine Lungen brannten. Ich biss die Zähne zusammen und rannte hinaus auf das wellige Feld. Wenn es mir Schmerzen bereitete, so durch die Nacht zu hetzen, bereitete es dem Mann, der mich verfolgte, vielleicht ebenfalls Schmerzen. Womöglich konnte ich ihn ziemlich schnell zermürben.

Am Fuße des Feldes war dichterer Wald erkennbar, außerdem machte ich eine struppige Baumreihe von der Sorte aus, wie sie für gewöhnlich einen Flussverlauf markiert. Angst überkam mich für einen Moment: Saß ich wegen des Gewässers nun in der Falle? Würde er mich dort zu fassen kriegen? Ich schaute mich um und sah, dass ich den Abstand zu dem Mann vergrößert hatte, der erst am Anfang des Feldes war und sich jetzt schwerfällig bewegte. Vielleicht würde der Fluss mir auch in die Karten spielen. Wenn es mir gelänge, ihn zu überqueren, und der Mann weit genug hinter mir war und seine Lungen brannten wie meine, vielleicht würde er dann die Verfolgung aufgeben. Ich schaute wieder nach vorn, taumelte auf dem unebenen Untergrund und versuchte, als ich auf die Bäume zuhielt, an Tempo zuzulegen, einfach in Bewegung zu bleiben, durchzuhalten, während Blut und Sauerstoff durch mich hindurchjagten. Einen Moment später erreichte ich den Schatten der Bäume, die Vegetation, die in Wassernähe spross, und versuchte, den Fluss auszumachen. Was ich allerdings nicht sah, war die vorstehende Wurzel eines Weißdorns. Mein Fuß hing plötzlich fest und ich spürte, wie mein Magen sich umdrehte, während ich aus der Bahn und durch die Luft geschleudert wurde. Jetzt sah ich das Wasser, auf das ich zuflog, sah die Nesseln und den Adlerfarn, durch die ich hindurchbrach, auf das Ufer eines kleinen Stroms zu, der zwischen den Bäumen hindurchfloss. Ich hatte keine Zeit, mich gegen den Aufprall zu wappnen, ich landete auf der linken Schulter, meine Knie schrammten über etwas Hartes und Kaltes und ich schrie auf, als ich ins Wasser platschte. Ich tauchte kopfüber in den Fluss und hielt die Luft an.

Dann hatte sich plötzlich alles um mich herum verändert. Auch in meinem Körper nahm ich sofort eine Veränderung wahr. Ich merkte, dass ich nun schwerer und älter war als noch einen Augenblick zuvor. Doch noch während ich diese Beobachtung machte, trat mir jemand ins Kreuz, und es warf mich herum und ich landete auf allen vieren. Meine rechte Hand begann zu bluten und ich sah, dass ich sie mir an einem Stein aufgeschürft hatte. Ich schaute mich um, um zu sehen, wer hinter mir war, wer mich getreten hatte, um zu verstehen, ob ich in eine andere Welt gewechselt war oder ob mich mein Verfolger nun erwischt hatte. Hinter mir stand ein Mann neben der offenen Tür eines Pkw, hinter ihm erstreckte sich die Nacht Kilometer um Kilometer. Es war dunkel und wir waren irgendwo in erhöhtem Terrain, umgeben von einem Panorama aus Feldern, Straßenlaternen und Dörfern. Ich war ganz zweifellos an einem anderen Ort. Ich ließ das Bild einen Augenblick lang wirken, bevor ich meinen Fokus darauf lenkte, mich krabbelnd von dem Mann zu entfernen, der auf mich zukam. Er musste um die fünfzig sein, hatte reichlich Fett angesetzt, sah aber dennoch kräftig aus, und sein Gesichtsausdruck ließ auf nichts Gutes schließen, dachte ich, als er sich mir näherte. Er packte mich an der Kehle und verpasste mir einen Schlag auf den Mund. Übelkeit stieg in mir auf, Schmerz schoss durch meine Zunge und ich schmeckte Blut.

»Wo ist sie?«

»Ich weiß nicht, was Sie meinen«, sagte ich, wobei ich kaum zu verstehen war – meine Zunge wurde immer dicker und ich hatte Schmerzen beim Sprechen. Der Mann schlug mich erneut, traf mich am Wangenknochen.

»Du wirst es schon ausspucken.«

»Bitte, Sie müssen mich anhören.« Wieder schlug er zu, diesmal traf er mich im Magen und ich krümmte mich zusammen, spürte, wie mir die Luft wegblieb. Ich versuchte einzuatmen, aber meine Lungen konnten nichts aufnehmen. Einen Moment lang kam Panik in mir auf, das Blut rauschte durch meinen Körper und ich hörte es in meinen Ohren pochen. Der Mann ging vor mir in die Hocke, legte mir eine Hand auf die Schulter und gab mir einen Stoß. Ich sah ihn an, während ich darum kämpfte, wieder Luft in die Lungen zu bekommen. »Ich weiß nicht, wen Sie suchen«, sagte ich. Ich versuchte, mich auf das Gesicht des Mannes zu konzentrieren, aber mein Gehirn raste. Wie war ich von dem anderen Ort hierhergekommen? Konnte es sein, dass ich nicht nur aus der Welt gerissen wurde, wenn ich durch Türen ging? War es möglicherweise so, dass es diesmal durch den Sturz ins Wasser passiert war? Dass ich, indem ich von einem Zustand in den nächsten wechselte – durch eine Tür ging, durch ein anderes Element tauchte –, in eine neue Welt stürzte? Kurz fragte ich mich, ob der Junge, der ich noch Augenblicke zuvor gewesen war, sich noch immer irgendwo auf diesem Feld befand und was wohl mit ihm passieren würde, ob man ihn gefasst hatte, nachdem er gestürzt war, und ob die Gewalt, die man ihm infolgedessen antat, in gewisser Weise nun auch mir widerfahren würde.

»Hör auf, mich zu verarschen, okay?«, sagte der Mann. »Ich weiß, wer du bist. Ich kenne dich. Sieh mich an. Die Obduktionsberichte der letzten beiden Opfer zeigen, dass sie nach der Entführung noch zwei Tage gelebt haben. Wo also hast du sie hingebracht, wo ist sie versteckt?« Er wartete einen Herzschlag lang, ein Atemholen, wartete darauf, dass ich etwas sagte, während ich die Bedeutung dessen, was ich gerade gehört hatte, zu erfassen versuchte. Er begann wieder, mich zu schlagen, schlug mit seiner ganzen Kraft auf mein Gesicht, meinen Mund, meine Nase ein. Ich spürte, wie meine Nase brach, ein Schmerz erblühte, der mich laut aufschreien ließ.

Ich versuchte, zu begreifen, was mit mir geschah. Dieser Mann verdächtigte mich mehrerer Morde. Wie konnte ich ihm erklären, dass ich jemand anders war? Wie ihm beweisen, dass er den Falschen attackierte? Der Junge im Bunker hatte mir nicht geglaubt, wieso sollte irgendjemand sonst es tun?

Aber während ich noch überlegte, wie ich meine Situation erklären konnte, kam mir ein anderer Gedanke, ein undeutliches und unschönes Bild, das wie aus einem Sumpf im dunkelsten Winkel meines Gedächtnisses aufstieg. Ich musste an den Wald denken, in dem ich mich wiedergefunden hatte ganz zu Beginn dieses Albtraums. Die hohen, stillen Bäume, die Fichtennadeln unter den Füßen, den endlosen Marsch, zu dem ich aufgebrochen war in der Hoffnung, wieder nach Hause zu finden. Und aus dieser Erinnerung schien eine andere zu erwachsen, die unmöglich meine eigene sein konnte, wie Knospen an einem Zweig, wie bei einem Organ, das vom Krebs befallen wird, anschwillt, bis die kranken Zellen im Scan sichtbar werden. Das Bild verschiedener weiblicher Kleidungsstücke kam mir in den Sinn – Schuhe, Röcke, Handtaschen, Oberteile –, begraben unter den Kiefernnadeln in diesem Wald. Ich hatte keine Ahnung, was das zu bedeuten hatte. Ich wusste nicht, ob das irgendetwas mit mir zu tun haben könnte. Alles, was ich wusste, war, dass das Bild mich krank machte. Plötzlich war da dieser Gedanke an all diese Schuhe in meinem Kopf, tief vergraben im Wald, und ich konnte ihn nicht löschen, konnte ihn nicht verdrängen, und er war weit schmerzhafter als diese Faust in meinem Gesicht, meine gebrochene Nase.

War es möglich, dass ich mich in dem Körper eines Mannes befand, der etwas Furchtbares getan hatte? Und wenn ja, trug ich in irgendeiner Hinsicht Schuld an seinen Taten? Ging diese Schuld auf mich über, jetzt, wo ich hier war und diese Schläge einsteckte?

Der Mann, der sich über mich beugte, ließ seine Schläge nur so auf meinen Kopf einprasseln. Ich probierte, mich mit den Händen zu schützen, aber das brachte wenig. Er schlug mir in die Rippen und ich spürte, wie eine brach. Dann richtete er sich auf und begann, mir gegen die Beine zu treten, in die Hoden, den Bauch. Ich rollte mich zusammen, nahm die Embryonalstellung ein und versuchte, mich von ihm wegzudenken. Er hielt inne, atmete schwer. Ich sah nicht auf.

»Wo sind wir?«, fragte ich ihn.

»Was?«

»Wo sind wir?«

»Was spielt das für eine Rolle?«

Ich spähte zu ihm hoch und merkte, dass mein linkes Auge zuschwoll. Ich konnte damit fast nichts sehen. Ich machte mir Sorgen, mein Augenlicht zu verlieren. Schwoll es nur zu oder war auch das Auge selbst beschädigt?

»Ich weiß nicht, wo ich bin.«

Der Mann rieb sich die Bartstoppeln am Kinn.

»Danebury. Du bist auf der Wallburg von Danebury. Niemand wird dich hören. Du wirst also reden müssen.«

Mit meinem einen guten Auge ließ ich den Blick in die Nacht hinausschweifen. Hier waren wir nun also, an der Spitze einer Wallburg ausgerechnet, mutterseelenallein und verlassen, weit oberhalb der Landschaft, im leeren Herzen Wiltshires, einem County weit entfernt von allem, einem County, das ich bloß kannte, weil meine Frau zufälligerweise hier aufgewachsen war.

»Ich weiß nicht, was Sie von mir hören wollen.«

»Sag mir, wo sie ist. Sag mir, wo du sie versteckt hast, und das hier hört auf. Ich bring dich runter zum Revier und es hört auf.«

Ich runzelte die Stirn, verwirrt von dem, was er gesagt hatte.

»Dann sind Sie also Polizeibeamter?«

Er verpasste mir einen weiteren Tritt in den Bauch.

»Natürlich bin ich ein verdammter Polizeibeamter. Stell dich nicht dümmer, als du bist. Konzentrier dich auf das, was du mir sagen musst.«

Meine Gedanken rasten. Ganz offensichtlich stand dieser Mann allein da. Er hatte mich irgendwo aufgegabelt und mich hierhergebracht, zu einer abgelegenen Wallburg auf dem Land, entschlossen, mich so lange zu verprügeln, bis ich ihm verriet, wo ich eine gewisse Frau versteckt hatte. Erst jetzt dämmerte mir, dass irgendwo eine Frau Schmerzen litt, irgendwo versteckt war, aber am Leben, und womöglich gerettet werden musste. Gab es da eine Möglichkeit, wie ich ihr helfen konnte? Wenn mir eine Erinnerung an vergrabene Dinge kommen konnte, die nicht meine eigene war, gab es einen Weg, wie ich darauf kommen konnte, wo sie sich befand, einen Weg, wie ich diesen Mann dazu bringen konnte, aufzuhören, mich zu schlagen?

»Wo haben Sie mich festgenommen?«, fragte ich. Der Polizeibeamte lehnte sich herab, beinahe lässig, und schlug mir wieder ins Gesicht. Ich sah Blut an seinen Knöcheln. Meine Haut hatte sich bereits auf magische Weise in Brei verwandelt. Es war so einfach, die Textur eines menschlichen Wesens zu zerstören.

»Du weißt verdammt genau, wo ich dich verdammt noch mal festgenommen habe.«

»Sagen Sie es mir einfach. Sagen Sie einfach, wo Sie mich gefunden haben.« Ich holte Atem und ging das Risiko ein. »Wie weit sind wir von Savernake Forest entfernt?«

Der Polizeibeamte starrte mich intensiv an.

»Hast du einen verdammten Hirnschaden oder was? Erinnerst du dich an gar nichts? Der Wald ist ganz in der Nähe, gleich da drüben – komm schon, das weißt du.«

Ich lag mit meiner Vermutung also richtig: Ich war wieder hier, war irgendwie hierher zurückgekehrt. Aber war ich auch zurück in dem Körper des Mannes in den Tiefen des Waldes? Ich wappnete mich für die nächste Frage.

»Haben Sie mich an der Raststätte festgenommen? War das in einem Raststätten-Restaurant?«

»Verdammte Scheiße, das weißt du doch. Was ist das für ein Spielchen?« Diesmal verpasste er mir eine Backpfeife, schlug mir mit der flachen Hand ins Gesicht. Ich machte mir Sorgen, ob nicht mein Trommelfell gerissen war.

Es hatte mich ohne Zweifel in die alte Geschichte verschlagen. Und ich war derselbe Mann. Ich war aus diesem Wald gekommen und zu dieser Raststätte gefahren und hineingegangen und dann hatte mich dieser Mann gefunden und mich auf diesen Hügel gebracht, überzeugt, ich wisse, wo eine bestimmte Frau gerade im Sterben lag, überzeugt, er könne sie retten, wenn er nur schnell genug handelte. Ich musste derselbe Mann sein. Warum also war ich in diesem Wald gewesen? War es möglich, dass dort etwas Schreckliches passiert war, dass ich etwas Schlimmes getan hatte? Konnte es sein, dass diese Frau dort immer noch ausharrte?

Es ergab keinerlei Sinn, diesen Gedanken für mich zu behalten. Bislang war ich in keinem der Leben, die ich besucht hatte, dauerhaft gefangen gewesen. Es sei denn, ich zählte jenes mit, das ich für mein eigentliches hielt. Es sei denn, dieses erste Leben war nicht mehr oder weniger real als das jetzige. Wie auch immer, es war sehr wahrscheinlich, dass ich auch diese Szenerie irgendwann würde verlassen können. Ich würde durch eine Tür gehen, durch Wasser, womöglich einfach vom Schatten ins Licht, würde irgendeine Schwelle überschreiten, an der sich die Dinge offenbar änderten, und schließlich feststellen, dass ich erneut in einer anderen Geschichte gelandet war. Ich würde der Dramatik dieser Situation entkommen und etwas Ruhe finden, Gelegenheit haben, zu verstehen, was mit mir geschah und wie ich es beenden konnte. Wenn ich also wusste, dass ich alledem irgendwann entkam, dann musste es wohl meine Pflicht sein, zu versuchen, diese Frau zu finden, die ich irgendwo dort im Wald versteckt hatte.

»Ich denke, ich kann Ihnen helfen«, sagte ich. Der Beamte wippte auf dem Absatz nach hinten, überrascht, aufmerksam.

»Ach wirklich?«

»Savernake Forest. Ich glaube, sie ist irgendwo da im Wald.«

»Du glaubst?«

»Sie werden das nicht verstehen, aber ich bin das nicht gewesen. Ich weiß darüber nichts, aber ich glaube, sie ist dort. Ich glaube, es ist dort außerdem Kleidung vergraben.«

»Kleidung?«

»Ja. Keine Ahnung, wie Trophäen.«

»Vergrabene Kleidung als Trophäen.«

»Hat es andere Opfer gegeben?«

Er musterte mich jetzt intensiv.

»Du willst mir ernsthaft erzählen, du würdest dich nicht erinnern?«

»Gab es andere Opfer? Abgesehen von der vermissten Frau?«

Tief und betrübt sog er Nachtluft in die Lungen.

»Ja. Zwei weitere Frauen.«

»Waren sie begraben?«

»Nein. Sie wurden im Savernake gefunden.«

Ich fuhr also tatsächlich dorthin, um meinem Werk nachzugehen.

»Die Kleidung ist dort vergraben worden«, sagte ich. »Ich denke, er will nicht die Körper behalten, sondern die Kleidung.«

»*Du* willst die Kleidung behalten, meinst du wohl.«

»Ich weiß es nicht. Keine Ahnung. Vielleicht.«

Der Polizeibeamte beobachtete mich genau, feindselig, ärgerlich, bereit, zurückzuweisen, was ich behauptete. Aber irgendetwas von dem, was ich gesagt hatte, schien für ihn Sinn zu ergeben.

»Warum nicht die Körper? Wieso nur die Kleidung?«

Darauf wusste ich nichts zu sagen. Dann kam mir ein Gedanke und ich formulierte ihn, bevor ich seine Bedeutung erfasste.

»Vielleicht, weil es die Leben nicht mehr gibt. Vielleicht sind die Leben verschwunden und er muss sich neuen zuwenden.«

Der Polizeibeamte musterte mich weiterhin, vorsichtig, prüfend. Schließlich sprach er wieder, nach langem Schweigen, wie es mir vorkam.

»Du sagst also, sie ist irgendwo im Savernake.«

Ich dachte, er würde gleich fortfahren, mich zu verprügeln,

weil ich nicht wusste, wo im Wald sich die Frau befand, nicht wusste, was mit ihr passiert war. Er würde mich auffordern, die Sache genauer zu beschreiben, wozu ich nicht der Lage war, und die Gewalt würde sich wieder Bahn brechen, es sei denn, mir fiele ein Weg ein, das noch abzuwenden.

»Ich kann Sie dorthin führen, wo der Wagen parkte«, sagte ich, begriff plötzlich, dass es da doch noch etwas gab, was ich wusste, was für ihn von Nutzen sein konnte.

»Welcher Wagen?«

»Schauen Sie, ich habe keine Ahnung, worum es bei alldem geht. Was ich weiß, ist, dass ich inmitten dieses Waldes zu mir kam und dann in einen Wagen stieg und von dort wegfuhr und dann in diese Raststätte ging, und jetzt bin ich hier, und zumindest könnte ich Sie zu dem Ort führen, wo es für mich anfing.«

Der Polizeibeamte sah auf die Uhr.

»Sprechen wir hier von Amnesie?«

Ich wünschte, ich könnte ihm erzählen, was ich tatsächlich im Moment durchmachte, die ganze Geschichte darüber, was mir widerfuhr. Aber das alles hätte für ihn keinerlei Sinn ergeben, er hätte mir gar nicht erst zugehört. Und selbst wenn ich mit der Geschichte zu ihm durchgedrungen wäre, hätte er mir nicht helfen können. Was auch immer passiert war, stellte einen tieferen und wesentlich grundsätzlicheren Bruch dar, als dass ein einzelner Polizeibeamter ihn hätte kitten können, dessen war ich mir sicher. Ich hoffte von ganzem Herzen, dass es nur mein Geist war, der mich mit aller Gewalt in meinen Grundfesten erschütterte, und dass ich, wenn ich mich nur lange genug mit irgendeinem Psychiater oder Psychologen zusammensetzte oder wessen Job es auch immer war, Rätsel dieser Art zu lösen, womöglich den Weg zurück in mein Leben finden würde.

Die Alternativen – dass es irgendeine Art von Zauberei war oder tatsächlich passierte – waren zu entsetzlich, um sie überhaupt zu erwägen.

»Das spielt jetzt keine Rolle. Ich kann Sie dorthin führen, wo das Auto stand. Wäre das etwas?«

Der Polizeibeamte nickte knapp.

»In Ordnung«, sagte er, »das ist ein Anfang. Steh auf und setz dich in den Wagen.«

Ich stemmte mich hoch, Arme, Beine und Kreuz schmerzten von den Tritten und Schlägen, mit denen er mich malträtiert hatte. Er stand unbeweglich und schweigsam da und sah zu, wie ich zum Wagen ging, der uns hinauf zu dieser Wallburg gebracht hatte, und die hintere Tür öffnete. Bevor ich einstieg, hielt ich inne, um die frische Luft einzuatmen. Augenblicklich überkam mich Ruhe, während ich den Blick durch die Nacht schweifen ließ. Mein Kopf tat weh, aber noch verhinderte das Adrenalin in meinem Körper, dass die Schmerzen allzu stark wurden. Ich schaute hinaus auf die Lichter der Dörfer, füllte meine Lungen und hatte das Gefühl, als sei es das erste Mal seit Wochen, dass ich frische Luft atmete, seit ich plötzlich in dem Bunker unter der Erde eingeschlossen gewesen war. Ich schaute hinaus auf die Lichter. Das unheimliche Gefühl bemächtigte sich meiner, dass das hier mein Leben war, so unmöglich das auch zu sein schien. Dieser Moment war mein Leben und wenn ich starb, würde es das sein, was mir geschehen war, als ich noch atmete. Dies hier war nicht irgendein Zwischenspiel, irgendeine Pause – es war ein Moment meines Lebens, ein Teil des Ganzen. In der Kühle der Nacht und umgeben von der dunklen, wachsamen Landschaft, fühlte ich mich so viel freier, als ich es seit dem Moment getan hatte, in dem ich mich in dem Wald wiedergefunden hatte.

Und auch wenn ich dachte, dass es vollkommener Irrsinn war, was mir hier geschah, fühlte sich das hier einen Augenblick lang beinahe wie Glück an, auszuatmen, einzuatmen.

Dann bekam ich Angst. Ich gewöhnte mich an die Dinge, akzeptierte diese Nicht-Realität, und das sollte ich nicht tun, ich konnte das nicht zulassen, sonst würde ich niemals einen Ausweg finden. Ich musste diesen Albtraum bekämpfen, in dem ich feststeckte. Das war die einzige Möglichkeit, irgendwann aufzuwachen. Bis das passierte, durfte ich nicht innehalten, entspannen und die Nachtluft einatmen. Ich wandte mich von der Aussicht ab, stieg hinten in den Wagen, der Polizeibeamte ließ sich auf dem Fahrersitz nieder und der Motor startete.

»Wie heißen Sie?«, rief ich durch das Gitter, das uns trennte. Er drehte sich nicht zu mir um. Und antwortete auch nicht.

Wir fuhren durch die Nacht, stille Wiltshire-Straßen entlang, bis die Straßenränder von Wald und Bäumen verschluckt wurden und ich vermutete, dass wir den Rand des Savernake erreicht hatten. Der Polizeibeamte warf mir im Rückspiegel kurze Blicke zu. Er vertraute mir nicht im Geringsten und war keineswegs von dem überzeugt, was ich ihm erzählt hatte.

»Wohin fahren wir jetzt also?«, fragte er.

Ich überlegte, wie ich es beschreiben könnte.

»Ich weiß noch, wie ich über einen langen schlammigen Pfad aus dem Wald herauskam – einen Land-Rover-Pfad, keine richtige Straße. Und dann bin ich eigentlich die ganze Zeit geradeaus gefahren, bis ich die Raststätte erreichte. Wenn wir also der Straße folgen, müssten wir eigentlich auf den Pfad stoßen.«

»Mehr weißt du nicht?«

»Tut mir leid. An mehr erinnere ich mich nicht.« Wir fuhren eine Weile lang weiter, von Zeit zu Zeit knisterten Nachrichten aus dem Funkgerät. Ich konnte nicht richtig verstehen, was gesagt wurde. »Ich vermute mal, niemand weiß, dass wir hier draußen unterwegs sind, oder?«, sagte ich.

»Wie kommst du darauf?«

»Wenn jemand wüsste, dass Sie mit einem Verdächtigen in die Pampa fahren und ihm vorher die Scheiße aus dem Leib geprügelt haben, wären wir jetzt auf dem Rückweg zum Revier und Sie könnten das mit der Pension vergessen.«

Er beobachtete mich im Spiegel.

»Manchmal muss man die Pension hintanstellen. Sollte sie noch leben, werde ich froh darüber sein, was ich getan habe.«

»Werden Sie?«

»Allerdings.«

Ich zuckte mit den Schultern.

»Sollten Sie diesmal jemanden retten, ist das vielleicht noch mal gut gegangen. Aber was ist mit dem nächsten Mal, wenn es nicht hinhaut und Sie brechen jemandem das Genick? Was ist mit dem nächsten Typen?«

Der Mann lachte.

»Ich brauche deine Belehrungen nicht«, sagte er.

»Ganz wie Sie wollen.« Ich konnte sehen, dass ihm unwohl war. Ich wusste nicht, wie er mich gefunden hatte, ob wir einander zuvor begegnet waren, welche Abfolge von Ereignissen dazu geführt hatte, dass er mich aufgegabelt und mich in dieser Weise behandelt hatte, aber die Annahme lag nah, dass er aus Wut heraus gehandelt hatte, und ich war mir sicher, er machte sich Sorgen, den falschen Weg gewählt zu haben. »Ich nehme an, Sie werden einfach abwarten müssen, was Ihr Vorgesetzter dazu sagt, oder nicht?«

»So ist es.«

»Und der Anwalt, der mich vertreten wird. Ich nehme an, dass man wegen Nötigung eines Verdächtigen ziemlich schnell vor Gericht landen kann.«

»Nicht, wenn man drei Leichen hat und beweisen kann, dass ein Verbrechen vorlag«, stieß er hervor, und trotz der entblößten Zähne konnte ich sehen, dass er ernsthaft Angst hatte. Er hatte einen Fehler gemacht und es zu spät gemerkt, und jetzt dachte er erstmalig über die Konsequenzen nach. Sein Blick huschte wieder auf die Straße. »Wie ist es hiermit?«, sagte er. »Hier vielleicht?« Ich schaute aus dem Fenster und sah einen Waldweg, der von der Fahrbahn wegführte und zwischen den Bäumen verschwand. Er kam mir vertraut vor.

»Das könnte es sein«, sagte ich. »Versuchen wir es mal.«

Wir bogen von der Straße ab und auf den dunklen Weg ein, wo uns die Scheinwerfer eine Welt starrer Schatten eröffneten, das Schwarz und Weiß und Licht und Dunkel von Verbrechen und Geistern und Albträumen, den Schimmer von Geheimnissen, die Augen von Tieren, die uns beobachteten. Wir erreichten das Ende des Weges und ich war mir nun absolut sicher, dass wir am richtigen Ort waren. Einen Augenblick lang fühlte ich mich dem Beamten auf sonderbare Weise nah, empfand womöglich sogar Mitleid. Auf dem Weg, den wir gerade zurückgelegt hatten, war ihm klar geworden, dass seine Karriere zu Ende war: Er hatte etwas Dummes gemacht und sich davon zu distanzieren, würde unmöglich sein. Der Zustand, in dem ich war, besiegelte sein Ende. Die einzige Möglichkeit, die Sache ins Positive zu wenden, bestand für ihn nun darin, die Frau lebend in diesem finsteren Wald zu finden, in den ich das letzte Mal, als ich hier gewesen war, hineingeschrien und wo ich niemanden gehört, keine Bewegung registriert hatte. Hier war niemand, so mein sicheres Gefühl. Aber er musste jemanden finden, sonst hatte er seine Karriere grundlos weggeworfen. Das Ganze hatte etwas Heroisches. Etwas Trauriges und Tragisches wie im Film. Und obwohl sich der Schmerz in meinem Körper mehr und mehr in den Vordergrund schob, wo sich die durch die Attacke bedingte Aufregung legte, hatte ich noch immer Mitleid mit diesem dem Untergang geweihten Mann auf dem Fahrersitz, dessen fataler Fehler ihn bald einholen würde.

»Steig aus«, sagte er.

Das tat ich und auch er wand sich behände aus dem Wagen, angespannt und nervös. Ich richtete mich auf und sah ihn an.

»Hier fing es für mich an«, erklärte ich ihm.

Er fixierte mich, die Stirn gerunzelt.

»Wie meinst du das?«

»Ich war plötzlich in diesem Wald und seitdem stimmt nichts mehr. Ich weiß also nicht, ob das, was Sie zu finden hoffen, hier sein wird. Aber ab hier lief für mich alles schief.«

Der Mann drehte sich um und schaute in die Bäume, dorthin, wo die Scheinwerfer auf das Geäst trafen.

»Ist sie da draußen?«, fragte er.

»Ich weiß es nicht. Wir müssten nachschauen.« In meinem Hinterkopf wartete außerdem noch die Frage, ob es dort wohl auch andere Dinge geben konnte, die ihrer Entdeckung harrten. Türen, die zurück in die Welt führten, aus der ich gekommen war, Hinweise darauf, wie ich aus dieser Gegenwart in meine Vergangenheit gelangen könnte. Ich hoffte, dass, wenn wir gemeinsam in den Wald hineingingen, wir beide das finden würden, was wir brauchten. »Soll ich vorgehen?«

Er drehte sich nach mir um, nickte langsam, versuchte, sich einen Reim darauf zu machen, was sich hier abspielte. Er vertraute mir nicht, sein Argwohn war deutlich zu erkennen. Und das war nur natürlich – ich war ein Verdächtigter in einem Mordfall, der ihm half, nach der Leiche zu suchen. Wie häufig kam das vor? Er musste sich die Frage nach meiner Motivation gestellt haben, wahrscheinlich in der Überzeugung, dass ich schlicht verrückt war.

»Dann los«, sagte er, und ich ging an ihm vorbei und in das hell erleuchtete Gelände vor uns, versehrt und narbig durch die Schatten der Kiefern. Mein eigener Schatten erstreckte sich vor mir, zeichnete sich im Scheinwerferlicht riesig und bedrohlich ab wie ein Geist, der mir den Weg wies. Ich fragte mich, ob er wusste, wohin wir gingen, der Geist. Ob er das war, was von mir übrig war und meine Schritte lenkte.

Wir liefen eine Minute lang, so weit, wie das Licht der Scheinwerfer reichte.

»Warte.«

Ich hielt an und drehte mich um. Er musste befürchtet haben, ich würde versuchen wegzulaufen. Ich nahm an, dass ich eine Chance hätte zu entkommen, wenn ich schneller laufen konnte als er. Aber ich wollte nicht durch diesen Wald hetzen, ich wollte jeden Zentimeter durchkämmen. Gab es da draußen nicht vielleicht irgendwo ein Portal, durch das ich nach Hause gelangen konnte? Er holte eine Taschenlampe hervor und leuchtete mir in die Augen, sodass ich mir schützend die Hände vorhielt.

»Wir werden ab jetzt nebeneinander gehen«, sagte er. Er trat vor und stellte sich neben mich und wir beide sogen tief die Waldluft ein, während wir versuchten, uns zu einer Idee vorzutasten, einer Ahnung davon, welche Richtung wir nun einschlagen sollten.

»Vielleicht hier entlang«, sagte ich und ging los, wählte eine beliebige Richtung, die vom Wagen wegführte. Ich erinnerte mich an nichts mehr von dem Marsch, den ich hier unternommen hatte, und es war zu dunkel, um nach Fahrspuren oder Fußabdrücken zu schauen. Ich würde einfach meinem Instinkt folgen müssen.

Oder, so überlegte ich, ich könnte versuchen, diesen Gang durch den Wald auf der Suche nach einem Ausweg, auf der Suche nach einer Leiche, als eine Übung im Gedankenlesen zu verstehen, und schauen, ob mir das helfen würde, klarer zu sehen. Sollte ich mich tatsächlich im Körper eines Mannes befinden, der jemanden umgebracht und den Körper hier irgendwo versteckt hatte, dann könnte das, was mir als logisches Versteck erschien, womöglich der tatsächliche Ort sein. Allem Anschein nach war ich es ja schließlich gewesen, der ihn ausgewählt hatte.

Tastend schritt ich auf dem dunklen, weichen Lehmboden aus, hoffte, dass die Nacht einige ihrer Geheimnisse preisgeben würde. Der Polizeibeamte lief neben mir, leuchtete mit seiner Taschenlampe um uns herum. Ich versuchte, die Umgebung in mich aufzunehmen, sie bestimmen zu lassen, wie ich meine Schritte setzte, aber es stieg keine verdrängte Erinnerung in mir auf an jene Dinge, die ich hier draußen womöglich getan hatte, als ich nicht derjenige gewesen war, der diesen Körper bewohnt hatte. Ich war allein im Dunkeln und konnte nur Vermutungen anstellen, das war letztendlich alles. Aber ich blieb ruhig und dachte, dass, wenn ich eine Weile lang nichts von der Unsicherheit, die ich empfand, preisgab, mir der Mann neben mir vielleicht vertrauen würde und wir einfach immer weiter gingen, bis einer von uns durch Zufall etwas entdeckte. Ich hielt überall Ausschau nach Anzeichen von irgendeiner Art Portal in eine andere Welt, einem Weg dorthin zurück, woher ich kam. Ich hatte keine Vorstellung, wie so etwas aussehen könnte – vielleicht wie eine Tür, ein hell leuchtendes Licht. Unmöglich zu sagen. Zum ersten Mal seit Langem klärte sich etwas in meinem Kopf, als mir bewusst wurde, dass mich niemand verfolgte, mich niemand schlug, ich mich nicht in irgendeiner körperlichen Gefahr befand, und ich wurde förmlich von dem quälenden Gefühl der Ungerechtigkeit übermannt, das, seit die Dinge aus dem Ruder gelaufen waren, in mir geschlummert hatte, damit ich mich ihm irgendwann stellte und es genauer betrachtete. Außerdem waren da meine kindliche Angst und der Schock, die Kränkung und die emotionalen Schmerzen, dadurch verursacht, dass man mich aus meinem Leben gerissen und in grelles und ungewohntes Licht gestoßen hatte. Das Einzige, was ich wollte, war, nach Hause zurückzukehren zu meiner Frau und sie zu umarmen und von ihr umarmt zu werden, und ich verstand nicht, was ich verbrochen hatte, um das hier zu verdienen, warum ich es nicht länger verdiente, bei ihr zu sein. Ich hatte Angst. Warum war mir das passiert? Wer würde die Dinge wieder geradebiegen?

»Kommt dir hier irgendetwas bekannt vor?«, sagte der Beamte.

»Ich weiß nicht.«

»Du weißt es nicht?«

»Ich erinnere mich an nichts von dem, was ich Ihrer Meinung nach getan haben soll. Ich habe nichts davon getan. Ich versuche einfach, meinem Instinkt zu vertrauen und zu schauen, wohin mich das führt.«

Er blieb stehen und wartete einen Moment, dann seufzte er tief.

»Wir laufen also einfach so im Wald herum?«, sagte er.

Ich wünschte, ich könnte ihm erklären, dass es komplizierter war, aber es gab keine Worte, mit denen ich ihm das hätte verständlich machen können.

»Wir schauen einfach, was wir finden, ja.«

Er nickte. Umdrehen wollte er natürlich auch nicht, klar. Ich hatte Mitleid mit ihm, als ich beobachtete, wie er seine begrenzten und schwindenden Optionen erwog. Alles, was mir passierte, hatte etwas von einem Traum, aber das hier war sein Leben, es war wichtig für ihn, es war das Wichtigste für ihn auf der Welt. Er seufzte schwer und ich sah, dass er aufgegeben hatte.

»Das ist lächerlich. Ich habe keine Ahnung, ob sie irgendwo da draußen ist. Ich habe keine Ahnung, ob du die Wahrheit sagst. Wir müssen zurück zum Revier.«

»Ich sage die Wahrheit.«

»Warum sollte ich nur ein Wort von dem glauben, was du sagst?«

Mir war bewusst, dass zu diskutieren keinen Sinn hatte. Hätte ich ihm zeigen können, wer ich tatsächlich war, ihm die Geschichte so darlegen, dass er die ganze Wahrheit erfuhr und mir glaubte, wäre alles ganz anders gewesen. Aber ich sah da keine Möglichkeit.

»In Ordnung«, sagte ich.

Der Polizeibeamte blickte ein letztes Mal hinaus in das Dunkel des Waldes.

»Dort draußen ist niemand, oder?«, sagte er beinahe im Flüsterton, so als spreche er mit sich selbst. Ich war baff angesichts dieses eigenartigen, verdrehten Augenblicks – wie viele Menschen sind je nachts durch einen Wald gelaufen in der Hoffnung, über eine Leiche zu stolpern? Alles war auf den Kopf gestellt. Er trat vor und bedeutete mir mit einer Handbewegung loszulaufen. »Los«, sagte er, »zurück zum Auto.«

Ich wollte ihn trösten. Wollte ihm sagen, er habe sein Bestes gegeben und dass ich ihm geholfen hätte, hätte ich gewusst, wie. Aber ich war der Feind und was auch immer ich sagte, führte dazu, dass er mir noch weniger traute. Ich hatte meinen Beitrag geleistet, ich hatte uns hierhergebracht und wir hatten es versucht. Aber keiner von uns beiden hatte das gefunden, wonach er gesucht hatte, und jetzt war es an der Zeit, den Rückweg anzutreten. Wir erreichten den Wagen, stiegen ein. Er seufzte erneut und ich dachte, dass es das Geräusch war, wie ihn der Mut verließ. Wir fuhren zurück durch den Wald und die von den Scheinwerfern beleuchteten Bäume schienen zu rennen, so als wollten sie mit uns mithalten, wobei die Lichter stets für eine minimale Verzögerung sorgten. Als wir wieder auf der Straße waren, beschleunigten wir und er funkte das Revier an, um den Kollegen anzukündigen, dass er einen Verdächtigen abliefern würde.

Wir erreichten die Außengrenze irgendeiner Stadt, die Straßenlaternen, die über uns auftauchten, erinnerten an Graureiher und dann füllten die Lichter einer Polizeistation die Windschutzscheibe aus und mein Gesichtsfeld. Ich fühlte nichts, als der Wagen anhielt und der Beamte ausstieg und meine Tür öffnete. Es war nicht mein Leben, um das ich mich sorgen musste. Nicht meine Tragödie, die es zu bedauern galt. Da ich ohnehin nicht recht glauben konnte, dass das, was passierte, real war, erfüllte mich ein Gefühl von Taubheit. Aber jeder, der jemanden umbringt, tötet immer auch etwas in sich selbst ab, verschließt eine Tür zu einem Teil von sich, die er niemals wieder öffnet. Vielleicht gehörte die Taubheit in mir in Wahrheit zu dem Körper, in dem ich gefangen war? Der Beamte baute sich vor mir auf, drückte mich seitlich gegen den Wagen, bevor wir hineingingen.

»Ich glaube, ich könnte meinen Job verlieren wegen dem, was ich dir heute Abend angetan habe«, sagte er. Er fixierte meine Lippe. Ich fuhr mit der Zunge darüber und stellte fest, dass sie blutete. »Aber du sollst wissen, dass ich das nicht bereue. Und dass ich es wieder tun würde.«

Ich sagte nichts. Ich sah dazu keine Veranlassung. Mein Bewusstsein war mittlerweile von einer anderen Angst in Beschlag genommen worden. Wir drehten uns um und schickten uns an, auf das Gebäude zuzugehen, meine Augen hingen an der Eingangstür. Mit plötzlicher Klarheit realisierte ich, dass sich die Szenerie erneut ändern würde, dass sich ein weiteres Mal alles verändern würde, dass ich in fünf Sekunden durch diese Tür gehen und diesen Moment verlassen würde. Ich hatte keinerlei Kapazitäten, mich noch mit dem Mann zu befassen. Meine Ängste galten jetzt allein der Welt, in die ich hineingeschleudert werden würde. Wir gingen die wenigen Stufen zum Eingang der Polizeistation hinauf, das grelle Licht ließ uns die Augen zusammenkneifen, als die Tür aufschwang. Ich hielt die Luft an. Dann gingen wir hinein und ich war nicht mehr da.

Ich lag in einem Straßengraben und neben mir lag die Frau, die ich im Wohnwagen gesehen hatte. Wir trugen beide Regenkleidung, von Kopf bis Fuß, und hatten die Köpfe auf Karrimor-Rucksäcke gelegt. Ich fror und an der Art, wie die Frau die Arme um den Körper schlang, konnte ich sehen, dass es ihr auch so ging. Ich starrte sie an. Sie griff mich nicht an, sie sprach auch nicht. Diese Frau war anders als die Leute, denen ich bislang begegnet war. Sie hatte etwas Freundliches an sich, etwas Vorsichtiges. Ich fragte mich, ob ich mit ihr auch anders würde sprechen können, ob es diesmal die Möglichkeit gab, herauszufinden, wo und wer ich war, anders als in den anderen Welten, durch die ich auf meiner Reise bisher gekommen war.

»Ich habe vergessen, wo wir sind«, sagte ich, beobachtete sie dabei genau, in dem Versuch, nichts zu sagen, was sie allzu sehr alarmieren würde. Der Ausdruck auf ihrem Gesicht, das vor Kälte verkniffen und blass war, veränderte sich kaum.

»Wir sind kurz vor Dover«, erklärte sie.

Ich nickte.

»Und ich habe vergessen, woher wir kamen.«

»Wir wollen zu den Klippen, erinnerst du dich? Den Ozean sehen.«

Ich atmete tief durch, ging dann das Risiko ein.

»Ich habe vergessen, wer wir sind.«

Jetzt runzelte sie die Stirn, alarmiert, schaute etwas ängstlich drein.

»Was?«

»Wer sind wir? Ich erinnere mich nicht.«

Die Frau starrte mich an, angstvoll, unsicher.

»Wir sind wir.«

»Sind wir verheiratet?«, fragte ich, in der Hoffnung, dass das die Antwort sein könnte. Sie lachte, ein hohes Lachen wie ein Aufflattern, kaum menschlich.

»Ich bin deine Schwester.«

Ich nickte und versuchte meine Verblüffung zu verbergen.

»Tut mir leid. Das muss die Kälte sein. Ich weiß das. Du bist meine Schwester. Das muss die Kälte sein.«

Sie begann sich hochzustemmen.

»Dann komm«, sagte sie zu mir, »lass uns gehen.«

Ich stand auf und schaute mich um, während wir die Rucksäcke schulterten. Wir befanden uns am Rand einer ruhigen Landstraße. Die Felder waren morgennass. Stille lag über ihnen, so als sei seit Langem niemand vorbeigekommen.

»Wo sind wir losgelaufen?«, fragte ich meine Schwester. Sie schaute verwirrt, halb amüsiert, halb besorgt. Womöglich war sie sich nicht sicher, ob ich ein Spiel spielte.

»Wir sind in Barmouth gestartet«, sagte sie.

»Der Wohnwagen.«

»Genau.« Sie musste lächeln. »Genau. Der Wohnwagen.«

Also wiederholten sich diese Träume, die ich hatte. Jede neue Szene war gleichzeitig eine Heimkehr. Waren sie allesamt Spiegelungen eines Teils meines Gehirns, eines Teils meiner selbst? Kam in all diesen Geschichten etwas von meinem Inneren zum Ausdruck? Und was hielt diese Welt für mich bereit, was hatte sie zu sagen?

»Wir sollten in Bewegung bleiben«, sagte meine Schwester, »jetzt, wo es hell ist.«

»Ist gut«, sagte ich, nahm wahr, wie sie den Regenmantel um sich herum straffte. Ich konnte sehen, dass sie fror. Wir hatten ohne jeden Schutz unter freiem Himmel gelegen und jetzt, in der beißenden und unbarmherzigen Kälte des frühen Morgens, war aus unseren Körpern jegliche Wärme entwichen. Wir spürten beide, wie unsere Knochen knirschten, spürten den verlangsamten Kreislauf. Ich spürte es. Ich wollte ihr etwas geben, was sie wärmte, merkte aber, dass ich nichts entbehren konnte. Auch ich zitterte. Die Füße in meinen Joggingschuhen waren nass, meine Zehen durchgefroren und meine Finger fühlten sich morsch an, so als könnten sie zerbrechen.

»Wo entlang?«, fragte ich. Sie zeigte die Straße hinab, in Richtung des gewaltigen Himmels, der um uns herum erwachte. Eine Straße, die sich zwischen gepflügten Feldern, struppigen Bäumen und Hecken hindurchwand, deren Graben ihr nicht von der Seite wich und die sich bis zu dem Punkt erstreckte, wo sie vom Horizont verschluckt wurde. Das war nun mein Schicksal, diese Straße zu beschreiten, bis ich wiederum von einer anderen Geschichte gefressen wurde. »Dann machen wir uns mal auf den Weg«, sagte ich. »Das Beste, um warm zu werden, ist, den Kreislauf auf Touren zu bringen.«

Wir liefen los, schleppten uns mit schweren Beinen dahin und bliesen uns in die Hände. Ich grübelte darüber nach, welche Umstände wohl dazu geführt hatten, dass zwei Menschen, zwei normale Menschen, die im England unserer Tage lebten, die Nacht unter freiem Himmel in einem Straßengraben verbrachten. Es war im Grunde ebenso unvorstellbar, wie die ganze Strecke von Barmouth an der Westküste von Wales bis zu den Klippen von Dover zu Fuß zurückzulegen. Wir mussten bereits seit Wochen, womöglich gar Monaten, unterwegs sein. Waren wir durch den Savernake Forest gekommen? Hatten wir Danebury passiert?

Natürlich gab es Menschen, für die das Herumreisen genauso natürlich war, wie für andere sesshaft zu sein. Überall in England gab es irische Familien und Roma, die so lebten. Aber das hier war eine andere Geschichte, deren Anfang ich mir nicht auszumalen vermochte. An ihrem Beginn musste, so nahm ich an, Armut gestanden haben, irgendeine Art der Verzweiflung. Armut, weil die Umstände dieser Reise so erbärmlich waren, und Verzweiflung, weil sich niemand dafür entscheiden würde, einen solchen Weg zu Fuß zurückzulegen, wenn es denn nicht zwingend nötig war. Welcher Horror hatte uns hinaus auf die

Straße getrieben, welche Tragödie? Und wie lange würden wir noch im Halbschlaf durch dieses eigentümliche Leben stapfen müssen, in dem wir uns befanden, mussten wir auf ewig weiterlaufen, laufen, bis wir schließlich die Klippen erreichten? Ich wollte der Frau neben mir weitere Fragen stellen, der Fremden, die ich nun für eine kurze Weile als eine Schwester betrachten würde, wusste aber, ich sollte das besser nicht tun. Über ein paar in Müdigkeit gestellte Fragen eines durchgefrorenen und hungrigen Mannes, der sich gerade selbst wachrüttelte, konnte sie sicher hinwegsehen, sich seine Verwirrtheit so erklären, dass da ein Gedächtnis noch dabei war, in die morgendlichen Gänge zu kommen, aber das war nun vorbei – wir waren auf den Beinen und unterwegs. Sie würde argwöhnisch werden, sollte ich noch immer nicht wissen, was genau sich gerade abspielte. Das war das Letzte, was ich wollte.

Schmerz und Einsamkeit überfielen mich schockartig, als mir klar wurde, dass diese Frau der erste Mensch war, der freundlich zu mir gewesen war, seit ich meine Frau verlassen, sie in meiner ganzen Grausamkeit und Wut in unserer Wohnung zurückgelassen hatte. Jetzt, wo diese Grausamkeit in einer Intensität auf mich zurückreflektiert wurde, die einen schier erblinden ließ, wollte ich nicht den ersten Menschen in die Flucht schlagen, dem ich begegnete, der mich anders behandelte. Dies war eine Gelegenheit, mich sicherer zu fühlen, als ich es seit Langem getan hatte, so zumindest schien es.

Und ich vermutete, wie ich so darüber nachdachte, dass es mittlerweile bereits eine ganze Weile her sein musste, seit ich zu Hause gewesen war. Ein Zeitraum, der sich sicher auf zwei Wochen ausgedehnt hatte, dachte man an die vielen Tage, die ich im Bunker zugebracht hatte, bis ich ausgebrochen und über die

Felder geflohen war. Aufheulen wollte ich angesichts der Monstrosität dieses Gedankens, wünschte, ich könnte einfach auf die Knie sinken unter seinem Gewicht und weinen. Ich fühlte mich so unendlich weit entfernt von der Frau, die ich liebte, derart verloren an diesem Ort angesichts der Gleichgültigkeit der offenen Landschaft, die mich ausdrucks- und gesichtslos anstarrte, während ich die lange, graue Straße entlanglief. Ich wollte schreien, bis sie mich wiederfand, schreien und heulen, bis sie mich nach Hause brachte und dafür sorgte, dass alles wieder gut und anders wurde.

Ich war ein stolzer und arroganter Mann gewesen, der vor einer Ewigkeit seine Frau verlassen hatte, stur und besessen von der eigenen Wichtigkeit. Ich fühlte mich nicht mehr wie dieser Mann. Der Orkan, dem mein Leben seitdem geglichen hatte, hatte mich demütig gemacht und ich hätte alles gegeben, allem zugestimmt, hätte irgendjemand mir bloß sagen können, wie ich nach Hause gelangen könnte. Aber ich konnte nicht darüber reden. Nicht jetzt. Nicht, wo diese Frau nicht die ganze Geschichte kannte und dem Fremden gegenüber, der sie begleitete, keinen Verdacht schöpfte, dem Mann, den sie Bruder nannte und der neben ihr die Straße entlangtrottete.

Unsere Körper erwärmten sich nach und nach, das Blut pumpte durch sie hindurch und der Himmel wurde heller, während wir unsere Schneise in den Tag hineinschlugen, und nachdem eine halbe Stunde vergangen war, fühlte ich mich schon etwas mehr wie ein Mensch. Seit wir aus dem Graben geklettert und losgelaufen waren, war kein Wort gesprochen worden, aber ich befand, es war der Mühe wert, ein paar Fragen zu riskieren.

»Wie weit noch, glaubst du?«

Meine Schwester schürzte die Lippen, versuchte zu raten.

»Ich denke, wir werden wahrscheinlich heute Nachmittag ankommen«, sagte sie.

»So nah sind wir schon?«

»Glaub ja.« Sie schaute sich forschend in der Umgebung um. »Ganz sicher bin ich mir allerdings nicht.«

»Aber wir könnten heute ankommen.«

»Ja.« Der Gedanke daran schien sie mit großem Ernst zu erfüllen. »Ich denke, das werden wir.«

»Na dann.«

»Heute ist also vermutlich der Tag.« Sie sah mich an und das überbordende Mitgefühl in ihrem Gesicht beunruhigte mich. Was meinte sie? Wohin gingen wir und was erwartete uns am Ende des Weges?

»Ja. Heute ist der Tag.« Ich versuchte, die mich umgebenden Felder in mich aufzunehmen. Das hier war Kent, vermutete ich. Allem Anschein nach arbeiteten wir uns in höhere Lagen vor, waren weit oberhalb des Meeresspiegels, ich nahm saubere Luft wahr, Stille, in der Ferne Traktoren. Ich schätzte, wir krochen seitlich an den Downs entlang, bis sie sich wieder zum Meer hinabschlängelten. Sah so die Landschaft rund um Dover aus? Dies war ein Teil Englands, den ich nicht häufig besucht hatte. Jetzt besuchte ich ihn – immerhin, dachte ich.

»Ist noch etwas zu essen da?«, sagte ich.

»Wir haben gestern Abend alles aufgegessen«, antwortete meine Schwester. Dann lachte sie erneut und ich musste an eine Lerche denken, die sich aufschwingt. »Ich weiß nicht, was mit dir los ist – du bist so vergesslich heute Morgen.«

Wir hörten das Meer, bevor wir es sahen oder rochen. An diesem Morgen lernte ich, dass man sich der See Sinn um Sinn nähert, sie schleicht sich an. Mit jeder neuen Wahrnehmung dringt sie weiter ins Bewusstsein ein, genauso wie sie von einem Besitz ergreift, wenn man hineinwatet, oder die Höhlen der Lunge füllt, wenn es einen hinabzieht und man ertrinkt. Die See dringt ein. Das erste Zeichen war das Echo der Möwenrufe. Dann sahen wir sie weit oberhalb unserer Köpfe in der Luft kreisen und schauten uns an und meine Schwester lächelte, so als seien sie Vorboten von etwas Gutem, also lächelte ich zurück. Dann rochen wir das Salz in der Luft und wieder lächelte sie: Wir kamen näher.

»Ich kann es beinahe schmecken«, sagte sie. Ich lächelte, obwohl ich nicht wusste, warum wir dorthin gingen, wo auch immer »dorthin« war. Weil ich nicht wusste, was ich sonst sagen sollte.

»Sollen wir anhalten und eine Pause machen?«, fragte ich sie.

Sie zuckte mit den Schultern. »Bist du müde?«

»Ein bisschen.« In Wahrheit litt ich Höllenqualen, ich war vollkommen erschöpft. Der Schlafmangel und die ganze Wanderei, die dieser Körper absolviert hatte, bevor mein Bewusstsein in ihn eingesperrt worden war, steckten mir in Knöcheln, Füßen und Knien. Das Gewicht meines Körpers machte die Fortbewegung mühsam und ich wünschte, mich für einen Augenblick setzen und ausruhen zu können. Ich fühlte mich schwach vor Hunger und meinte, ein hohes Summen zu hören, jenem eigenartigen, alles übertönenden Tinnitus ähnlich, der einen heimsucht, wenn man kurz vor der Ohnmacht steht. Auch wenn wir nichts Essbares in unseren Taschen hatten, wäre es gut, einen Moment zu verschnaufen.

Keuchend und dehydriert setzten wir uns an den Straßenrand. Meine Schwester wirkte distanziert und schien mit den Gedanken woanders zu sein, kaute nervös an einer Locke, ich sagte also nichts. Stattdessen entschied ich mich, mein Gepäck zu überprüfen, um zu sehen, was ich da den ganzen Weg mit mir herumschleppte, und ob es möglich war, etwas davon loszuwerden. Ich zerrte den Rucksack zu mir heran, sodass er zwischen meinen Beinen auf dem Boden lag, und öffnete dann den Reißverschluss des Hauptfachs. Obenauf fand ich eine Regenhose und mehrere Paar Socken und Unterhosen, die bereits getragen waren – natürlich, da wir beinahe das Ende der Reise erreicht hatten, war es nur logisch, dass der Inhalt meines Gepäcks zum Großteil aus dreckiger Wäsche bestand. Unterhalb der Kleidungsstücke entdeckte ich einen fest verschlossenen Beutel, weich und formbar, der irgendeine Art Pulver zu enthalten schien. Ich zog ihn heraus, um ihn mir genauer anzusehen, und als ich hörte, wie meine Schwester scharf die Luft einzog, wurde mir klar, dass der Beutel mit Asche gefüllt war.

»Was tust du da?« Ich schaute auf und sah, wie sie mich anstarrte, beunruhigt und ängstlich. Ich verstaute die Asche wieder im Rucksack.

Sie nickte unsicher, so als verstehe sie, auch wenn sie den Vorgang nicht wirklich gutheißen konnte. Ich verschloss den Rucksack wieder, besorgt und innerlich in Aufruhr. Ich erinnerte mich an die Urne, die ich bei der ersten Begegnung mit dieser Frau in meinen Händen entdeckt hatte, und an jene, die sie selbst gehalten hatte. Ich hatte das sichere Gefühl, dass sich in ihrem Rucksack ein Beutel ähnlichen Inhalts befand, und aus irgendeinem Grund stand für mich zweifelsfrei fest, dass es sich hierbei um die Asche unserer Mutter beziehungsweise unseres Vaters handeln musste. Mühsam rappelte ich mich wieder auf. Ich wünschte, ich könnte Fragen stellen, aber ich hatte noch immer das Gefühl, es wäre falsch, den Frieden dieses Morgens zu stören. Das Beste war, sich wieder in Bewegung zu setzen und zu versuchen, der Beunruhigung, die in mir wuchs, davonzulaufen. Ich hatte das Gefühl, von einer Kraft angetrieben zu werden, die nicht meine war. Besser, man schaute nicht allzu genau hin, was vor sich ging – jetzt galt es einfach weiterzumarschieren.

Wir setzten unseren Weg fort, aber ich konnte nicht verhindern, dass sich meine Gedanken überschlugen. Warum waren wir hier? Warum taten wir das? Wieso war ich in diesen fragmentierten Szenen verloren, so weit entfernt von dem Leben, das ich meiner Ansicht nach eigentlich leben sollte? Die Ungerechtigkeit dessen versetzte mir einen Stich. Natürlich ist es im Leben immer ein bisschen so. Jede Tür, durch die wir gehen, ist die Tür zu einer neuen und anderen Welt, weil die Vergangenheit das nun einmal so an sich hat, sie ist permanent im Verschwinden begriffen. Wir betreten ständig Neuland, Minute für Minute, und lassen die Dinge, die wir erlebt haben, zurück, und wir belügen uns selbst, wenn wir etwas anderes behaupten. Ich kannte viele Leute, die ihr Dasein ähnlich erlebten, wie ich meines erlebte – wenn auch nicht genauso. Was sie nicht erlebten, war diese Brutalität und Erbarmungslosigkeit. Und nicht jedes dieser Leben konnte sich so fragmentiert anfühlen. Es war mir unbegreiflich, warum ausgerechnet mir das widerfuhr.

Wir waren offenbar auf dem Weg nach Dover, um dort die Asche unserer Eltern zu verstreuen. Jetzt dämmerte es mir – das war zweifelsohne die einzige Erklärung. Vielleicht war das auch der Grund, warum wir den ganzen Weg zu Fuß absolviert hatten, vielleicht hatte das, was wir taten, mit Buße zu tun. Auf dem Pilgerweg nach Santiago de Compostela legten die Menschen schließlich auch weite Strecken zu Fuß zurück, um ihrer Verehrung Ausdruck zu verleihen. Vielleicht war ich mit meiner

Schwester von Barmouth nach Dover gelaufen, um so unserer Mutter und unserem Vater Ehre zu erweisen. Während ich das dachte, erreichten wir die Kuppe des Hügels, hatten wie eine große, behäbige Welle die Leben der Menschen durchwogt, die dort zuhause waren, bis wir schließlich den ersten Blick auf die See erhaschten, die nun vor uns lag.

Wir sind in allererster Linie eines: Inselbewohner. Beinahe niemand von uns stammt ursprünglich von dem Ort, den wir jeweils als Heimat bezeichnen – ich nehme an, man kann sagen, wirklich niemand tut es, wenn man nur weit genug zurückgeht. Keiner von uns war dort schon zu Hause, als die Welt begann. Deshalb empfinden wir alle tief in uns eine Liebe für das Meer, glaube ich. Es ist uns ein Pfad gewesen, den wir beschritten haben auf der Reise in ein neues Leben.

Der andere Grund dafür, warum ich jedes Mal innehalte und aufs Meer hinausstarre, wenn ich an der See bin, liegt wahrscheinlich darin, dass es so unendlich wirkt, so einfach und doch irgendwie unnatürlich, sodass es meinem Verstand schwerfällt, der mit Symbolen und Geschichten arbeitet, nicht zu argwöhnen, das sei doch sicher ein Traum oder eine Metapher. Wie kann etwas so Großes überhaupt existieren? Wann immer ich das Meer sehe, frage ich mich instinktiv, was es mir sagen will. Der Instinkt hält mich außerdem dazu an, nach der eigenen Reflexion in dem Riesenspiegel des Himmels zu suchen und die Bedeutung dessen zu erraten, was ich gerade empfinde. Ich drehte mich zu der Frau neben mir um und lächelte.

»Da wären wir«, sagte ich.

Sie erwiderte das Lächeln nicht, wandte sich stattdessen ab, um auf das Wasser hinauszuschauen.

»Ja«, sagte sie. »Dann ist heute der Tag.«

Einem Impuls folgend, griff ich nach ihrer Hand. Ich ging davon aus, dass es sie nicht stören würde, schließlich waren wir Geschwister. Außerdem hatte ich bei ihr eine große Trauer und Verlassenheit gespürt, als wir uns an diesem Morgen der Küste näherten, und ich wollte ihr das Gefühl geben, dass sie nicht allein war.

»Mach dir keine Sorgen«, sagte ich. »Alles wird gut.« Sie drehte sich um, schaute mich an und lächelte, sodass ihre traurigen Augen leuchteten, und dann gingen wir weiter, aber sie ließ meine Hand nicht los. Hand in Hand liefen wir auf den Ort zu, wo das Land verschwand, schweigend wie Kinder.

Ich dachte an nichts anderes als den Schmerz in meinen Füßen, meinen leeren Magen und meine von der nassen Kleidung aufgescheuerten Oberschenkel, während uns immer mehr Autos überholten und wir erst eine doppelspurige Fahrbahn, dann eine Brücke über eine weitere große Straße queren mussten, um dem Ort noch näher zu kommen, wo das Land zu Ende war und vom Meer abgelöst wurde. Leute passierten uns, wandten die Blicke ab, und ich nehme an, dass wir tatsächlich ein merkwürdiges Bild abgaben, durchnässt, ausgekühlt und unglücklich in unserer billigen Regenmontur, Händchen haltend, wie Leute es in Geschichten mit Happy End tun. Ich ließ mich von ihr weiter und immer weiter führen, bis wir vor uns an der Kuppe der Klippen einen Parkplatz entdeckten, wo einige wenige Autos standen und ein paar Leute zu Spaziergängen aufbrachen, bewaffnet mit Ferngläsern, Schirmen und Wollmützen, damit ihre Ohren es kuschelig hatten wie Eier oder Teekannen. Wir liefen kurzzeitig langsamer und schauten uns die Leute genau an, nachdem wir selbst so lange allein unterwegs gewesen waren. Dann gingen wir auf die Klippen zu.

»Bist du soweit?«, fragte die Frau neben mir, und ich nahm an, sie wollte, dass wir die Beutel öffneten und unsere Eltern dem Wind anheimgaben.

»Ich denke schon, ja«, sagte ich. »Und du?«

»Ich glaube nicht, dass ich je so weit sein werde, nicht so richtig. Ich weiß bloß nicht, was ich sonst tun soll.«

Wir erreichten den Rand der Klippe und blieben stehen, wobei sie ihre Hand in der meinen beließ. Ich sah hinab und der gewaltige, schier endlose Abgrund löste einen jähen, beängstigenden Schwindel aus. Ich wollte einen Schritt zurücktreten, aber es fühlte sich an, als hätte ich dort, wo ich stand, Wurzeln geschlagen. Tiefe Abgründe haben es an sich, dass sie bei Menschen den Wunsch auslösen, hinabzustürzen in die Arme des Nichts darunter. Ich kenne die Ursache dieser Sehnsucht nicht. Aber der Tod ist gut darin, sich verlockend zu geben. Meine Schwester wandte sich mir zu und sah mich an.

»Ich liebe dich. Es mag niemanden sonst mehr auf der Welt geben, aber ich liebe dich trotzdem.« Ihre Worte waren so intensiv, so bedeutungsschwer, dass ich von einem Gefühl der Zuneigung durchströmt wurde. Manchmal sagen Leute einfach so Worte dahin. Manchmal denken Leute, sie würden meinen, was sie sagen. Und dann hört man ganz selten etwas, das derart tief im Innern eine Saite zum Klingen bringt, dass der ganze Körper mitschwingt. In diesem Moment liebte ich sie für die Tiefe ihres Gefühls, auch wenn ich nicht einmal ihren Namen kannte.

Dann wandte sie sich ab und stürzte von der Klippe, riss mich mit sich.

Wäre ich in der Lage gewesen, etwas zu ändern, hätte ich es kommen sehen? Hätte ich das Schicksal, auf das diese arme Frau zusteuerte, früher erkennen und versuchen müssen, sie von ihrem Vorhaben abzubringen? Das frage ich mich sehr oft, jetzt im Alter. Ich war vollauf mit meinen eigenen Problemen beschäftigt, der Vorstellung, die Asche zu verstreuen, und ich dachte nicht ein einziges Mal daran, wofür die Klippen von Dover berühmt sind. Hatte es etwas gegeben, was ich hätte tun können? Wir fielen und ich schrie und spürte, wie mir das Herz in der Brust zersprang. Am Rande meines Gesichtsfelds sah ich die weit aufgerissenen Augen meiner Schwester, sah, wie die Geschwindigkeit des Falls ihr Gesicht entstellte, die Lippen zu einem Schrei verzerrte. Die Luft versuchte meine Extremitäten vom Körper zu trennen, schleuderte sie nach hinten, sodass sie wild umherdroschen, während ich fiel. Ich spürte, wie es an meinen Bändern riss und das Blut durch mich hindurchtoste, bis ich plötzlich nichts mehr sah und das Geräusch des Meeres alles andere erstickte und die Welt schwarz wurde.

Aber natürlich endete meine Geschichte damit nicht. Ich landete in einer anderen Welt, genau wie in dem Moment, als ich in den Fluss stürzte. Und ausruhen konnte ich noch immer nicht.

Wieder klappten meine Augen auf und ich merkte, wie ich keuchte, Luft in die Lungen sog, panisch und voller Angst, so als sei ich aus einem Traum erwacht. Bloß dass ich wusste, es war kein Traum gewesen – es waren tatsächlich zwei Menschen gestorben, ich war gestorben. Jetzt war ich wiederum an einem mir fremden Ort erwacht – einer Art Arrest- oder Gefängniszelle, wie ich feststellte, als ich mich umsah. In der unwiderruflich verlorenen Welt meiner Vergangenheit war ich tot, und die Frau, die sich als meine Schwester bezeichnet hatte, war ebenfalls tot, und sie hatte mich umgebracht, musste mich umgebracht haben, weil sie mich liebte. Warum hatte sie gewollt, dass wir beide sprangen? Was war geschehen, dass wir uns beide den Tod wünschten? Dann fiel mir das Letzte ein, was sie zu mir gesagt hatte, und die Asche in unseren Rucksäcken, die Urnen in unseren Händen, und ich dachte, der Grund dafür müsse wohl darin gelegen haben, dass wir allein waren. Wir mussten entschieden haben, gemeinsam zu sterben, weil unsere Eltern tot waren, und irgendwie waren wir zu dem Schluss gekommen, dass auch uns danach nichts mehr blieb. Ich erinnerte mich an den Wohnwagen, in dem ich der Frau zum ersten Mal begegnet war, die zwei Einzelbetten nebeneinander, unsere billigen Klamotten, das Gefühl von Trostlosigkeit und Leere, als ich aus dem Wohnwagen ins Freie getreten war und die Wolken über Barmouth gesehen hatte. Wir mussten arm gewesen sein, ohne Hoffnung und ohne Liebe. Wir mussten entschieden haben, unsere Geschichten mit etwas Großem zu beenden, unsere Leben mit einer Reise zu beschließen, die der Erinnerung würdig war. Und tatsächlich war es beachtlich, so weit zu laufen, nur um sich dann umzubringen. Unterhalb der Schichten der Trauer, dem Gefühl, dass etwas Fürchterliches geschehen war, gab es zumindest diesen Marsch. Eine Geste der Verachtung, eine Ermahnung, dass die Leute hätten zuhören sollen? Wie viele Leben wurden so gelebt, fragte ich mich, unter niedrigen Dächern, ohne dass das geringste Licht hinein- und auf die Menschen fiel, ohne jede Anerkennung oder Ambition? Hatte es genauso etwas Mutiges, diesem Leben den Rücken zu kehren, wie es etwas Trauriges und Lächerliches hatte, sich in den Tod zu stürzen?

Und wohin hatte es mich jetzt nun wieder verschlagen? Ich sah mich um und fragte mich, in was für einem Leben ich jetzt bloß stecken mochte. Ich saß allein in einer Art Zelle, trug einen steifen Overall aus Nylon, der laut raschelte, wenn ich die Arme bewegte. Ich trug diesen billigen Overall, und die Tür hatte ein Gitter in der Mitte. Mein Körper fühlte sich gebrechlich und leer an und mir war kalt und ich merkte, wie sich meine Knie aneinanderpressten. Die Hände in meinem Schoß sahen aus wie die eines Fremden. Ich wartete darauf, einem Gericht vorgeführt zu werden, vermutete ich. Vermutete, dass man mir jetzt den Prozess machen würde wegen der Morde an diesen jungen Frauen, den Morden, die ich ihrer Meinung nach begangen hatte. Vielleicht hatten sie die Kleidungsstücke dort gefunden, wo sie meinen Angaben nach vergraben worden waren. Vielleicht waren sie zu spät gekommen, um das letzte Opfer zu retten.

Ich lehnte mich gegen die Zellenwand, atmete tief ein und aus und versuchte, das Gefühl des Sturzes zu ignorieren, aus dem ich gerade erst hinausgerissen worden war, die gleißende Panik vor der Ohnmacht, die Verzweiflung, die mich über den Rand der Klippe gezerrt hatte. Das war es, was mich am meisten ängstigte. Die Erinnerung an den Blick dieser Frau, meiner Schwester, die Liebe in ihren Augen, die schiere, nackte Passion. Als würde man in eine Glühbirne starren, direkt in den elektrischen Strom sehen. So viel Liebe, dass es sie umgebracht hatte. So viel Liebe, die niemand gewollt hatte, samt und sonders vergeudet, die Klippe hinabgestoßen. Ich saß da und lebte eine Weile in der Erinnerung an diese Frau – ich weiß nicht, wie lange, ich weiß nur, dass es mir nicht gelang, die Gedanken an sie zu ignorieren. Dann hörte ich, wie sich die Tür öffnete. Ich hatte einen Mann in der Uniform eines Gefängniswärters erwartet, stattdessen sah ich eine bereits ziemlich betagte Dame, begleitet von einer jüngeren Frau, die vietnamesisch aussah. Die ältere Dame begann zu sprechen, während die jüngere Frau übersetzte, was sie sagte, und ich stellte überrascht fest, dass ich sie beide verstehen konnte.

»Hallo, Herzchen. Ich bin Ethel und ich arbeite bei der Zeugenbetreuung. Annie, mit der du dir das Videobeweismaterial angesehen hast, musste nach Hause – sie hatte Schichtende, also übernehme ich heute Nachmittag. Und du erinnerst dich natürlich an Emily, die für dich übersetzt. Wir werden oben erwartet, du kannst also gleich deine Aussage machen. Ist das in Ordnung?«

Ich nickte, sagte aber nichts. Ich hatte die Szenerie also falsch interpretiert – ich war wohl wieder der Junge aus dem Bunker und offenbar meinen Verfolgern entkommen, nachdem ich in den Fluss gefallen war. Man musste sie gefasst haben und irgendwie hatte die Polizei mich aufgelesen und angehört.

»Also, wie gesagt, es gibt oben einen Vorhang, sodass du den Angeklagten nicht sehen kannst, während du deine Aussage machst. Du musst also nur mit dem Richter und den Anwälten reden. Du kannst dir Zeit nehmen und jederzeit um eine Pause bitten, in Ordnung?«

Wieder nickte ich.

»Wie dein Anwalt heute Morgen sagte, wird sie stellenweise heftig werden, die Befragung, aber du hast nichts zu befürchten. Niemand ist der Meinung, du hättest irgendetwas Falsches getan. Du bist hier, um darüber zu sprechen, wie es war, ein Opfer zu sein, und wenn du dich daran hältst, was du weißt und was du bereits gesagt hast, kann nichts passieren. Und es ist nicht ansatzweise so schlimm, wie es immer im Fernsehen aussieht. Gut. Willst du noch mal auf die Toilette, bevor wir nach oben in den Gerichtssaal gehen?«

Ich schüttelte den Kopf. Ethel lächelte und wandte sich zur Tür, so als müssten wir nun los.

»In Ordnung. Sollen wir dann?« Ich folgte ihr auf den Flur und sah mich um, blinzelnd. Er war nahezu menschenleer, bis auf zwei Wachleute, die in der Nähe des Eingangs neben zwei Sicherheitsschleusen saßen – durch die eine kam man hinein, durch die andere wieder hinaus, so vermutete ich. Hinter ihnen war ein Fernsehbildschirm an die Wand geschraubt. Er zeigte die Namen der Leute, deren Verhandlungen in den verschiedenen Gerichtssälen des Gebäudes stattfanden. Der Ort wirkte ruhig und zivilisiert und frisch desinfiziert.

Ethel räusperte sich und ich sah mich nach ihr um.

»Wir werden die hintere Treppe benutzen und durch den Richter-Zugang in den Zeugenraum gehen, denke ich. Sie meinten, das wäre das Sicherste.« Ich nickte. Mir war nicht nach Sprechen zumute. Ich nahm an, dass Ethel mich ohnehin nicht verstehen würde. Im Gerichtssaal, den wir ansteuerten, musste bereits ein weiterer Übersetzer sitzen, der auf mich wartete, darauf, allem, was ich sagte, einen Sinn zu geben. Ethel führte mich durch eine Glastür in ein kahles, nichtssagendes Treppenhaus und wir stiegen die Wendeltreppe zwei Stockwerke hinauf, wo sich ein hellblauer Teppich in den Korridor vor mir erstreckte. »Jetzt sind wir ganz oben, siehst du«, sagte Ethel und führte mich hinaus auf die blaue, weit ausgedehnte offene Fläche des Korridors, die der Öffentlichkeit nicht zugänglich war, wo die Richter ihre Akten durchgingen, die Roben an- oder auszogen und ihr Mittagessen zu sich nahmen. Ich fragte mich, ob jeder Zeuge hier hindurchgeführt wurde – ein privater Bereich für Richter ergab nicht so recht Sinn, so schien mir, wenn jeder, der herkam, um mit ihnen zu reden, hier durchmarschierte. Wir ließen den Teppich hinter uns und kamen in einen weiteren nichtssagenden Flur, an einem weiteren Magnolienbild vorbei, dann ging es durch eine Tür. Ich schaute mir die billigen Drucke an, die man gerahmt an die Wände des Raums gehängt hatte – später Matisse, Van Goghs Sonnenblume, eine Meeresaufnahme, die Sorte Bilder, die man bei jedem Arzt im Wartezimmer sieht – und Ethel platzierte mich auf einen bequemen Stuhl. Ich nahm an, dass dies hier der Zeugenraum sein musste. Eine weitere blaue, weite Fläche.

»Jetzt wird es nicht mehr lange dauern. Es wird aber noch einmal jemand kommen und dir Bescheid geben, bevor es losgeht. Und vergiss nicht – warte ab, bis der Übersetzer fertig übersetzt hat, was gesagt wurde. Und du darfst so viele Pausen einlegen, wie du möchtest. Du musst nur darum bitten, dann wird der Richter einwilligen.«

Ich war nervös, auch wenn dies hier nicht mein Fall war, mein Verfahren, es nicht wirklich ich war, der aussagen sollte. Hinaus auf die letzte blaue, weite Fläche. Ich fragte mich, welche der Fragen ich würde beantworten können. Ich kannte nur einen Teil dieser Geschichte, in der ich feststeckte, vollständig erzählen konnte ich sie nicht. Es war nervenaufreibend, hier zu sitzen und zu warten, nicht zu wissen, was da draußen auf mich zukommen würde, was gesagt werden würde, was alle bereits wussten und was enthüllt werden würde. Das Theaterhafte und Rituelle machte mich unruhig, aber für die meisten Menschen, die in diesen Raum kamen, wog das alles noch schwerer, nahm ich an, erzeugte einen ungleich größeren Druck – das Wissen, dass man gleich ihr Leben sezieren und öffentlich zur Schau stellen würde, so als seien sie etwas, das die Krähen aufgelesen hatten.

Eine andere Frau, um die fünfzig, die Haare blondiert, kam herein, lächelte mich an und sprach mit Ethel, aber ich hörte nicht richtig zu. Ich wusste nicht, was ich sagen sollte, wenn ich in den Zeugenstand gerufen wurde, wusste nicht, wie ich die Tatsache würde verschleiern können, dass ich nicht derjenige war, für den sie mich hielten. Aber allzu ängstlich war ich nicht. Etwas sagte mir, dass die Szenerie wechseln würde, bevor es dazu kam – bislang hatte es so funktioniert. Kurz vor dem Augenblick der Katastrophe hatte es mich immer fortgerissen und ich war in ein nächstes Leben geschleudert worden. Während ich darüber nachdachte, merkte ich, wie müde ich war. Ich hatte nicht mehr geschlafen, so erschien es mir, seit ich aus dem unterirdischen Bunker entkommen war, war kein einziges Mal in den Genuss echter Erholung gekommen, auch wenn ich in dem Graben in Kent aus dem Schlaf erwacht war. Mir war, als wären seither Tage vergangen.

Stärker noch empfand ich jedoch ein Gefühl profunder Erschöpfung. In mir flackerte ein Kontrolllämpchen, das offenbar kurz davorstand, zu verlöschen. Als ich die Ellbogen auf die Knie stützte und den monotonen Singsang der beiden Frauenstimmen ausblendete, war mir, als schwände ein kleiner Teil meiner Hoffnung, als fiele es mir zusehends schwerer, mich an den Grundsatz zu erinnern, an den ich mich geklammert hatte, seit die Dinge außer Kontrolle geraten waren – dass es da draußen immer noch ein Zuhause gab, zu dem ich zurückkonnte.

Wie konnte ich darauf wirklich mein Vertrauen gründen? Wie konnte ich weiterhin glauben, es gäbe da ein reales Leben, in das ich würde zurückkehren können? War der Augenblick, in dem ich mich gerade befand, nicht ebenso real für mich, wie mein altes Leben es stets für mich gewesen war? Vielleicht war mein Leben ja bloß eine grausame, extreme Version dessen, wie alle anderen auch lebten. War ich denn jetzt in irgendeiner Weise weniger verankert in der Welt, als ich es als junger Mann gewesen war, der sich darüber nie hatte Gedanken machen müssen? Bestand denn nicht jedermanns Leben aus einer Abfolge neuer Szenen, in die man hineinlief, in denen man noch nie oder selten zu Gast gewesen war und es auch nie wieder sein würde? Ich konnte nicht beurteilen, nicht mehr, ob es nicht vielleicht immer schon so gewesen war. Vielleicht war die Welt voll von Menschen, die ihr Leben in dieser Weise wahrnahmen. Vielleicht ging es uns allen ein bisschen so.

Aber wie konnte das der Fall sein, wenn meine Frau nicht hier bei mir war, um das hier gemeinsam mit mir zu durchleben? Wir hatten versprochen, füreinander da zu sein. Wie konnte ich sie einfach so verloren haben? Etwas stimmte definitiv nicht, aber ich wollte die Dinge nicht mehr mit derselben zornigen Verbissenheit wie zuvor in Ordnung bringen. Es war zu viel passiert in der Zwischenzeit und ich hatte Federn gelassen, Energie war versickert. Diese Welt war zu undurchdringlich und zu dunkel und ich wusste nicht, wie ich aus ihr herausfinden konnte.

Erinnern Sie sich, wie ich Ihnen zu Beginn meiner Geschichte erzählte, warum ich mitten im Streit mit meiner Frau einfach gegangen war? Sie hatte mir klargemacht, dass ich nur mich selbst liebte und niemanden sonst, auch sie nicht, und das konnte ich nicht ertragen. Rannte vor der Wahrheit weg. Na ja, ich kann Ihnen sagen, als ich dort in diesem Gericht saß, wurde mir bewusst, wie sehr sich die Dinge geändert hatten, weil das, was ich durchgemacht hatte, eine Lektion in Demut gewesen war. Und dass ich den ganzen Schwachsinn, mit dem ich mein Gehirn zuvor gefüttert hatte, in der Finsternis dieses Waldes zurückgelassen hatte, in dem Bunker, auf dieser Anhöhe, an dieser Klippe, und ich erkannte, welches Glück mir vor langer Zeit einmal beschert gewesen war, erkannte das Wunder, das mir geschenkt worden war. Jemand hatte sein Leben mit mir geteilt. Was hatte ich für ein Glück gehabt. Ich hatte alles besessen, was ein Leben großartig macht. Und mir wurde klar, dass alles, was ich je gewollt hatte, meine Frau war, die mir genug Vertrauen geschenkt hatte, um ihr Leben mit mir zu teilen.

»Nun denn, Herzchen.« Was hatte ich für ein Glück gehabt. Ethel sah zu mir herab. »Bist du bereit?« Ich stand auf, glättete mir das Hemd und die Krawatte, die ich trug, und nickte ihr zu. Die Frau mit den blondierten Haaren öffnete die Tür zum Gerichtssaal, trat dann zur Seite, um mich vorbeizulassen. Ich wusste bereits, was geschehen würde. Ich sah mich nach den geschmacklosen Drucken aus den Neunzigern um und verabschiedete mich schweigend. Dann lief ich los, durch die Tür zum Gerichtssaal, und dann war auch diese Welt Geschichte.

So ging es weiter. Von da an fällt es mir zunehmend schwer, mich in dieser Klarheit an alles zu erinnern. Furchtbar, nicht wahr? Aber am Ende gewöhnt man sich an alles. Nachdem ich den Gerichtssaal hinter mir gelassen hatte, fand ich mich in einem Wartezimmer mit einer Reihe Plastikstühle wieder, in dem noch ein anderer Mann saß, ein paar Stühle weiter, und ein Drehbuch durchging, wobei er beim Lesen die Lippen bewegte. Es war fast so, als wäre ich erwacht und in mein Leben zurückgekehrt. Spätnachmittagslicht drang durch ein Fenster auf der anderen Seite, sodass ich leicht blinzeln musste und die Sonne den Mann mit einem Gitter überzog, ihn hell-dunkel streifte, wie er dort saß. Sie tat dasselbe mit mir, nahm ich an. Auch ich hielt ein Drehbuch in Händen – ich warf einen kurzen Blick darauf, fühlte mich aber nicht in der Verfassung, aufzunehmen, was dort stand. Ich sah wieder zu dem Mann herüber und fragte mich, wie ich mit ihm ins Gespräch kommen könnte. Überhaupt mit jemandem zu sprechen, fiel mir mittlerweile unheimlich schwer, weil immer die Gefahr bestand, dass ich einen Fehler machte, zu erkennen gab, dass ich keine Ahnung hatte, worum es ging. Als ich dort saß, fühlte ich mich vollkommen einsam. Aber der Mann musste gemerkt haben, dass ich ihn beobachtete, denn er schaute auf, erwiderte meinen Blick und lächelte nervös.

»Warst du schon mal bei den Jungs hier?«, fragte er.

»Glaub nicht.«

»Hab nicht den Eindruck, sie wüssten, was sie suchen.«

»Nein?«

»Bin jetzt zum zweiten Mal hier. Diesmal wegen einer anderen Rolle. Ich glaube, sie hoffen einfach, dass der richtige Schauspieler irgendwann von selbst reinschneien wird.«

»So sind manche Leute, oder?«

»Sie wissen nicht, was sie wollen?«

»Ja, vielleicht.«

»Hast du in letzter Zeit gearbeitet?«, erkundigte sich der Mann.

Ich versuchte, mich zu erinnern.

»Schon ein bisschen her.«

Er schüttelte den Kopf.

»Genau wie bei mir. Nicht gerade viel für die Jahreszeit.«

Ich zögerte.

»Vielleicht.«

»Findest du nicht?«

»Na ja, vielleicht haben ja auch nur wir beide eine schlechte Phase. Haben vielleicht einfach kein Glück.«

»Ja?«

»Mir erzählen Schauspieler praktisch ständig, dass es diesen oder jenen Monat nicht wirklich was zu tun gibt. Ich glaube, Arbeit gibt es immer, wir verschwinden halt immer mal wieder vom Radar, wir alle.«

Der andere dachte darüber nach. Ich nehme an, ich wirkte etwas gereizt auf ihn. Es fiel mir nicht leicht, mich darauf zu konzentrieren, was ich gesagt hatte – es war schwierig, sich auf eine Unterhaltung einzulassen in dem Wissen, dass es so viel anderes gab, das sich ohne mein Zutun abspielte, so viele andere, mittendrin abgebrochene Geschichten, andere Leben, die warteten.

»Wird wohl so sein, ja.«

Eine Frau betrat den Raum, nahm mit mir Blickkontakt auf und lächelte.

»Hi, wir wären dann so weit«. Ich stand auf und nickte dem anderen beim Hinausgehen zu. Die Situation kam mir so vertraut vor, als ich sie verließ, dass ich mich fragte, ob das nicht vielleicht mein eigentliches Leben gewesen war – aber als ich den Raum betrat, wo das Vorsprechen stattfand, änderte sich die Welt erneut.

Ich schwamm allem Anschein nach in den Hampstead Ponds. Außer mir waren noch ein, zwei andere Leute im Wasser und ich bewegte mich im Bruststil am Rand entlang, dort, wo es flach war. Um uns herum liefen überall Menschen durch einen Park. Ich spürte die Sonne auf meinen Schultern, die köstliche Kühle des Wassers um mich, die mich hielt, alles war vergessen. Ich tauchte den Kopf unter die Wasseroberfläche und damit war es auch mit dieser Welt zu Ende.

Unter einem sommersatten Himmel saß ich auf einer Veranda an einem Esstisch. Umgeben war ich von einer Familie, die mit lauten und glücklichen Stimmen Spanisch sprach. In der Hand hielt ich eine Schöpfkelle. Ich schaute mir die Menschen an, die neben mir saßen. Eine Frau, Anfang dreißig, ein Mädchen, das sieben oder acht Jahre alt sein musste, zwei Jungen, die jünger waren, und eine ältere Frau, die sich tief über den Teller vor ihr herabbeugte und nicht sonderlich viel vom Leben mitzubekommen schien. Ich verstand, was diese Leute sagten.

»Habt ihr euch die Hände gewaschen?«, fragte die jüngere Frau die drei Kinder, die auf ihren Stühlen herumrutschten und die Beine baumeln ließen.

»Ja«, sagte der ältere der beiden Jungen.

»Alle?«

Diesmal antwortete das Mädchen.

»Haben wir.«

Die Frau schaute mich an, lächelte entspannt, war nicht der Meinung, ich sei jemand anderes als der, für den sie mich hielt.

»Magst du uns auftun?«

Ich füllte die Teller der Kinder und der beiden Frauen mit Paella aus der Steingut-Schüssel in der Mitte des Tisches und schaltete mich in die Unterhaltung ein, stellte dabei fest, dass auch ich Spanisch sprach.

»Das sieht gut aus«, sagte ich.

Die Frau lächelte.

»Danke.«

Ich sah die Kinder an, während ich ihnen Reis auf die Teller schaufelte.

»Ihr drei habt Glück.«

Ich stellte mir vor, dass diese Menschen meine Familie waren – sie alle schienen mich zu kennen, schienen mir freundlich gesinnt zu sein. Solange ich bei dieser Vorstellung blieb, hielt ich es für möglich, eine Unterhaltung zu führen. Mir war indes nicht klar, ob ich in dieser Situation Vater oder Großvater war, ich sah allerdings, dass meine Hände nicht die eines jungen Mannes waren. Sie waren rissig, Adern zeichneten sich unter der Haut ab. Ich fuhr mir mit der Hand durchs Haar, das sich oben auf meinem Kopf dünn anfühlte, und ich fragte mich, zu wem mich das machte, wie alt ich war, welche Rolle ich an diesem Tisch spielte. Dann sagte eines der Kinder am Tisch »Papa« zu mir. Ich bemühte mich um Konversation, erzählte auf gut Glück von einem Arbeitstag in einem Büro, breitete langweilige Interna aus, die ich mir allesamt ausdachte, wissend, dass niemand es bemerken würde, weil das Schlimme an Büros ja ist, dass sie alle gleich sind, weltweit gibt es die immer gleichen Intrigen und Streitereien.

»Den halben Vormittag habe ich mich mit einem Papierstau herumgeärgert.«

»Oh, das ist furchtbar«, antwortete die Frau, die meiner Vermutung nach *meine* Frau sein musste.

»So frustrierend. Man bittet jemanden, es in Ordnung zu bringen, aber das dauert und dauert. Am Ende habe ich selbst mit angepackt, dabei habe ich von so was ja überhaupt keine Ahnung. Aber im Grunde weiß sowieso keiner, wie der Kopierer genau funktioniert.«

»Du sagst es. Hat dir das Mittagessen geschmeckt?«

»Fantastisch.«

Sie lächelte.

Mir war nicht klar, ob meine Frau ihre Tage damit verbrachte, mir das Mittag- und Abendessen zuzubereiten, oder ob auch sie zur Arbeit ging, also versuchte ich vorsichtig, so viel wie möglich herauszubekommen.

»Wie war denn dein Tag?«, fragte ich.

Sie zuckte die Achseln.

»Ach, gut. Ich habe jede Menge zu korrigieren.«

Eine Lehrerin. Ich war erleichtert. Denn auch im Lehrerberuf gibt es ja weltweit ähnliche Stressfaktoren und Enttäuschungen. Ein weiteres Gesprächsthema also, bei dem man sich ohne viel Mühe durchmogeln konnte.

»Tut mir leid.«

»Es geht schon.«

»Wie lange ist es jetzt noch bis zum Ende des Schuljahrs?«

Die Frau schaute mich irritiert an.

»Wie meinst du das? Es hat gerade erst begonnen.«

»Ich weiß!«, sagte ich, versuchte verzweifelt, meine Ahnungslosigkeit zu vertuschen. »Ich wünschte nur, es wäre jetzt schon zu Ende.«

Darüber lachte sie und ich schien noch einmal davongekommen zu sein.

»Wenn das Schuljahr zu Ende ist, fahren wir in die Ferien«, sagte das Mädchen zu meiner Rechten.

Ich wandte mich ihr zu, lächelnd.

»Das werden wir. Und wohin fahren wir?«

Das Mädchen sprang erregt vom Stuhl.

»Disneyland!« Ich schaute meine Frau an, um zu sehen, ob diese Idee elterliche Zustimmung fand. Sie lächelte und rollte mit den Augen.

»Vielleicht.«

Das Mädchen blieb hartnäckig.

»Du hast es versprochen, Papa. Du hast es versprochen.«

»Hab ich?«, fragte ich. Meine Frau eilte mir zur Hilfe, ohne auch nur zu ahnen, dass ich nicht wusste, ob ich etwas der Art jemals versprochen hatte.

»Wir haben gesagt, wir würden darüber nachdenken, richtig? Und das werden wir auch tun. Wenn ihr euch in der Schule anstrengt und gute Noten bekommt und wir uns die Reise leisten können, dann werden wir hinfahren.«

»Ich will aber nicht mit wem anders im Zimmer schlafen«, sagte der ältere Junge.

»Vielleicht werden wir sogar alle in einem Zimmer schlafen, wer weiß«, sagte ich.

In diesem Augenblick gab die ältere Frau am anderen Ende des Tisches ein spöttelndes Geräusch von sich und schob den Teller von sich weg. Meine Frau bemerkte es ebenfalls.

»Alles in Ordnung, Mama?«, fragte sie.

Die alte Frau hob den Blick, schaute uns beide an.

»Ihr verwöhnt sie, wisst ihr das eigentlich?«

»Tun wir das?« Ich spürte, wie meine Frau verkrampfte, wie sie in die Defensive ging. Vielleicht war das eine Auseinandersetzung, die ständig stattfand und die sie nicht schon wieder führen wollte.

»Ihr verwöhnt sie in einem fort.«

»Ich denke, Familien können in die Ferien fahren, oder etwa nicht?«, sagte meine Frau.

»Vielleicht können sie das. Ich jedenfalls war nie weg in den Ferien, aber was weiß ich schon.«

»Es hätte uns womöglich gut getan.«

Das brachte die Frau auf – meine Schwiegermutter – und sie drehte sich auf ihrem Stuhl ihrer Tochter zu.

»Willst du damit sagen, wir hätten nicht genug für dich getan?«

»Nein, Mama, das will ich nicht damit sagen. Fang keinen Streit an. Wir versuchen hier, unser Abendessen zu genießen.«

Die alte Dame mokierte sich erneut.

»Natürlich tun wir das. Und es schmeckt auch wirklich ausgezeichnet.«

Ganz offenkundig nahm meine Frau hier eine versteckte Botschaft war.

»Danke«, sagte sie, vorsichtig, auf der Hut vor dem, was als Nächstes kommen würde.

»Das sollte es auch, wo es schließlich mein Rezept ist.«

Ich befand, ich sollte es versuchen und mich ebenfalls beteiligen.

»Und es ist ja auch ein tolles Rezept«, sagte ich, »und sehr gut zubereitet.«

Meine Schwiegermutter schüttelte den Kopf, nahm die Gabel zur Hand und setzte ihr Abendessen fort.

Als wir fertig waren, wies ich die Kinder an, den Abwasch zu machen, und erhob mich zusammen mit meiner Frau vom Tisch. Ihre Mutter stand ebenfalls auf und ging hinein, wortlos. Sie lief schleppend und es war klar ersichtlich, dass sie schlimme Arthritis in den Beinen hatte. Wir gingen hinaus auf den Rasen.

»Du ärgerst dich über sie«, sagte ich.

Meine Frau lachte gequält.

»Du weißt doch, wie es ist«, sagte sie.

»Du machst das gut mit ihr.«

»Es ist einfach so traurig, sie so zu sehen. So alt und wie sie sich verschließt und immer bitterer wird dem Leben gegenüber. So war sie früher nicht.«

»Die Menschen verändern sich im Alter.«

»Ich wünschte, ich könnte sie überzeugen, dass es auch noch schöne Dinge im Leben gibt.«

»Die Zeit mit ihren Enkeln.«

»Genau.« Voller Zustimmung wandte sie sich mir zu und sah mir in die Augen. »Aber sie verbringt keine Zeit mit den Kindern. Es ist traurig, dass Vater tot ist, aber das ist kein Grund dafür, alles aufzugeben.«

Also war sie verwitwet. Vielleicht war sie deshalb bei uns eingezogen. Sie war plötzlich auf sich allein gestellt gewesen und erschüttert vor Kummer, und meine Frau hatte sich schuldig gefühlt, weil ihre Mutter nun allein in dem Haus herumklapperte, das sie einst mit ihrem Mann geteilt hatte.

»Vielleicht braucht es einfach Zeit, bevor sie wieder in der Lage ist, Freude zu empfinden. Bevor sie das Gefühl hat, sie darf das wieder.«

Die Frau beugte sich vor, um an einer Blüte der gelben Rose zu schnuppern, die an der Seite des Hauses hinaufkletterte.

»Ich weiß es nicht, vielleicht. Ich wünschte mir allerdings, sie würde sich beeilen. Es ist anstrengend, sich die ganze Zeit um sie zu bemühen und jeden Abend doch das Gefühl zu haben, man müsse sich für irgendetwas entschuldigen. Wenn man nie weiß, was man verbrochen hat.«

»Nun, das kann ich dir sagen«, antwortete ich.

Sie sah mich an, überrascht.

»Tatsächlich?«

»Ja. Du bist noch hier und dein Vater nicht. Das ist schwer für sie. Du erinnerst sie an ihn. Sie würde das selbst nicht so formulieren, da bin ich sicher, aber für sie ist es schwierig, dich zu sehen und daran erinnert zu werden, wie es war, als du noch jung warst.«

Die Frau nahm sich einen Moment, um darüber nachzudenken.

»Ja«, sagte sie schließlich. »Es ist immer schwer, sich an die Zeit zu erinnern, als man noch jung war, oder? Und daran, als alles anders war. Und wenn man trauert, ist das noch schmerzvoller.« Dann lachte sie.

»Was ist so lustig?«

»Ich musste gerade an ein Stück Kirchenmusik denken«, sagte sie. »Als ich klein war, habe ich immer *Mitten wir im Leben sind mit dem Tod umfangen!* gesungen, und ich hatte keine Ahnung, was die Worte bedeuteten, nicht so richtig jedenfalls. Und dann schafft man es so weit durchs Leben, Jahre und Jahre später, und längst singt man nicht mehr mit anderen, und endlich bekommen die Worte einen Sinn. Endlich versteht man, was sie bedeuten. Ist das nicht wunderbar? Eine kleine Lektion, so lange in der Erinnerung vergraben, bis man bereit ist, sie anzunehmen.«

So ging es weiter. Ein ganzes Leben lang. Ich tauchte in Nepals größtem Flughafen auf, als das Gebäude gerade unter Granatenbeschuss der nepalesischen Armee stand, die dabei war, gewaltsam eine Revolution zu unterdrücken. Saß auf den Malediven in Haft, wobei ich per Schnellboot von einem Gefängnis zum nächsten gebracht wurde, damit die Menschenrechtsorganisationen mich nicht lokalisieren konnten. Stand als Edgar in einer Produktion des *König Lear* auf der Bühne und hatte das Gefühl, mir bliebe das Herz stehen, als ich die Worte sagte: »Wer kann sagen, schlimmer kann's nicht werden (…) 's Schlimmste ist noch nicht erreicht, solang man sagen kann, das ist das Schlimmste.« Und ich sah zu, wie Gloucester, mein Vater, auf die Bühne kam, mit Kopfverband, nachdem man ihm die Augen herausgerissen hatte, auf der Suche nach den Klippen von

Dover, um sich hinabzustürzen in den Schlaf und die Vergebung des Vergessens, und mit kalter Klarheit wurde mir bewusst, dass ich selbst dort gewesen war – ich hatte genau das getan, mich von diesen Klippen gestürzt, gespürt, wie der Wind an mir gezerrt hatte, wie zur Strafe. Und ich sah zu, wie Gloucester auf die Bühne humpelte, auf einen alten Stock gestützt, und fühlte mich genau wie er. Hatte das Gefühl, als hätte man auch mir die Augen genommen.

Von Zeit zu Zeit meinte ich für kurze Momente meine Frau zu sehen. In einem fremden Land sank ich schockiert und entsetzt auf die Knie, als mir jemand eine Statue von ihr zeigte. Doch noch während ich schaute, schien der Stein zu schmelzen und sie in Bewegung zu geraten und auf mich zuzukommen – aber ich verlor das Bewusstsein, wurde ohnmächtig vor Angst davor, was da geschah, und als ich wieder zu mir kam, war sie verschwunden. In einer weiteren Welt wischte ich die Turnhalle einer Schule mit schmutzigem Wasser, lauschte, wie die Geräusche, die ich produzierte, von den Wänden zurückprallten. Einmal fand ich mich sogar in der Siedlung wieder, wo ich mit ihr gelebt hatte, und rannte in angsterfülltem Erkennen auf das Gebäude zu, das einst unsere Zuflucht gewesen war. Ich überquerte eine Straße, ohne darauf zu achten, wohin ich lief. Ein Lieferwagen erwischte mich und als ich wieder erwachte, war ich wiederum in einer anderen Welt. Die Dinge verschworen sich gegen mich, um mich von meinem alten Leben fernzuhalten, und es gab ausschließlich Momente wie diese, flüchtige Blicke.

Hin und wieder sah ich auch andere Menschen, die ich gekannt hatte, bevor die Dinge aus dem Ruder gelaufen waren. Ich erinnere mich, wie ich bei einer Beerdigung in der ersten Reihe saß, trüber Stimmung und in einem dunklen Anzug, und mich fragte, wo ich war, als ich nach einem Blick auf den Liederzettel plötzlich realisierte, dass es meine Mutter war, die dort im Sarg lag: Ich war also bei der Beerdigung meiner Mutter anwesend. Einmal, als ich bei einem Testspiel im Lord auf den billigen Plätzen saß, meinte ich, meinen Vater auf der anderen Seite des Stadions zu sehen. Es gab sogar einen Abend, an dem ich mich, unerklärlicherweise, mit einem alten Schulfreund betrank. Das war womöglich die eigenartigste Szene, mit der ich mich je auseinandersetzen musste, weil sie auf so unheimliche Weise etwas von einer Rückkehr nach Hause hatte. Er wusste, wie ich hieß, und redete, als sei mit mir alles in bester Ordnung, als sei ich nicht verschwunden.

»Die Sache, das Problem ist, dass die Leute vollkommen anders gedacht haben, als wir aufwuchsen, oder nicht? War ja nicht so, als hätten wir das gedacht, was man heute so liest, und uns einfach nicht drum geschert. Jung zu sein, als wir jung waren, bedeutete, komplett anders zu denken, hab ich recht?«

»Absolut.« Ich spielte mit.

»Ich meine, ich hab ja nicht den ganzen Winter über die Heizung laufen lassen, weil mir der Klimawandel egal gewesen wäre, oder? Ich hab sie laufen lassen, weil ich sie hab laufen lassen – ich hab über den Klimawandel überhaupt nicht nachgedacht.«

»Korrekt.«

»Das hätte ich aber tun sollen. Jetzt verstehe ich das. Aber damals hat mir niemand was davon gesagt, weil die Welt eben nicht die war, die sie heute ist.«

»Genau.«

»Und das versteht eben keiner. Man kann über niemanden urteilen, dessen Leben man nicht gelebt hat. Man kann letztendlich niemanden verurteilen. Weil man nie weiß, was der Hintergrund ist, welche Maßstäbe gelten. Im Laufe der Jahre habe ich meine Meinung bei so vielen Dingen komplett ändern müssen. Nicht, weil ich Vorurteile hatte. Und auch nicht, weil ich ein Schwachkopf war. Sondern einfach, weil ich auf eine Weise erzogen wurde, die nicht mehr dem entsprach, wie die Welt die Dinge sah, also musste ich mich anpassen. Ich meine, Frauen die Tür aufzuhalten, galt mal als etwas Gutes, oder etwa nicht? Jetzt empfinden das manche als Affront.«

»Wirklich?«

»Manche Frauen fühlen sich tatsächlich angegriffen, wenn man ihnen die Tür aufhält. Ich finde es immer noch vollkommen in Ordnung, halte es für höflich, aber ich kenne Leute, die das abfällig kommentieren. Und dann musste ich lernen, dass Schwule okay sind. Du wirst dich erinnern, als wir aufwuchsen, hat uns niemand gesagt, es wäre in Ordnung, schwul zu sein. Und um ehrlich zu sein, hat das gedauert, bis ich es kapiert habe, weil man gewöhnt sich an eine bestimmte Denkweise, oder etwa nicht, ist richtig festgefahren bei den Dingen. Mittlerweile habe ich mich dran gewöhnt, dass ich falschlag, und kann das einsehen. Weil es schon immer falsch war, jemanden wegen seiner Hautfarbe runterzumachen, oder etwa nicht, das war noch nie in Ordnung.«

»Nein.«

»Und beim Schwulsein ist das nicht viel anders. Es geht einfach darum, wer man ist. Wie mit der Hautfarbe. Man muss den Menschen sehen, darum geht‘s, hab ich recht?«

»Absolut.«

»Ich denke, das Problem mit den Leuten, die uns erzogen haben, die Generation unserer Eltern und wahrscheinlich aller Generationen davor, ist, dass sie einfach voller Angst waren.

Weil man nicht so häufig und so weit reisen konnte, oder etwa nicht, selbst vor vierzig Jahren noch nicht. Niemand hatte also wirklich viel von der Welt gesehen. Und daher gab es diese, na ja, diese Angst vor der Welt, vor allem, was nicht so war wie man selbst. Aber das hat sich geändert, wir lassen das hinter uns. Weil wir ganz unterschiedliche Sachen gesehen haben.«

»Stimmt, sicher.«

»Wie auch immer. Denkst du, Palace wird dieses Jahr absteigen?«

Wir leerten sechs Pints zusammen, redeten über alte Zeiten, über Jobs, Ehe, Todesfälle und Kinder – er schien zu wissen, dass ich nie Kinder gehabt hatte – und als der Barmann uns rauswarf, verließen wir gemeinsam den Pub und ich sah ihn nie wieder, weil die Welt um mich herum sich wieder einmal verwandelte und mein Freund verschwunden war. Ich fühlte mich verlassen an jenem Abend, als ich einen Schlafplatz unter einem Orangenbaum fand, in Süditalien, so jedenfalls meine Vermutung. Einen Augenblick lang hatte ich zu hoffen gewagt, nach Hause zurückkehren zu können, und der Schmerz war immer dann am schlimmsten, wenn ich Hoffnung zuließ.

Manchmal wurde ich auch in die Vergangenheit katapultiert. Ich erinnere mich, wie ich in den Anfangstagen des Englischen Bürgerkriegs im belagerten Basingstoke zu mir kam, inmitten der Soldaten vor den Befestigungsanlagen von Basing House saß und zuschaute, wie die Kanonen die Mauern beschossen. Ich wusste, wir würden sie nie durchbrechen können, nicht nur wegen der Größe der Festung vor uns, sondern auch weil ich wusste, was in den Geschichtsbüchern stand. Und ich war ebenfalls dabei, als Owen Glyndwr mit seiner Belagerung die Engländer aus Harlech Castle vertrieb – ich gehörte zu den zwanzig

Mann, die sich schließlich ergaben und den Burgfried verließen, ausgezehrt und besiegt, damit er sich an dem Ort niederlassen konnte, der zum Herzstück seiner kurzen Regentschaft werden sollte.

Es begann mit fürchterlichem Hunger. Einer Benommenheit und einem nagenden Schmerz und einer Schwäche in den Beinen. Ich stand im Schutz einer gigantischen Mauer, in Sicherheit vor dem Regen, und sah hinauf zu den Zinnen, neben mir ein weiterer Mann. Sein Gesicht war verhärmt und eingefallen, seine Haut von einer fahlblauen Farbe und als ich ihn ansah, wurde mir klar, ich musste genauso aussehen, weil er die äußerlichen Symptome all dessen zeigte, was ich empfand. Der Mann musterte mich unablässig.

»Ist es heute?«, fragte er. Ich antwortete nicht. Ich wusste nicht, was ich sagen sollte. Aber das war ihm Antwort genug, so schien es. Er nickte und setzte sich in Bewegung. »Los, komm mit«, sagte er.

Ich folgte ihm eine gewundene Steintreppe hinauf und dann hinaus auf den gefährlichen und schmalen Steg ganz oben auf der Festungsmauer und dort war es, dass ich begriff, ich befand mich in Harlech. Ich schaute hinaus aufs Meer vor uns und hatte das sichere Gefühl, schon früher einmal hier gestanden zu haben. Heute ist das Meer einen guten Kilometer weiter entfernt als zu Glyndwrs Zeiten und dort, wo ich unter mir Wellen brechen und auslaufen sah, gibt es einen Golfplatz. Aber ich wusste, ich war tatsächlich hier gewesen, als Kind in den Ferien, und hatte hier gestanden und versucht, in die Ferne zu blicken, und war mir nicht sicher gewesen, was ich sah. Schweigend stand ich neben dem anderen Mann und wir beobachteten, wie die Wellen brachen und in sich zusammenfielen.

»Es hätte nicht so kommen dürfen«, sagte er. »Dass ein einziger walisischer Prinz in der Lage ist, England in die Knie zu zwingen. Man wird uns verwünschen deswegen. Diese Schande wird uns auf ewig verfolgen. Er hat Harlech in all seiner Stärke in die Knie gezwungen und eigentlich hätte die Anzahl unserer Männer reichen müssen, ihm Paroli zu bieten. Wie ist es dazu gekommen? Wie konnte das passieren?«

Ich sagte noch immer nichts. Irgendwie hatte ich das Gefühl, nicht das Recht dazu zu haben. Ich hatte nicht das durchgemacht, was dieser Mann offenbar durchgemacht hatte, auch wenn mich jetzt ebenfalls der Hunger plagte. Solange ich bei ihm war, teilte ich seinen Schmerz. Er fuhr zu sprechen fort.

»Unser Fluch wird sein, man wird uns vergessen«, sagte er. »Ich hatte gedacht, das würde Glyndwrs Schicksal sein. Ein Aufstand der Lehnsherren, rasch niedergeschlagen, sodass man schon bald meint, er habe niemals stattgefunden. Und weiter geht's mit England, immer weiter. Aber das ist nicht passiert. Hier stehen wir und man hat uns besiegt – wir sind nun Teil *seiner* Geschichte geworden, nicht unserer eigenen.«

»Wie meinst du das?«

Er drehte sich um und zuckte mit den Schultern.

»Nie wird man von den Männern sprechen, die Harlech Castle verteidigt haben. Harlech wird bloß der Ort sein, den Glyndwr einst erobert hat. Zu Lebzeiten wird man uns verwünschen und nach unserem Tode allesamt vergessen. Die Regeln des Krieges sind unerbittlich. Es muss einen Gewinner geben und einen Verlierer und der Verlierer geht vollständig leer aus.« Er wandte sich ab und schaute wieder hinaus auf das Meer. Ich stand neben ihm, schwieg, blickte in den grauen Himmel und spürte, wie wir vom Wind gebeutelt wurden. Nach einer Weile wandte er den Blick ab und trat den Rückweg zum Bergfried an.

»Komm«, sagte er. »Ich werd's den anderen sagen.«

»Bist du sicher, dass es heute ist?«

Er antwortete nicht. Wir kamen in einen düsteren Raum voller verhungerter Männer, die die Köpfe auf die Hände gestützt und die Beine an die Brust gezogen hatten. Es war ein Raum, in dem kein Feuer prasselte, wahrscheinlich weil, so nahm ich an, der Holzvorrat bereits seit Langem aufgebraucht war. Der Mann, dem ich folgte, stand in der Mitte des Raums und schaute in die Runde der zusammengekauerten Gestalten.

»Es ist Zeit«, sagte er. Dann ging er ab und ich folgte ihm nicht. Ich blieb bei den halbtoten Männern, den gräulichen, müden Männern, die sich in dem dunklen, übelriechenden Raum zusammendrängten, um warm zu bleiben, und sich fragten, was nun geschehen würde. Nach einer halben Stunde kehrte der Mann, mit dem ich hinauf zu den Zinnen gestiegen war, zurück.

»Sie sind so weit«, sagte er. »Sie haben unsere Kapitulation akzeptiert. Wir müssen rauskommen, damit sie hineinkönnen.«

»Was wird mit uns geschehen?«, fragte ein Mann, der mit dem Rücken an der Wand gegenüber der Tür lehnte.

»Wer weiß? Vielleicht wird man uns hier als Gefangene halten. Vielleicht wird man uns aber auch gestatten fortzugehen, damit wir uns ein Obdach suchen können und die Neuigkeit verbreiten, dass Harlech nun in Glyndwrs Besitz ist.«

Darauf sagte niemand etwas. Der Mann, der unser Anführer zu sein schien, verließ erneut den Raum und nun standen alle auf, einer nach dem anderen, und gingen hinaus, um hinter dem Burgtor Aufstellung zu nehmen, sich dabei gegenseitig in die Hacken tretend, blass und abwartend. Ich zählte die Köpfe vor mir. Zwanzig Mann standen herum, zwanzig arme Seelen, die tot und namenlos und vergessen sein würden, noch bevor man ihre Existenz auch nur zur Kenntnis nehmen konnte. Die Welt dreht sich derart schnell, und ebenso schnell verschlingt sie die Menschen. Der Anführer gab nun ein Signal und zwei der Männer traten vor, um das Tor zu öffnen, und während es sich hob, sahen wir die walisischen Soldaten, die schweigend auf uns warteten. Ihre Gesichter ließen keinerlei Regung erkennen, es waren versteinerte Mienen harter Männer, die zwanzig Soldaten ausgehungert hatten, weil sie deren Burg nicht mit Gewalt hatten einnehmen können. Schier eiserner Wille erwartete uns jenseits des Tors. Wir gingen auf sie zu. Aber als ich durch das Tor schritt, veränderte sich die Welt ein weiteres Mal, erinnere ich mich, und plötzlich lag ich in einem Krankenhausbett, in einem blitzblanken modernen Krankenhaus, und ich zitterte und sah überall im Zimmer grelle Farben wie Geister, Dinge, die dort gar nicht sein konnten. Und einer der Geister beugte sich über mich und dann kam ein Stethoskop aus der Luft und ich spürte die Kühle auf meiner Brust und dann verlor ich das Bewusstsein. Das war eines der Male, als ich starb, denke ich. Ich glaube, in dem Moment war ich ein Mann, der mit Delirium tremens im Krankenhaus lag, woran mehr Leute sterben, als man annehmen würde. Vor meinen Augen hüpften Lichter, wie wenn Licht durch die Blätter eines Baumes dringt, eines tanzenden Baumes.

Zusammengekauert in einem Schützengraben hockend, kam ich wieder zu mir, die Stiefel im nassen Schlamm versunken, die Füße brandig, und der Gestank, der von ihnen ausging, drehte mir den Magen um. Ich spürte, wie sich das Gewebe vom Knochen löste, rissig und faserig wie alter Stoff. Ich nahm Hunger in meinem Körper wahr, Schwäche, so als hätte ich seit Tagen nichts gegessen. Ich schaute mich um und sah zu beiden Seiten Männer in langen Reihen. Sie trugen die unverwechselbaren Uniformen der Britischen Armee im Ersten Weltkrieg. Der junge Mann gleich neben mir – er war kaum mehr als ein Junge – war blass vor Angst.

»Ich glaube, ich muss mich übergeben.«

»Das wird schon wieder«, sagte ich, weil mir nichts anderes einfiel und weil ich nicht wusste, welche Schlacht uns womöglich in Kürze bevorstand. »Jetzt dauert es nicht mehr lange.«

»Das ist es ja gerade«, antwortete er und lächelte trotz allem. Ich spürte, wie sich meine Beine verkrampften, dadurch wie wir seitlich im nassen Schlamm des Schützengrabens hockten, aus dem eine Leiter hinauf an die Erdoberfläche und in den Tod führte. Ich fragte mich, wie lange wir schon hier waren, in dieser Weise im Graben kauerten.

»Ich bekomme Krämpfe in den Beinen«, sagte ich.

Der Junge nickte. Dann schien ihm ein Gedanke gekommen zu sein.

»Hältst du es für wahrscheinlich, dass es einen Gott gibt?«, fragte er mich.

Ich überlegte, was ich sagen sollte.

»Wieso fragst du?«

»Na ja, ich glaube, ich hab's nie so genau gewusst. Hab die Kirchenlieder gesungen und den Talar angezogen und alles einfach hingenommen, aber nie so richtig darüber nachgedacht. Und wenn ich's recht bedenke, wirklich dran geglaubt habe ich nie. Nur an den Ritus.« Er dachte darüber einen Moment lang nach. »Heute allerdings wünschte ich, es gäbe einen Gott«, sagte er.

»Warum?«

»Wenn ER existieren würde, hätte ich eine Vorahnung, glaube ich, sollte ich sterben. Verstehst du, ich glaube, man würde spüren, wenn es so weit ist. Und ich fühle gar nichts – das hier fühlt sich bloß wie ein weiterer Morgen an, mit Hunger und Angst. Entweder bedeutet das also, es gibt keinen Gott … oder aber es bedeutet, ich überlebe.«

Die Gelegenheit, noch mehr dazu zu sagen, bekam er nicht. Eine Trillerpfeife ertönte im Graben und ein weiterer junger Mann, der ebenfalls eher wie ein Junge aussah, aber die Uniform eines Offiziers trug, fixierte uns mit seinem Blick und legte die Hände an die Leiter.

»Also dann, Männer«, sagte er, wobei seine Stimme bebte. »Die Leiter hoch, und wenn wir oben sind, Reihen schließen. Dann marschieren wir. Nicht rennen, bis wir die andere Seite erreichen, verstanden?« Mir wurde bange ums Herz. Vielleicht waren wir an der Somme oder befanden uns in irgendeiner anderen Schlacht, aber ich wusste, wozu jede einzelne davon im Ersten Weltkrieg geführt hatte: Gleich würden um mich herum tausende junger Männer sterben. Während ich mir noch der Situation bewusst zu werden versuchte, packte der Offizier bereits die Leiter und wuchtete sich aus dem Graben hinaus nach oben. Der Junge, der auf Gottes Existenz hoffte, folgte ihm nach, und dann war ich an der Reihe. Ich erreichte die Erdoberfläche und konnte bereits hören, wie vor uns Kugeln wie Wespen schrillend einschlugen, wie Morast dort hochspritzte, wo sie in den Boden bissen. Wir bildeten eine Formation. Ich fühlte mich hohl, einzig erfüllt von der Trauer um diese Männer um mich herum, die sterben würden. Das Gesicht des Offiziers war weiß vor Angst, er blickte die Linie entlang und pfiff einen Mann zurück, der zu schnell vorstieß.

»In der Formation bleiben jetzt, bleibt in der Formation!« Wir liefen los und das Licht des frühen Morgens ließ auf dem Boden die Stellen auf drastische Weise plastisch hervortreten, wo die Erde von der Gewalt dieses Krieges aufgewühlt und durchgepflügt worden war, wo Blut und Schlamm sich zu etwas Neuem vermengt hatten, einem neuen Element. Man hätte ein Stück davon nehmen und den Tod in Händen halten können. Ich hörte und spürte rechts von mir einen plötzlichen Schlag und drehte mich um und sah, dass der Schaft meines Gewehrs verschwunden war, sauber abgetrennt durch einen Schuss. Die Kugeln vom gegenüberliegenden Schützengraben wussten nun, wie weit sie fliegen mussten, und kamen näher. Ich hörte einen weiteren Einschlag zu meiner Linken und blickte mich um. Der Junge, mit dem ich eben noch gesprochen hatte, fiel nach vorn, der Kopf war säuberlich vom Rumpf getrennt. Der Offizier prüfte weiterhin die Linie, schrie uns zu, aufzuschließen, in der Formation zu bleiben. Und ich marschierte. Ich drehte mich nicht um und rannte weg. Ich marschierte vorwärts, weil es das war, was so viele vor mir getan hatten, und es schien die einzige Möglichkeit zu sein, sich ihnen gegenüber anständig zu verhalten – nicht sich umzudrehen und einfach zu fliehen, unbesehen des Wahnsinns, in dem ich gefangen war. Wir sahen den gegenüberliegenden Schützengraben. Immer mehr von uns starben, aber wir liefen weiter. Wir erreichten den Stacheldraht und kämpften uns durch und begannen zu feuern. Im Laufen überprüften wir unsere Bajonette. Wir erreichten den Rand des anderen Schützengrabens und stiegen hinab in die Hölle.

Ich glitt durch die Welt, durch die Zeit, bis eine Art Schwindel vollständig von mir Besitz ergriff, bis ich mich kaum noch auf etwas wirklich einlassen konnte. Sie können sich nicht vorstellen, wie viele Leben ich gelebt habe, in wie vielen Welten ich aufgewacht bin. Und ich wünschte, es hätte mein Leben bereichert, die Wahrheit aber ist, dass es für mich nicht diesen Effekt hatte. Seit dem Augenblick, als all dies begann, habe ich eher das Gefühl, zu einem Stein geworden zu sein, schwer und leblos, während die Welt ein Fluss ist, dessen Oberfläche ich flüchtig streife, in den ich aber nicht eindringen kann. Es ist mir offenkundig verwehrt, am Leben teilzuhaben. Ich kann lediglich kurze Blicke darauf werfen, flüchtig hineinschauen und Momente erleben, aber nichts wirklich Entscheidendes festhalten. Und das gibt mir das Gefühl, tot zu sein. Es fühlt sich an, als zeige sich mir die ganze Welt ausschließlich in Erinnerungen oder Träumen, es ist, als ob mein realer Körper nicht derjenige sei, in dem ich lebe, sondern sich irgendwo anders befindet, als würde er irgendwo anders liegen, tief unter der Erde in irgendeinem Sarg, und würde all diese Erinnerungen abspulen, bis der Vorrat an Geschichten erschöpft ist.

Die schlimmsten Momente sind für mich, wenn ich mich Menschen nah fühle oder ihre Liebe spüre. Ich bin neben fremden Frauen aufgewacht oder Frauen, die mir nur vage bekannt vorkamen, und habe Liebe in ihren Blicken gesehen, ohne überhaupt ihre Namen zu kennen, und es bricht mir jedes Mal das Herz, weil es dafür sorgt, dass ich mich nur noch weiter entfernt fühle von dem Traumbild jener Frau, die ich einst liebte, die Frau, die ich einst verlassen habe. Ich habe in Pubs und auf Terrassen mit anderen Männern gesungen, Bier getrunken und Kameradschaft erlebt, nur um die Szenerie wieder zu verlassen und keinen dieser Menschen je wiederzusehen. Ich habe Kinder auf dem Schoß gehabt, wissend, es hätten eigentlich meine eigenen sein sollen, und ihre Verletzlichkeit gesehen und das Leben und die Liebe, die sie in sich trugen, und das Bedürfnis, ebenfalls geliebt zu werden, und dabei nichts empfunden, keine Verbindung, nur das Gefühl, sie zu betrügen, während ich sie auf mir herumklettern ließ wie auf einem abgestorbenen Baum. Beim Sex wurde ich von der Absurdität dieses Lebens überwältigt, meines Geisterlebens, und war nicht in der Lage, der Person, mit der ich zusammen war, in die Augen zu schauen. Mitten im Leben habe ich mich tot gefühlt.

Und wie ein immerwährender Refrain wiederholten sich Phasen des Wartens. Mir fiel auf, dass ich mich in diesen Träumen, durch die es mich hindurchschleuste, häufiger damit als mit irgendetwas anderem beschäftigte. Das ist natürlich in vielen anderen Leben auch so, in so vielen normalen Leben. Wir alle verbringen derart viel Zeit in Wartebereichen vor Behandlungszimmern, in der Schlange in der Kantine, auf Eis gelegt, in Erwartung. Für sehr viele Menschen spielt sich das Leben in Erwartung ab, worauf genau, weiß ich nicht genau. Aber auf mich wirken die Menschen immer so, als würden sie auf etwas Bestimmtes warten – auf diese Weise arrangieren sie sich mit den Dingen, nehme ich an. Den Demütigungen, die an ihnen nagen. Wieder und wieder habe ich mich auf Schalensitzen aus Plastik vor einem Raum wiedergefunden, gemeinsam mit anderen, die aussahen wie ich, neben Männern und Frauen, die auf ihre Hände starrten, bis jemand Junges hereinkam, der auf ein Klemmbrett glotzte und sie aufrief, sie aus dem Fegefeuer des Plastikstuhls erlöste. So oft bin ich drangenommen worden und war erleichtert, ohne überhaupt zu wissen, um was man mich erleichtert hatte. Und ohne auch nur im Entferntesten aus dem Fegefeuer erlöst worden zu sein, das den Mittelpunkt meines Lebens ausmacht – dieses Umherirren, dieses endlose Entfremdetsein von jeglicher Erzählung, die all die Szenen meines Lebens zu einem sinnhaften Ganzen verbinden könnte. Das hat mich nie verlassen. Ich warte noch immer darauf, dass dieses Gefühl verschwindet.

Das ist, was aus meinem Leben wurde nach der Nacht, in der ich den Faden verlor. Und so ging es weiter. Es passierte einfach immer und immer wieder – ich erlebte mein Leben nicht als einen einzigen Strom, der durch mich hindurchfloss, sondern als verschiedene Ströme, zwischen denen ich hin- und herwechselte, einen kurzen Atemzug eines Lebens nach dem nächsten, aber nie das Ganze, nie das Eigentliche. Einige Leben besuchte ich nur für Augenblicke, andere tauchten immer wieder auf wie Titelmelodien, einige dauerten nur Sekunden an, andere Wochen. Und nie wusste ich, was als Nächstes kommen würde. So ging es dreißig Jahre lang weiter oder mehr, eine merkwürdige Geschichte nach der nächsten, ähnlich wie ein Feuer Formen an die Wand wirft, die sich stets wiederholen, aber doch immer anders sind, ähnlich der Strukturen, die man in einem Kaleidoskop sieht, endlose Variationen, bei dem ein fremdes Bild auf das nächste folgt. Dieses eigentümliche, seekranke Gefühl, den Faden verloren zu haben, wurde zu meinem Leben, und selbst jetzt, nachdem so viel Zeit vergangen ist, ist es noch immer das, was mein Dasein ausmacht. Vor einer halben Stunde nur, bevor ich in diese Bar kam, bin ich in einer vollkommen anderen Welt gewesen. Würde man in diesem Moment mein Leben rückwärts abspielen, würde man sehen, wie ich meinen Drink wieder ausspucke, aufstehe und dann, den Kopf vom Licht abgewandt, aus der Tür marschiere und direkt in einem Gartenschuppen lande, irgendwo in einer regnerischen Stadt. Dort bin ich gewesen, bevor ich Ihnen begegnete. Trug mehrere Pullover übereinander wie jemand, für den es normal ist, bei schlechtem Wetter draußen zu sein. Ich wachte auf und befand mich zusammengekauert in einem Schuppen in irgendjemandes Garten. Es gab ein Fenster und ich schaute hinaus und sah in der Ferne auf einem Hügel einen Hochspannungsmast aufragen. Ich saß eine Weile da, fühlte mich müde, zerschlagen, und mir taten die Knie weh, weil ich auf meinen verdrehten Beinen hockte, und bei der Kälte waren mir die Glieder steif geworden. Ich lauschte dem Regen auf dem Schuppendach, mein liebstes Geräusch, seit ich denken kann, tatsächlich eines der wenigen Dinge auf der Welt überhaupt, die mir ein Gefühl von Sicherheit geben. Wenn ich dem Regen lausche, wie er auf ein Dach über mir fällt, weckt das, egal wo ich bin, Kindheitserinnerungen, Erinnerungen daran, wie ich mich in Gewächshäusern verstecke und dem Regen lausche, oder, noch früher sogar, daran, wie ich in einem Kinderwagen herumgeschoben werde, über mir eine wasserdichte Hülle, auf die sanft der Regen trommelt. Ich liebe dieses sichere Gefühl. Ich glaube, es erinnert mich daran, wie es sich anfühlt, geliebt zu werden. Es ist lange her, seit ich das gefühlt habe oder dieses Gefühl für jemand anderen hatte. Nicht, dass ich je aufgehört hätte, meine Frau zu lieben – aber seit wir auseinandergegangen sind, sind Jahrzehnte vergangen. Sie würde mich nicht wiedererkennen, nehme ich an.

Das war das Härteste, während all die Jahre ins Land zogen. Nach einer Weile – es ist wirklich merkwürdig, an was man sich gewöhnt – stellte ich fest, dass es mich gar nicht mehr so sonderlich interessierte, in welchem Leben ich als Nächstes landen würde. Und dass die Sache auch Vorteile hatte. Offenbar musste ich nie Geld verdienen oder irgendwelche Rechnungen bezahlen. Ich hüpfte in Leben hinein und wieder heraus, wo all das von selbst ging, scheinbar war ich also von einem Großteil der alltäglichen Plackerei befreit. Das mag sich anhören, als klammere ich mich an einen Strohhalm, dennoch ist das ein Privileg, denke ich. Bloß gewisse Augenblicke eines Lebens leben zu müssen, und zwar solche, in denen man augenscheinlich von Alltagsdingen befreit ist. Also nie den Abwasch machen zu müssen, das Kleinklein zwischendurch. Die Welt dreht und dreht sich und doch klammere ich mich bis heute an diesem Gedanken fest, ganz egal, wie merkwürdig und ungewöhnlich meine Geschichte auch sein mag. Das eine aber, das nie besser wurde, ist das starke Gefühl, meine Frau zu vermissen.

Die ersten paar Jahre, nachdem es passiert war, schlief ich oft schlecht. Erlebte regelmäßig Zusammenbrüche. Ich versuchte mir Methoden auszudenken, wie ich sie wiederfinden könnte. Wollte per Anhalter zu der Wohnung fahren, die wir bezogen hatten, als alles begann, oder einfach ihre Nummer wählen oder einen Brief schreiben. Aber aus irgendeinem Grund funktionierten meine Pläne nie. Die Szene wechselte, bevor die Verbindung hergestellt wurde, bevor ich die richtige Stadt erreichte oder es schaffte, eine Briefmarke zu kaufen. Das Schicksal wollte, dass wir getrennt waren, und ich konnte es nicht überlisten. Nach den ersten paar Jahren begann ich, diese Realität anzuerkennen. Sehr deutlich erkannte ich nun, da ich sie verloren hatte, dass sie mein Ein und Alles gewesen war: mein ganzes Leben, mein Sinn. Ich war einfach jung gewesen, naiv, hatte nicht begriffen, welche Richtung mein Leben nahm. Mir war nicht einmal aufgefallen, dass das Leben Muster bildet, denen wir uns alle irgendwann anpassen – mit fünfundzwanzig war ich noch immer der Meinung, ich könne sein, wer ich wolle. Und alles tun.

Sie hat mir so vieles beigebracht, als sie schon längst nicht mehr bei mir war, und das hat intensive Trauer bei mir ausgelöst, weil ich wünschte, ich wäre erwachsen genug gewesen, als wir noch zusammen waren, dass ich es hätte langsamer angehen lassen können in meinem Leben und ihr mehr Zeit schenken und zuhören. Aber das sind die Fehler, die wir alle machen, wenn wir jung sind, denke ich. Und so verlieren wir die ganze Zeit, die wir mit unseren Lieben hätten verbringen können, nur weil wir zu ehrgeizig sind. Ich habe dafür in meinem Leben womöglich einen sehr viel höheren Preis zahlen müssen als andere. Schon eigenartig, wenn man es recht bedenkt. Sehr lange Zeit war ich der Meinung, das will ich gestehen, es laste eine Art Fluch auf mir. Jetzt aber, wo ich älter werde, denke ich immer häufiger an die Welten zurück, die ich gesehen habe, und beginne mich zu fragen, ob es nicht auch ein Segen war.

Die Erinnerungen, die ich habe, hege und pflege ich. Wie über einen Stein, den man in der Hosentasche aufbewahrt, fahre ich den ganzen Tag lang mit dem Daumen darüber. Sie bedeuten mir alles. Mich über die Jahre wieder und wieder mit ihnen zu beschäftigen, hat in mir trotz allem ein Gefühl von großem Glück heranwachsen lassen. Denn auch wenn mir vielleicht nicht so viel gemeinsame Zeit mit meiner Frau vergönnt war, wie ich mir gewünscht hätte, so habe ich sie dennoch kennengelernt. Und habe die Jahre bekommen, die wir gemeinsam verbracht haben. Das *war* mir vergönnt und das ist nicht nichts. Denn sie war eine außergewöhnliche Frau, die Frau, die ich geheiratet habe. Sie war sehr lebendig und sehr feinfühlig und sehr schön, und ich schätze mich sehr glücklich, sie gekannt zu haben, und ihr so nah gewesen zu sein, wenn auch nur einen Moment lang. Und wäre mein Leben anders verlaufen, würde ich das womöglich nicht so deutlich erkennen können. Unsere Flämmchen wären vielleicht einfach verloschen, bis wir schließlich nichts mehr füreinander empfunden hätten. Sie wird die Sache letzten Endes gut überstanden haben, denke ich. Sie wird mich aufgegeben und ihr Leben fortgesetzt haben. Es wird wehgetan haben und ich wünschte, es wäre nicht passiert, aber das ist es, sodass ich nur hoffen kann, sie hat nach mir ihren Weg gemacht und ist wieder glücklich geworden.

Entschuldigen Sie, ich habe ganz schön lange geredet, oder? Ich habe sehr lange geredet. Ich erzähle diese Geschichte nie. Ich denke immer, es wird mir eh niemand zuhören, geschweige denn glauben. Sie wissen, wie es ist. Ein Mann, schon etwas älter, allein. Da bleiben die Leute auf Abstand. Und in dem Augenblick, wo man den Mund aufmacht, um ihnen solch eine Geschichte zu erzählen, sind sie gleich davon überzeugt, man sei verrückt, also stehen sie auf und verziehen sich schnellstmöglich, bevor man sie niedersticht oder was weiß ich. Tut mir leid. Aber manchmal begegnet man jemandem und hat das Gefühl, es gebe da ein Stück Leben, das gemeinsam gelebt werden will, ist Ihnen das auch schon passiert? Als müssten Dinge gesagt und gehört werden. Ich weiß nicht, ob das wirklich so ist, aber diese Begegnungen sind etwas, wonach ich im Laufe der Jahre gelernt habe, Ausschau zu halten. Wenn man lebt wie ich, fliegen die meisten Menschen einfach an einem vorbei – man sieht sie kaum. Unmöglich, dass einer von ihnen einem etwas bedeutet. Aber hin und wieder sind mir Menschen begegnet, die wie Magneten waren. Oder Flammen. Menschen, die die Fähigkeit hatten, mich in dem spiraligen Strudeln meiner Reise zu verlangsamen, und bei den Gelegenheiten, wenn sich unsere Wege kreuzten, habe ich immer das Gespräch mit ihnen gesucht.

Manchmal haben sie mir geholfen, etwas länger an einem Ort zu verweilen. Und das ist wichtig, einfach um mal durchzuatmen. Es hilft mir, Bilanz zu ziehen und zu verstehen, wo ich bin.

DREI

»Laß dem, der Grund für all das war, das Recht,
Dir soviel Kummer abzunehmen, wie
Er selber schultern kann.«

William Shakespeare: *Das Wintermärchen*

SIXPENNY WOODS *ist ein dunkler Waldabschnitt auf der Grenze zwischen Wiltshire und Dorset, durchzogen von einer Landstraße, die im Laufe der letzten Jahrzehnte immer wieder Schauplatz tödlicher Unfälle gewesen ist. Manche glauben, es lebe dort ein Geist. Überlebende von Unfällen berichten davon, wie eine Frau zwischen den Bäumen hervorgestürzt sei, als sie die Stelle passierten, so als habe sie sich vor den Wagen werfen und dafür sorgen wollen, dass sie ausscherten und die Kontrolle über ihr Fahrzeug verloren. All diese Leute berichteten übereinstimmend, von der Frau habe jede Spur gefehlt, nachdem ihr Wagen jeweils zum Stehen gekommen war. Die Geschichte ist im Zuge dieser eigentümlichen Sichtungen dahingehend ins Kraut geschossen, dass der Wald von einer Frau heimgesucht werde, die es darauf abgesehen habe, Menschen anzulocken, um inmitten der Bäume nicht so allein zu sein, einer Frau, die aus dem Nichts auftauche und die Vorbeifahrenden erschrecke, damit diese anhielten und ihr Gesellschaft leisteten. Ob irgendetwas Wahres an der Sache ist, weiß niemand. Es könnte sein, dass die Schatten, die die Bäume werfen, einem Dinge vorgaukeln, oder dass in der Nähe eine Frau wohnt, die es darauf anlegt, Schaden anzurichten, oder dass in der Nähe eine Frau wohnt, die schwer aus dem Gleichgewicht ist und so um Hilfe ruft. Es könnte aber auch sein, dass in den Wäldern ein Geist lebt, der einfach nicht mehr allein sein will.*

AMNESIE. Der Tanz des Vergessens. Der Verlust von Dingen. Die Verlagerung der Identität. Die Bestätigung des Verdachts, den man sein ganzes Leben lang gehegt hat, dass die Welt bloß ein Traum ist, eine Art Nebel, der sich um einen herum gebildet hat – ein Verdacht, der sich schließlich bewahrheitet, wenn sich der Nebel lichtet und man nur nach einem Gespenst greifen kann.

EINFRIEDUNG. Nachdem Dad gegangen war, hatte Mum niemanden. Auch wenn wir es versucht haben, waren mein Bruder, meine Schwester oder ich ihr natürlich kein adäquater Ersatz. Die Nähe einer Mutter zu ihrem Kind ist nicht dieselbe Nähe wie zu der Person, mit der sie das Bett und ihr ganzes geheimes Leben teilt. Nicht besser oder schlechter, einfach anders. Mitunter versuchte ich für meine Mutter die Rolle des Partners einzunehmen, wodurch sich bei mir ein seltsamer, befremdlicher Druck aufbaute. Manchmal fühlte es sich so an, als wolle Mum zu viel. Jeden Tag, wenn ich nach Hause kam, wollte sie alles ganz genau wissen und musste dann ihrerseits bis ins letzte Detail loswerden, was ihr Tag so gebracht hatte, sich im Reden erleichtern. Ich bedauere zutiefst, dass das eine Last war, die ich nicht schultern konnte, dass ich ihr nicht mehr habe helfen können.

Nachdem ich zu Hause ausgezogen war, besuchte ich sie, wenn ich konnte, aber wir sind uns nie wieder richtig nah gekommen, und ich hatte stets das Gefühl, mir gelang es nicht so ganz, wirklich vorbehaltlos zu ihr durchzudringen. Sie mauerte sich in ihrem Cottage auf dem Land ein, im Nirgendwo, mauerte sich ein in einem Leben, in dem es nicht noch jemanden brauchte. Was daraus resultierte, so mein Eindruck, war eine Art halbes Leben, in dem sie das Alleinsein damit bezahlte, keinerlei Emotionen zuzulassen, sich alles, was sie empfand, vom Leibe zu halten. Als sie im Sterben lag, war das Schlimmste für sie, dass alle darauf bestanden, sie ein letztes Mal zu besuchen. Sie erzählte mir, wie sie in ihrem Cottage saß und die Türklingel fürchtete, das Klopfen oder das Telefon, das letzte Hallo oder den Stand-der-Dinge-Anruf. Sie kam mit den Gefühlen nicht zurecht, die diese Begegnungen mit sich brachten, die ihnen anhafteten wie Stiefelsohlen Schlamm.

Ich verstand haargenau, warum Mum die Freundlichkeit verabscheute, die die Leute ihr im Jahr ihres Todes entgegenbrachten. Ich hatte genau das gleiche Leben geführt wie sie, meine Zeit damit verbracht, vollständig zu verschwinden. Und ich wusste aus erster Hand, dass es nicht funktionierte: Im Schwebezustand zu leben, betäubte gar nichts, nichts wurde dadurch weniger heftig empfunden. Es half nichts, sich hinter Mauern vor den Dingen zu verstecken – letztendlich zeigte sich darin bloß die Angst vor dem Leben. Aber wir versteckten uns, das war es, was wir taten. Wir redeten uns beide ein, uns zu schützen. Tatsächlich aber hatten wir einfach Angst und führten deshalb halbe Leben. Wie die Mutter, so die Tochter.

Nachdem Mum gestorben war, kam ich ins Nachdenken, und über sie nachzudenken, half mir zu begreifen, was auch mir widerfahren war. Wir hatten uns an der Welt verbrüht und waren zurückgewichen. Das hatte uns dazu verdammt, Leben zu führen, die kaum mehr als ein langes Innehalten vor dem Tod waren. Ein Exil, bevor wir nach Hause konnten. Und es brach mir schier das Herz, weil es zu spät zu sein schien, daran noch irgendetwas zu ändern.

TRANSIENTE GLOBALE AMNESIE. Eine spezifische Störung der Gedächtnisinhalte, bei der sich eine Person an einen früheren

Zeitpunkt ihres Lebens zurückversetzt sieht. Alles scheint stimmig bis in kleinste Detail. Die Person meint, diesen Augenblick erneut zu erleben, hat den Eindruck, dem Stress und den Anforderungen des Moments noch einmal ausgesetzt zu sein. Wenn ein Gedächtnis zwischen den Jahren hin- und herhuschen kann, könnte ein ordentlicher Schock dann nicht vielleicht dafür sorgen, dass es auch in andere Körper transferiert wird?

Meine Verblüffung wuchs, während ich zuhörte, wie der Fremde mir gegenüber seine Geschichte erzählte. Zunächst fesselte mich, was er sagte. Ich war ich vom Klang seiner Stimme gefangen und vollzog jede Wendung der Geschichte mit. Dieses unglaubliche Abenteuer schien für ihn eine Art Traum zu sein und es war faszinierend, zuzusehen, wie er eine Episode nach der nächsten hervorholte. Aber während er so erzählte, verlor ich nach und nach den Glauben daran, dass auch nur irgendetwas davon tatsächlich stattgefunden hatte. Mir kamen Zweifel, ob dieser merkwürdige, verlorene Mann seine Geschichte auch nur einigermaßen richtig zusammenbekam. Je länger ich seiner Erzählung lauschte, umso mehr stellte ich alles infrage. Schließlich war es unmöglich – was er beschrieb, konnte schon rein physikalisch nicht passiert sein, weshalb ich mir sicher war, dass es nichts war, was er tatsächlich gesehen hatte, dem er da wieder Leben einhauchte. Er erschuf. Denn die Geschichte starrte nur so vor Ungereimtheiten. Nichts von dem, was er sagte, entsprach ganz der Wahrheit. Und doch war mir, als hätte ich Teile davon schon einmal gehört: Während er erzählte, begann ich mich vage an einen Zeitungsbericht über eine Cannabis-Farm zu erinnern, die man in Wiltshire entdeckt hatte. Dort zwang man Kinder zur Arbeit, die von Menschenhändlern aus

Vietnam hergebracht worden waren. Und ich erinnerte mich an eine Geschichte über einen Taxifahrer in Swindon, der mit jungen Frauen in die Wälder gefahren war. Und an einen Artikel über einen Bruder und eine Schwester, die samt der Asche ihrer Eltern von den Klippen von Dover gesprungen waren, weil niemand ihnen half und sie nicht wussten, wie sie irgendjemandem von den Schwierigkeiten erzählen konnten, in denen sie steckten. Hatte er womöglich dieselben Artikel gelesen? Hatte er womöglich seine Geschichte davon ausgehend weitergesponnen, die Leben anderer als das eigene ausgegeben? Oder wusste er womöglich nicht, wo die eine Geschichte endete und die andere begann, weshalb er vom einen Leben ins nächste glitt an den Abhängen, im finsteren Dickicht seiner Vorstellung? So musste es sein. Nichts von alledem konnte ihm wirklich selbst zugestoßen sein.

Und dennoch wusste ich mit kalter und schwindelerregender Sicherheit, dass auch, wenn sich all diese Tragödien nicht genauso wie berichtet abgespielt haben konnten, die Geschichte, die er mir erzählte, im Kern irgendwie doch der Wahrheit entsprach. Denn die Sache war – ich sträubte mich erst dagegen, aber akzeptierte die Wahrheit dann doch rasch –, die Sache war, dass ich die Frau war, die er verlassen hatte. Ich war die Ehefrau, zu der er nie zurückgekehrt war.

Ich wusste nicht, wie ich mich verhalten sollte, als ich begriff, welche Rolle ich in der Geschichte spielte, wohin ich schauen und ob ich es ihm sagen sollte. Er vermied die meiste Zeit über Blickkontakt, während er sprach, war in Erinnerungen versunken – sollte ich ihn unterbrechen? Ich konnte es nicht. Und ich wusste auch nicht, was ich empfand. Zu viele Emotionen bekriegten einander in meinem Kopf.

Es war zugleich schockierend und merkwürdig, mich in seiner Geschichte wiederzufinden, so als schlüpfe man in einen Traum. Aber hier war ich, war noch einmal mit der Auseinandersetzung konfrontiert, die derart entscheidend für mein Leben gewesen war, verlor noch einmal den Menschen, mit dem zusammen ich ein Leben hatte aufbauen wollen. Es war furchtbar, den grauen Mann mir gegenüber anzuschauen und mich an den jungen Mann zu erinnern, den ich gekannt hatte, Spuren seines früheren Selbst zu erkennen, als er sprach, Echos jenes Mannes, der verschwunden war. Des Mannes, den ich geliebt hatte. Mir war übel, ich war ängstlich und aufgeregt, ich stand unter Schock, fühlte mich betrogen und wütend.

Ich war einige Kilometer südlich von der Bar aufgewachsen, in der wir saßen, hatte dann nach der Schule Wiltshire in Richtung London verlassen, um dort meinen Weg zu finden. Bald darauf schon hatte ich den Mann kennengelernt, der mir jetzt gegenübersaß. Die Dinge nahmen den Verlauf, den sie bei jungen Menschen nehmen – wir schliefen miteinander und wir verliebten uns, was auch immer das heißt, und ein paar Jahre später heirateten wir und begannen ein gemeinsames Leben. Teilten uns einen Traum. Ich war einundzwanzig und der Meinung, die Welt würde sich ewig drehen.

»Werden wir Kinder haben?«, fragte ich ihn eines Nachts, so erinnere ich mich, als wir ineinander verschlungen im Bett lagen.

»Möchtest du das denn?«

»Mehr als alles andere.«

Er lächelte.

»Dann werden wir Kinder haben.«

»Wie viele?«

»Wie viele möchtest du?«

»Weiß nicht. Nicht nur eins. Eins ist einsam.«

»Also zwei.«

»Oder drei. Zwei könnten auch einsam sein.«

»Meinst du?« Er wirkte überrascht und stützte sich auf dem Ellbogen ab, um mich anzusehen.

»Ja, ich denke, auch zu zweit kann man einsam sein.«

»Fühlst du dich manchmal einsam mit mir?«

»Manchmal.«

»Warum?«

»Ich weiß nicht. Fühlst du dich nie einsam mit mir?« Ich fragte mich, ob ich etwas Merkwürdiges gesagt hatte, etwas Falsches. Aber dann lächelte er.

»Schön wär's.«

»Was soll das denn heißen?«

»Du lässt mich ja verdammt noch mal nie in Ruhe.«

»Gar nicht wahr!«

»Ich wünschte, ich hätte Zeit, um einsam zu sein.«

»Du wirst bald jede Menge Zeit haben, wenn du so weitermachst.«

Wir sagten daraufhin eine Weile lang nichts. Unsere Hände berührten den Körper des anderen, unsere Beine waren ineinander verflochten. Wir lagen da und spürten die Wärme des anderen, fühlten uns einander nah.

»Manchmal einsam zu sein, ist gut, glaube ich«, sagte er.

»Ja?«

»Dann fallen einem Dinge ein.«

»Aber nicht zu oft.«

»Nein.«

»Sonst hätte man ja nie jemanden, mit dem darüber reden könnte, was einem so einfällt.«

Es schien, als hätten wir unendlich viel Zeit zu reden und ineinander verschlungen dazuliegen, stattdessen endete das mit uns so plötzlich. Mit fünfundzwanzig war ich bereits wieder allein und die Jahrzehnte, die seither vergangen sind, haben mir eine andere Seite des Lebens gezeigt. Die kalte Schulter.

Der Mann, den ich geheiratet hatte, der Mann, dem ich nun bei einem Glas Wein in der Bar des *The Bear* zuhörte, war Schauspieler gewesen, als ich ihn kennengelernt hatte, gelähmt und halb irre vor Ehrgeiz, genauso wie er es in der Geschichte beschrieben hatte. Ich war beeindruckt von der Tiefe seiner Selbsterkenntnis. Als ich ihn das letzte Mal gesehen hatte, hatte er die nicht besessen.

SPRUNG. Die letzte Tat eines Verzweifelten. Die erste Tat eines Mutigen. Oftmals beides gleichzeitig, bei genauem Hinsehen.

Ich verbrachte jene erste Nacht nach seinem Verschwinden wütend und verwirrt, war mir sicher, er war in den Pub marschiert und dort einer Frau begegnet, dann mit ihr nach Hause gegangen, um mich zu kränken. Erst am Abend darauf bekam ich es mit der Angst zu tun. Ich kam von der Arbeit nach Hause und bemerkte, dass er in die Wohnung zurückgekehrt war. Er hatte eine Tasche mit Kleidung und ein zweites Paar Schuhe mitgenommen – was den Eindruck erweckte, er würde eine ganze Weile lang fort sein. Damals gab es natürlich noch keine Mobiltelefone, weshalb die einzige Möglichkeit, die mir einfiel, ihn zu kontaktieren, war, am nächsten Morgen seinen Agenten anzurufen. Der peinlich berührte Mann, der sich um die Karriere meines Gatten kümmerte, hörte sich meine Geschichte über den Streit an, die zwei Nächte, die wir nun getrennt voneinander verbracht hatten, die Tasche mit Kleidung, die der Verschwundene mitgenommen hatte, und sagte, er würde ihm etwas ausrichten, sobald mein Mann sich melde. Einige Tage später bekam ich einen Brief. *Versuch nicht, Kontakt zu mir aufzunehmen. Ich kann gerade nicht sprechen.*

Ab da war ich auf mich allein gestellt.

Einige Monate später reichte er die Scheidung ein, schickte mir die Unterlagen mit einem Vermerk: *Wir haben einen Fehler gemacht. Ich habe keine Kapazitäten für einen anderen Menschen in meinem Leben. Das ist eine große Schwäche, ich weiß, aber so ist es, und ich habe eingesehen, dass ich es nicht ändern kann. Liebling, mein Herz ist einfach zu klein, es tut mir leid.* Zu dem Zeitpunkt schlief ein anderer Mann bei mir in der Wohnung, weil ich jemanden bei mir haben wollte, mich allein so furchtbar fühlte, und er bot an, meinen Mann aufzuspüren und ihm den Schädel einzuschlagen. Aber ich sagte, er solle es auf sich beruhen lassen. Ich unterschrieb die Formulare. Die Sache schwelte zwischen unseren Anwälten, braune Umschläge gingen hin und her, bis dann, nachdem einige Zeit schleppend ins Land gezogen war, ein Brief eintraf, in dem stand, es sei vorbei. Die schockierende, scharfkantige Klarheit, mit der er unsere Leben getrennt hatte, ließ mich glauben, dass das Ganze kein Unfall gewesen war und es aussichtslos gewesen wäre, mit ihm zu reden. Er hatte das Gefühl, einen Fehler gemacht zu haben, und im Lichte dessen sah ich für uns beide keine andere Möglichkeit als die, uns aus dem Weg zu gehen. Ich schrieb ihm, um ihn zu informieren, ich würde die Wohnung verkaufen und die Hälfte des Geldes einbehalten, wie es mir zustand. Dagegen erhob er keinen Einspruch. Vier Monate nachdem wir uns zum letzten Mal gesehen hatten, packte ich meine Habseligkeiten in

Kisten und zog zurück nach Wiltshire, und dort bin ich bis heute geblieben.

Zunächst war ich am Boden zerstört. Der Schock, dass mich jemand hatte loswerden wollen und das auch so leichthin hatte tun können, hinterließ ein Gefühl der Taubheit und Leere. Genau wie bei dem, was mir am Anfang meiner Geschichte widerfahren war. Und ich hatte es in keiner Weise kommen sehen. Natürlich war ich unglücklich über unsere Streitereien, aber alle Paare stritten sich, dachte ich, und wenn ich mit den Frauen sprach, die ich von der Arbeit kannte, pflichteten sie mir bei. Aber sie meinten wohl eine andere Art von Streit. Ich denke, ihnen war nicht klar, wie es bei uns war. Die einzige Erklärung, die mir dafür einfällt, warum die Dinge auseinanderbrachen, ist die: Wir haben uns bemüht, uns zusammenzuraufen wie andere Leute auch, in Wahrheit aber fielen unsere Kämpfe viel schlimmer aus, viel verzweifelter.

In dem ersten Jahr, nachdem er mich verlassen hatte, sah ich schon bald den Weg vor mir, den ich nehmen würde, sollte ich mich dafür entscheiden, seinetwegen den Verstand zu verlieren. Auch so ein merkwürdiger Ausdruck, »den Verstand verlieren«. Man verliert sich ja als Ganzes, nicht nur einen Teil von sich, wenn man in Trauer abgleitet, in den Wahnsinn. Ich sah klar vor mir, wie das gehen könnte. Hier und dort ein paar Drinks mehr, ein Abschotten von anderen Menschen, ein vollständiger Rückzug in mich selbst, eine obsessive Beschäftigung mit der Vergangenheit, nicht aber mit dem, was um mich herum geschah, und ich hätte ziemlich leicht und schon nach kürzester Zeit den Bezug zur realen Welt verlieren können. Und es gab Momente, in denen ich zuließ, dass das passierte. Aber gleichzeitig erkannte ich den Ausweg aus alledem. Die Chance, dass ich über meine Scheidung und meinen Fehlstart hinwegkommen, mein Leben fortsetzen und Glück finden konnte. Ich konnte unmöglich Liebe empfunden haben, was auch immer das bedeutete, ich musste noch zu jung gewesen sein, um wirklich zu verstehen, was geschah, und hatte deswegen die Dinge überstürzt, Abzweigungen verpasst. Ich musste mich schon früher verloren haben und dort lag meine Chance, wieder in die Spur zurückzufinden. Ich arbeitete sehr hart an dem Glauben, dass ich keine wirkliche Liebe empfunden hatte.

Und wer kann schon sagen, dass es nicht so war? Was bedeutet dieses Wort überhaupt? Im Laufe der Zeit kam ich zu der Überzeugung, dass es nichts zu betrauern gab, da es zwischen uns nie irgendetwas Wahrhaftiges gegeben hatte. Ich sagte mir, zu lieben bezeichne die Tätigkeit, eine andere Person, die bei einem war, einen aktiven Teil des Lebens bildete, fortwährend an einem selbst teilhaben zu lassen. Etwas, das sich im Jetzt permanent vollzieht, nicht in der Erinnerung, jetzt. Wenn das stimmte, konnte das nicht Liebe sein, was ich empfand. Und dann war auch der Schmerz, den ich litt, nicht echt. Mittels solcher Überlegungen gelang es mir, den Kummer hinfort zu imaginieren. Immer wieder sagte ich mir, dass ich keine Liebe empfand. Abgesehen von der zu den Vögeln, die sich vor meinem Fenster versammelten, und der zum Sonnenlicht, das morgens durch die Jalousie fiel, und zu den Dingen, die mich umgaben, täglich präsent und unmittelbar waren, im Jetzt. Die Zeit verstrich also und ich kam langsam über ihn hinweg. Die Zeit verstrich und mitunter war mein Weg holprig und ich nehme an, ein Laie würde bezweifeln, dass ich nie irgendeiner Form des Wahnsinns anheimfiel, weil ich im Laufe der Jahre doch ziemlich häufig mit Psychiatern zu tun hatte, doch einige Zeit in

Krankenhäusern verbracht habe. Entscheidend aber ist, ich erholte mich. Ich krabbelte aus der Grube, in die man mich gestoßen hatte, so empfand ich es, und darauf war ich stolz. Das genügte mir.

In den langen Jahren, seit er mich verlassen hatte, war er hin und wieder kurz in mein Blickfeld gehuscht und wieder verschwunden. Ich sah ihn im Fernsehen oder hörte seine Stimme in einem Hörspiel im Radio und wurde zurückversetzt zu diesem Fehlstart in London, den Jahren, in denen ich gedacht hatte, mein Leben sei dabei zu wachsen, die ich dann aber hatte wegwerfen müssen, so als hätte es sie nie gegeben. Es erschütterte mich und brachte mich aus der Fassung, wenn ich darüber nachdachte, was er mit dem Rest seines Lebens angefangen hatte, dieser ganzen Zeit, die ich, so hatte ich einmal gedacht, mit ihm hätte teilen sollen. Aber letzten Endes entwickelte sich wie bei den meisten Menschen seine Karriere nicht so, wie er es sich gewünscht hatte, und so hörte ich im Laufe der Zeit immer weniger von ihm, als die Engagements zunehmend ausblieben.

An diesem Tag, dem Tag, an dem wir uns wiederbegegneten, war es bereits Jahre her, seit ich ihn das letzte Mal gesehen hatte, glaube ich, und er vermittelte den Eindruck, als habe ihn sein Weg im Laufe der Zeit womöglich auch zu einer Reihe von Psychiatern und in Krankenhäuser geführt. Er war hochgradig wahnhaft, verloren in einem selbstfabrizierten Traum. Mir waren im Laufe der Jahre einige solcher Leute begegnet, in Warteräumen und Behandlungszimmern. Ich fragte mich, ob auch er heute in der Bar des *The Bear* saß, weil er einen Termin im Green Lanes gehabt hatte. Ich hörte ihm zu und hatte das Gefühl, als würde der Boden unter mir wegsacken. Mein Körper pochte und brannte vor Lebendigkeit, da er hier saß und von alldem sprach. Ich war tief bewegt und voller Angst wie jemand, der einen Albtraum hat, sich in der Gewalt eines Traumes befindet.

Was ich nicht wusste und was ich verzweifelt zu ergründen versuchte, war, ob er mir diese Geschichte erzählte, weil er wusste, wer ich war. Ob diese bemerkenswerte Öffnung seines Herzens als eine versteckte Entschuldigung oder Erklärung gemeint war oder ob er mich überhaupt nicht erkannte und einfach nur daherredete, Geständnisse ablegte, heiße Luft produzierte. Ich forschte in seinem Gesicht nach Anhaltspunkten, während er sprach, aber er schaute mich weiterhin kaum an. Er war ganz darauf konzentriert, die Dinge zu formulieren, diesen Bericht über sich zu verfassen. Es fiel ihm sichtlich schwer und kostete ihn seine ganze Kraft. Sein Blick, der von Zeit zu Zeit hochschnellte, um meinen zu erwidern, hatte etwas Vorsichtiges an sich, etwas Gejagtes. Er war es natürlich nicht gewöhnt, dass man ihm Glauben schenkte, er war es gewöhnt, ausgelacht zu werden. Aber ich hätte nicht sagen können, ob er wusste, wer ich war. Der Gedanke, dass er mich womöglich nicht erkannte, tat weh, aber ich konnte mir ohnehin nicht sicher sein. Als er mit seiner Geschichte geendet hatte und sich auf dem Stuhl zurücklehnte, einen tiefen Seufzer ausstieß, so als habe das Erzählen in ihm das Gefühl eines schwerwiegenden Verlustes hinterlassen, hatte ich nicht die geringste Ahnung, wie ich herausfinden könnte, was er wusste und was ihm noch nicht klar war.

WIEDERHERSTELLEN. Etwas schützen oder retten. Eine Haut nachwachsen lassen, die Nervenenden schützt. Wieder etwas füh-

len zu können, ohne dass es brennt. Wiederaufblühen, neues Leben sprießen lassen, Wurzeln schlagen. Durch die Hölle gegangen sein.

»Das ist eine beeindruckende Geschichte«, sagte ich zu ihm.

Er lächelte.

»Schon in Ordnung. Niemand nimmt sie mir je ab.«

»Ich habe nicht gesagt, ich würde sie Ihnen nicht abnehmen. Ich wollte bloß sagen, Sie haben ganz schön viel durchgemacht.«

»Sie glauben mir also?«

»Ich würde denken, es gibt da unterschiedliche Arten, jemandem Glauben zu schenken, denken Sie nicht?«

»Wie meinen Sie das?«

»Nun, Sie haben sicher im Laufe der Jahre viel über all das nachgedacht. Und Sie verstehen das Ganze sicher auch wesentlich besser als ich. Aber unsere individuelle Sicht der Dinge entspricht nicht immer der ganzen Wahrheit, oder? Etwas kann wahr sein, wenn wir es als wahr empfinden, aber oft gibt es eben auch noch andere Wahrheiten, denken Sie nicht?«

Er nickte daraufhin und an dem Leuchten in seinen Augen konnte ich erkennen, dass er freudig erregt war, dass er erwartet hatte, ich würde ihn auslachen für das, was er erzählt hatte, und es gab ihm Hoffnung, dass ich das nicht getan hatte. Wenn jemand anders ihm glaubte, würde er es womöglich auch selbst tun können.

»Ich denke, da haben Sie recht.«

»Ihr Leben mag also für andere Leute, für Passanten, nicht so ausgesehen haben, wie Sie es beschrieben haben. Aber das heißt ja nicht, dass es sich für Sie nicht so angefühlt hat.«

»Ich denke, auch damit liegen Sie unbedingt richtig.«

»Sie sind es nicht gewöhnt, dass sich die Leute die ganze Geschichte anhören, oder?«

Er lachte.

»Niemand schenkt Leuten wie mir ein offenes Ohr, nein. Wir machen die Menschen nervös. Wenn man nicht aufpasst, endet man eines Tages womöglich so wie wir, so ihre Sorge.«

»Und das heißt was?«

»Einen Sprung in der Schüssel zu haben. Tagsüber zu trinken.«

»Ich trinke auch tagsüber.«

»Schon, aber Wein – sich mit Wein zu betrinken hat mehr Klasse.«

Wir mussten beide grinsen.

»Sehen Sie das denn auch so? Dass Sie einen Sprung in der Schüssel haben?«

»Jeder hat das, denke ich.«

»Wie meinen Sie das?«

»Keiner sieht die ganze Welt. Niemand sieht das wahre Wesen der Dinge. Jeder sieht nur seine eigene Version davon.«

»Glauben Sie?«

»Hören Sie Jazz?«

»Manchmal. Nicht richtig.«

»Stellen Sie sich vor, die Welt wäre der beste Song, der je geschrieben wurde. Keine Ahnung, welcher das wäre – stellen Sie sich vor, die Welt wäre ›My Funny Valentine‹, etwas in der Richtung. Im Jazz nun behauptet nie jemand, es existiere so etwas wie die definitive Version von ›My Funny Valentine‹. Es gibt bloß die Versionen unterschiedlicher Leute und damit gut, denn das ist es, was die Leute erwarten, so ist Jazz. Niemand wird je alles aus ›My Funny Valentine‹ herausholen, damit fertig werden, sich den Song vollständig erschließen. Er wird niemals abgeschlossen sein, weil immer wieder jemand auftauchen wird, der ihn anders interpretiert. Und so ist das mit der Welt auch. Warum sollte es nur eine definitive Art geben, die Welt zu betrachten? Ich denke, die Welt besteht aus allen, die in ihr sind und ihre Interpretationen der Dinge vortragen, Dinge, die sie niemals vollständig erschließen können.«

»Ich verstehe.«

»Die Sache beim Jazz, die Sache, worauf die Leute aus sind, die Jazz hören, ist Intentionalität. Haben Sie das Wort schon mal gehört?«

»Nein.«

»Es ist wie – es ist so etwas wie der persönliche Ansatz, denke ich. Die Art, wie man ›My Funny Valentine‹ angeht, der Zugriff. Ich drücke mich nicht verständlich aus. Verstehen Sie, was ich meine?«

»Es geht um die eigene Auslegung.«

»Genau. So in der Art, ja. Aber wenn man selbst nicht weiß, was man sagen will, ist die eigene Auslegung der Dinge auch eher Wischiwaschi. Wenn man über Intentionalität verfügt, weiß man, was man denkt.«

»Und Sie glauben, dass Sie das in Bezug auf ihr Leben haben, dass Sie da Intentionalität haben?«

Er lachte dröhnend, was mich vollkommen überraschte.

»Nein, nein. Ich glaube, niemand hat je weniger davon besessen als ich. Ich wollte gerade sagen, genau das ist es, was ich verloren habe, glaube ich, vor langer Zeit. Und dass es das ist, wonach auch alle anderen suchen.«

»Ah, verstehe. Jetzt verstehe ich, was Sie meinen.«

Er lehnte sich auf dem Stuhl nach vorn und sah mich an und ich fragte mich, ob dies nun der Moment war, wo er sich mir offenbarte, zugeben würde, dass er sich erinnert hatte, wer ich war.

»Ich habe die Fähigkeit verloren, die Dinge selbst zu gestalten. Das Einzige, was ich in den letzten was weiß ich wie vielen Jahren wirklich gelernt habe, war, meinen Hut festzuhalten, während ich wie eine Flipperkugel von einem Tag zum nächsten geschossen wurde, mitunter auch wieder zurück, während ein andermal plötzlich Dutzende dazwischen fehlten. Mir ist bewusst, das Leben hat für viele Leute mehr Zusammenhang als für mich. Andere haben Pläne, die sie verfolgen, und in allen Szenen ihres Lebens tauchen dieselben Figuren auf. Während ich in meinem kaum jemanden jemals wiedersehe. Ich lerne ausschließlich Eintagsfliegen kennen. Und womöglich stellen Sie sich das lustig vor, den Menschen nur für einen Augenblick zu begegnen und den nächsten Tanz immer jemand anderem zu schenken, weil alles im Hier und Jetzt geschieht, alles stets neu ist, aber ganz so ist es in der Realität nicht. Weil niemand einen gleich bei der ersten Begegnung an sich heranlässt. Ich bin nie jemandem nahegekommen. Eine ganze Ewigkeit nicht, nicht, seit ich meine Frau zum letzten Mal gesehen habe. Ich weiß nie, was anderen durch den Kopf geht, und mich lernt auch niemand wirklich kennen. Weiß der Himmel, wann ich zuletzt jemandem so viel von mir erzählt habe – überaus freundlich übrigens, dass Sie mir zuhören. Auch wenn ich weiß, dass wenn einer von uns irgendwann den Raum verlässt, es mich erneut in eine andere Welt verschlagen wird.«

»Wie, glauben Sie, könnten Sie es schaffen, dass sich die Dinge für Sie anders anfühlen?«

»Sollte es eine Methode geben, das zu erreichen, habe ich die Chance, sie zu finden, vor langer, langer Zeit vertan, denke ich. Es sei denn, ich würde den Weg zurück in die Geschichte finden, in der ich ganz zu Anfang war, bevor alles durcheinanderging.«

Ich spürte Übelkeit in meinem Magen aufsteigen, Hitze in den Handflächen, an den Wangen, mein Puls raste.

»Welche Geschichte meinen Sie?«

»Na ja, die Geschichte mit meiner Frau, zu der ich nie zurückgefunden habe. Aber das Problem ist, man kann nicht einfach in der Zeit zurückgehen, nicht wirklich. Niemand kann zu etwas zurückkehren, das vorbei ist. Sie ist in dieser Wohnung nicht zu Eis erstarrt und wartet auf mich. Glaubt nicht noch immer, ich irre da draußen irgendwo herum. Das ist alles Jahre her, wenn Sie sich erinnern. Schon vor einer ganzen Ewigkeit hat sie ihr Leben wieder aufgenommen und würde ohnehin nichts von mir wissen wollen.«

Mir wurde schwer ums Herz. Er erinnerte sich also nicht an mich. Wusste nicht, wer ich war. Er hatte die ganze Geschichte bloß erzählt, weil er sie loswerden musste. Ich fragte mich, warum mich das so wütend machte. Natürlich hatte er recht, natürlich hätte ich vor langer Zeit mein Leben wieder aufnehmen und ihn vergessen müssen. Aber wie wir hier so saßen und uns unterhielten, konnte ich mich des Gefühls nicht erwehren, dass es genau das war, was sich immer falsch angefühlt hatte. Es war die eine Sache, die ich nie unter Kontrolle bekommen hatte. Er war mein ganzes Leben lang nicht nach Hause gekommen und ich hatte ihn die ganze Zeit über vermisst, ich hatte auf ihn gewartet, selbst wenn ich es verdrängt oder vor mir selbst versteckt hatte.

ALLEIN. Ein Ort, wo man für niemanden erreichbar ist, damit die Welt vorübergehend erträglich wird. Ein Ort, wo man für niemanden erreichbar ist, damit die Welt vorübergehend unerträglich wird. Alle Lebenden sitzen auf einer eigenen Insel. Alle Lebenden treiben auf offener See und versuchen Land zu sichten, egal wo, irgendwo.

Ich schämte mich, so zu denken. War es töricht, diesen Verlust so zu empfinden? Sollte mir das peinlich sein? Vielleicht aber war es weder ein Zeichen von Schwäche noch eigenartig, sich nach einer Liebe zu sehnen, die nie wirklich zur Blüte gelangt war. Wir hatten einander schließlich geheiratet. Und vor dem Altar zu stehen und diese Worte zu sagen und sie auch zu meinen, dann aber mit der Ehe doch zu scheitern, reichte womöglich aus, um einem einen solchen Schlag zu versetzen, dass man sich davon nicht mehr erholte. Es war für mich sehr beschämend, hier zu sitzen und zu begreifen, dass ich in diesem Takt meines Herzens gefangen gewesen war, seit er mich verlassen hatte.

»Vielleicht haben Sie recht«, sagte ich. »Vielleicht würde sie heute keinen Kontakt zu Ihnen wollen. Vielleicht wäre es für sie beide nicht gut.«

»Eben, ganz genau. Ich glaube nicht, dass es den Leuten sonderlich gut tut, sich allzu oft in die Vergangenheit zurückreißen zu lassen. Sie sollten sich daran gewöhnen, dass es darum geht, einfach immer weiter voranzugehen. Bis es nicht mehr weitergeht.«

»Genau.«

Er schaute hinab in das leere Glas vor sich.

»Offensichtlich habe ich meinen Drink ausgetrunken.«

»Möchten Sie noch einen?«

»Das ist nett von Ihnen, aber lieber nicht. Ich habe eine lange Reise vor mir, glaube ich.«

»Wohin geht es?«

Er zuckte mit den Schultern.

»Ich weiß es nicht. Das weiß ich nie, wissen Sie. Ich vermute bloß einfach, es wird ein weiter Weg sein, und für gewöhnlich ist das auch so. Es fühlt sich immer wie ein weiter Weg an, weil zu dem Zeitpunkt, wenn ich an meinem Ziel angelangt bin, alles andere verschwunden ist. Wo ich auch war, sobald ich da bin, kommt es mir überall so vor, als sei dieser Ort die einzige Insel auf der Welt, und ich habe stets das Gefühl, ich wäre den ganzen Weg dorthin geschwommen.«

»Verstehe. Wie geht es also vonstatten? Sie werden durch die Tür dort gehen und dann plötzlich in einer anderen Welt sein?«

»Ich denke schon, ja. So ist es für gewöhnlich.«

»Und selbst wenn ich Ihnen dicht auf den Fersen bleiben würde, wären Sie nicht mehr da?«

»So ist es bisher immer gewesen. Sobald ich jemandem den Rücken zuwende, weiß ich nie, ob ich die Person je wiedersehen werde.«

»Das muss wirklich schwer erträglich sein.«

»Das Gute ist, ich habe nie genügend Zeit, eine Bindung zu jemandem aufzubauen. Mich schmerzt also nur das Alleinsein und dieser Schmerz ist nicht so stark, wie wenn man einen wichtigen Menschen verliert.«

»Dann hat es ja doch vielleicht sein Gutes.«

»Am liebsten wäre mir natürlich, mir würde gar nichts weh tun, so aber habe ich immerhin den besseren Schmerz, denke ich.«

»Allerdings wäre da noch der Schmerz, nie den Weg zurück zu Ihrer Frau gefunden zu haben.«

»Das stimmt, darunter leide ich. Aber wenn der Schmerz anklopft, sage ich mir einfach, dass sie mich ohnehin schon vor langer Zeit vergessen hat. Wenn es mir gelingt, mich davon zu überzeugen, macht es das erträglicher. Ich bin bloß allein, nicht von jemandem getrennt.«

Abrupt schob er den Stuhl zurück, so als wollte er aufstehen, als wollte er von mir wegkommen.

»Alles in Ordnung?«, sagte ich.

»Ich hätte nicht so viel Ihrer Zeit in Anspruch nehmen sollen. Es wühlt mich bloß auf, über all das zu sprechen.«

»Warum wühlt es Sie auf?«

»Wem würde der Gedanke daran, dass man nichts von seinem alten Leben zurückbekommen wird, nicht das Herz brechen?«

Er stand jetzt, und ich begriff, dass ich ihn verlieren würde. Ich würde ihn verlieren, wenn ich nichts sagte. Aber Angst lähmte mir die Zunge. Ich wusste nicht, wie ich ihm sagen konnte, was ich empfand. Vielleicht wusste ich nicht genau genug, was es war, um es aussprechen zu können.

»Müssen Sie los?«

»Sie müssen doch sicher auch zum Abendessen nach Hause und so weiter.«

»Denke schon. Es kostet allerdings meist nicht allzu viel Zeit, etwas in der Mikrowelle aufzuwärmen.«

»Wie auch immer, ich habe Sie zu lange aufgehalten.«

Ich senkte den Kopf. Er war tatsächlich aufgewühlt und wollte gehen, und allem Anschein nach hatte es keinen Sinn, zu versuchen, ihn davon abzuhalten.

»In Ordnung. Es war nett, Sie kennenzulernen.«

»Ganz meinerseits. Ich kann mich nicht erinnern, wann mir das letzte Mal jemand zugehört hat. Ich bin Ihnen dankbar dafür, sehr freundlich von Ihnen.«

»Das war keine reine Freundlichkeit. Ihre Geschichte ist gut.«

Er lächelte.

»Vielleicht ist sie das. Die Dinge zu erleben, war allerdings nicht so gut.«

Dann verbeugte er sich vor mir, eine eigentümlich formale Geste, wandte sich ab, öffnete die Tür der Bar und dann war er verschwunden.

Erschüttert saß ich da und wusste nicht, was gerade passiert war, und auch nicht, wie ich es hatte geschehen lassen können. War er tatsächlich gerade zum zweiten Mal gegangen? War das hier real oder irgendeine Art Traum? Hatte ich ihn nach all der Zeit gefunden, nur um ihn dann ziehen zu lassen? Ich hatte keine Möglichkeit gehabt, herauszufinden, was ich wollte. Dazu war keine Zeit gewesen. Etwas in mir war der Auffassung, es könne nichts Schlimmeres geben, als einen solchen Geist nach einer so langen Zeit wieder in mein Leben hineinzulassen – aber was sind unsere Leben dann, wenn nicht die Geschichten, mit denen es uns konfrontiert? Und war er nicht einst mein halbes Leben gewesen? Hätte ich ihm nicht sagen müssen, wer ich war, und sehen, was geschehen würde, und das Ganze wachsen lassen? Es ist einfach nur grausam, dass wir alle durch dieses Leben hindurchmüssen, ohne ein Drehbuch, das uns führt.

Hatte es andere Männer gegeben, denen ich nah sein wollte in den Jahren, seit ich diesen Mann verloren hatte? Ja, hin und wieder. Aber nichts war von Bestand gewesen. Bei keinem von ihnen war es mir ernst genug gewesen, um wirklich Wurzeln schlagen zu wollen, Kinder zu bekommen, was letzten Endes bedeutet hatte, dass ich allein geblieben war. Hatte es in den Jahren danach andere Lebensmittelpunkte gegeben, andere Dinge, die mir eine Bedeutung und Sinn verliehen, über diese Beziehung hinaus, von der ich gehofft hatte, sie zum Zentrum meines Lebens machen zu können? Natürlich hatte es das – aber waren sie, jetzt, wo ich an sie zurückdachte, mehr als ein paar Kiesel, die leichter Wellengang in seichten Meeresgewässern bewegte? Ich hatte unterschiedliche Rollen in unterschiedlichen Unternehmen gespielt, war für Freunde da gewesen, hatte mir Liebhaber genommen und mir ein Heim nach dem nächsten geschaffen. Aber war all das in irgendeiner Hinsicht mehr gewesen, als Sandburgen zu bauen? Ein Zusammenklauben von Gründen dafür, am Leben zu bleiben? In diesem Augenblick konnte ich kaum glauben, dass aus nichts vom all dem wirklich irgendetwas geworden war. Meinem Gefühl nach waren es nicht mehr als Trennwände gewesen, die ich zwischen mir und dem Ende der Welt zu errichten versucht hatte und die jeweils eine Weile, aber niemals wirklich lang gehalten hatten. Sie hatten kein wirkliches Eigengewicht besessen. Waren allesamt nach kurzer Zeit den Flammen zum Opfer gefallen, die eine vom nahenden Weltende, meinem Lebensende, ausgehende Hitze entfachte. Auf diese Weise verlor womöglich alles seine Bedeutung, keine Ahnung – aber in dem Augenblick jetzt, wo ich so plötzlich in das Leben zurückgeworfen worden war, das ich einmal mit diesem Mann gedacht hatte führen zu können, hatte ich ein Gefühl, gegen das ich mich nicht wehren konnte, als hätte es da mal ein wahres Leben gegeben, eine wahrhaftige Geschichte, die ich hätte leben können, und für einen Sekundenbruchteil hatte man mir gezeigt, wie ich dorthin zurückkehren konnte. War das möglich? Gab mir die Welt eine Chance, nach Hause zurückzukehren? Und hatte ich sie gerade verspielt, sie einfach zur Tür hinausmarschieren lassen? Hatte ich mich entschieden, für immer im dunklen Außen zu treiben?

Ich stand auf, mir schwirrte der Kopf, ich fühlte mich wie eine Besessene, angetrieben von einer Kraft, die nicht meine zu sein schien. Ich wusste nicht, was ich wollte. Wusste nicht, was ratsam war. Trotzdem lief ich quer durch den Raum der Bar, bis ich zur Eingangstür kam, und griff nach der Klinke. Weil ich am Leben war, ich war am Leben und würde noch eine Weile am Leben sein und die Art und Weise, wie wir jede Minute verbringen, während wir sie verlieren, wird am Ende die Geschichte ausmachen, die wir gelebt haben, und vielleicht würde ich bei Dingen danebenliegen, würde Dinge doch wieder verwerfen, aber was ich nicht würde ertragen können, war, zu sterben, ohne dass es da überhaupt eine Geschichte gegeben hatte. Ohne dass ich den Schritt gewagt hatte. Ich drückte die Klinke hinunter, öffnete die Tür und schaute hinaus und da war er, in der Kälte der winterlichen Straße, stand noch immer da, den Rücken mir zugewandt. Ich sah, wie er zitterte. Sein Körper war ganz Anspannung. Langsam drehte er sich um und schaute mich an, wie ich da im Türrahmen stand, und ich begriff, auch er sah, wie mich die Anspannung und das Zittern durchfuhren.

»Bin ich noch immer hier?«, fragte er mich.

»Das bist du«, sagte ich.

»Können Sie mich noch immer sehen?«

»Das kann ich.«

»Ich bin nicht in einer anderen Welt gelandet.«

»Nein.«

»Haben sie mir erlaubt, das Reisen zu beenden? Haben sie mich nach Hause zurückkehren lassen?«

»Wer sind *die*? Niemand tut irgendetwas. Es gibt nur uns, oder etwa nicht? Schauen Sie sich um.«

Er ließ den Blick wandern, zaghaft.

»Ich dachte, du würdest mich nicht erkennen«, sagte er.

Es war, als würden mir elektrische Schläge durch den ganzen Körper fahren, durch den Magen, meine Wirbelsäule.

»Weißt du, wer ich bin?«, fragte ich.

»Ich dachte, du würdest mich nicht erkennen.«

»Ich dachte dasselbe.«

»Ich habe versucht, es dir zu sagen. Darum habe ich dir die Geschichte erzählt. Ich habe versucht, dir zu sagen, dass mir bewusst ist, wie sehr ich dich enttäuscht habe.«

Jetzt verstand ich. Begriff, auf welche Weise er versucht hatte, mich zu erreichen. Wie er um Worte gerungen hatte.

»Warum hast du es mir nicht einfach gesagt?«

»Ich habe mich vor langer Zeit an den Gedanken gewöhnt, dich nie wiederzusehen. Dass ich auf ewig umherreisen, dich aber niemals finden würde. Ich wusste nicht, wie ich diesen Gedanken vertreiben konnte. Wusste nicht, was ich tun konnte, um dich zu verdienen.«

Ich ging auf ihn zu und nahm seine Hände in meine und wir standen für einen Augenblick schweigend da und sahen uns an. Ich konnte den jungen Mann sehen, gefangen hinter den Augen dieses alten Körpers vor mir. Konnte mein wahres Leben sehen, unmittelbar unterhalb der Oberfläche der Szene, in der ich mich befand. Mein Herz schlug, als wollte es die Mauer meiner Brust durchschlagen. So lange hatte ich versucht, in die Zeit zurückzukehren, als die Welt noch in Ordnung gewesen war. Dieser Mann war es gewesen, der mir geholfen hatte, mein verlorenes Gleichgewicht, zumindest ansatzweise, wiederherzustellen, die verlorene Ordnung der Dinge. Er hatte mir geholfen, mir selbst zu erlauben, frei zu atmen und all die Schuld und Scham, die ich mit mir herumschleppte, loszulassen und am Leben zu sein, ohne die Angst, es eigentlich nicht zu verdienen. Er hatte mich tatsächlich für einen Moment ins Gleichgewicht bringen können. Dann war er gegangen und ich hatte mich auf die Suche nach anderen Masken gemacht, die ich aufsetzen konnte, aber nie irgendwelche gefunden. Und jetzt war er wieder da. Es war zu viel, um es komplett zu begreifen. Ich war nicht fähig, über die Szene hinauszublicken, in der wir steckten, darauf, in welcher Weise sie womöglich den Rest unserer beider Leben verändern würde.

»Bist du es wirklich?«, fragte ich ihn.

»Ja, das bin ich.«

»Wolltest du wirklich zu mir zurückkommen?«

»Die ganze Zeit.«

»Hattest du es dir wirklich anders überlegt?«

»Ich habe einen Fehler gemacht, Liebling. Es war ein Fehler.«

Ich schaute ihn an. Ich wusste nicht, wie ich es ihm sagen konnte. Wusste nicht, wie ich das alles, was ich fühlte, in Worte fassen konnte.

»Was sollen wir jetzt tun?«, sagte ich. »Was sollen wir tun, jetzt wo du nach Hause gekommen bist?«

Es war so kalt auf der Straße, dass wir beinahe zu Eis erstarrten. Er schaute über meine Schulter hinweg zur Tür der Bar.

»Möchtest du wieder hineingehen und reden? Ich habe so viel geredet. Ich würde dir gerne zuhören.«

Und ich war bereit, anzufangen. Egal wie schwierig es sein würde, Worte zu finden, ich war mir ganz sicher, ich wollte. Weil er mir zuhören würde. Wir drehten uns um und gingen gemeinsam hinein, wussten beide, während wir durch den Türrahmen schritten, gleich würden wir eine andere Welt betreten.

DANKSAGUNG

Dank gebührt Charlie, Alice, Peter Tyas und dem Wiltshire County Council, Robert Shea-Simonds, dem Richmond-Fellowship-Programm am Green Lane in Devizes und allen, die sich dort erholen, ebenso Mark Powell, Gareth Machin und dem Salisbury Playhouse. Sie haben über viele Jahre hinweg die Workshops und Besuche organisiert und begleitet, die zu diesem Buch geführt haben. Im Besonderen Alice Dank dafür, mich mit der Malerei David Inshaws bekannt gemacht zu haben, durch die meine Arbeit erheblich an Kraft gewonnen hat.

Ich danke außerdem Laura Williams, Suzanne Bridson, Alice Youell, Clarie Gatzen, Sophie Christopher, James Jones und allen bei Peter, Fraser and Dunlop, Greene & Heaton und Transworld Books.

Dank gebührt darüber hinaus Shep, dessen Liebe zu Devizes seinen Reiz nur noch verstärkt hat. »Weißt du schon das Neuste?«

Es gibt Dinge hier, die sich auf die Wahrheit stützen. Die dem Buch zugrundeliegenden Geschichten weckten mein Interesse und ich teile sie aus demselben Grund, warum ich schon immer geschrieben habe – um uns allesamt zu beknien, uns die Dinge zu Herzen zu nehmen.

Ich danke meiner Familie, dafür, so vieles der in diesem Buch beschriebenen Welt mit mir zu teilen.

Dies ist vor allen Dingen die Geschichte einer Genesung, weshalb ich mich außerdem beim Priorat von Woking, dem Bethlem Royal Hospital, Frank und Elisabeth Brenan, Dad und Joanna Mersey bedanken möchte, die die Behandlung begleitet haben, die es ermöglicht hat, dass Charlie und ich der Welt mit neuer Entschlossenheit entgegentreten können.

March on, march on, since we are up in arms …

QUELLENNACHWEISE

›Jane Eyre‹ von Charlotte Brontë (S. 5 und S. 11) wurde zitiert nach: Brontë, Charlotte: ›Jane Eyre‹. Aus dem Englischen übersetzt von Andrea Ott. Manesse Verlag, Zürich 2001.

›Eine Kunst‹ von Elizabeth Bishop (S. 81) wurde zitiert nach: Bishop, Elisabeth: ›Gedichte. Zweisprachig‹. Herausgegeben, übersetzt und mit einem Nachwort von Steffen Popp. Carl Hanser Verlag, München 2018.

›König Lear‹ von William Shakespeare (S. 199) wurde zitiert nach: Shakespeare, William: ›König Lear. Zweisprachige Ausgabe‹. Übersetzt und mit Anmerkungen versehen von Frank Günther. Deutscher Taschenbuch Verlag, München 1997.

›Das Wintermärchen‹ von William Shakespeare (S. 221) wurde zitiert nach: Shakespeare, William: ›Das Wintermärchen. Zweisprachige Ausgabe‹. Übersetzt und mit Anmerkungen versehen von Frank Günther. Deutscher Taschenbuch Verlag, München 2006.

Von Barney Norris ist bei DuMont außerdem erschienen:
Hier treffen sich fünf Flüsse

FSC
www.fsc.org
MIX
Papier aus verantwortungsvollen Quellen
FSC® C083411

Die englische Originalausgabe erschien 2019 unter dem Titel
›The Vanishing Hours‹ bei Doubleday/Transworld Publishers, London.

Erste Auflage 2021

Übersetzung: Johann Christoph Maass
Umschlaggestaltung: Lübbeke Naumann Thoben, Köln
Satz: Fagott, Ffm
Gesetzt aus der Ostrich Sans und der Minion
Druck und Verarbeitung: CPI books GmbH, Leck
Gedruckt auf säurefreiem und chlorfrei gebleichtem Papier
Printed in Germany
ISBN 978-3-8321-8113-0

www.dumont-buchverlag.de